JOY

享受讀一本好小說的樂趣

第七屆皇冠大眾小說獎決選入圍作品

灰色的孤單

江曉莉［著］

《灰色的孤單》評審推薦文

中文世界難得一見的原創推理小說

詹宏志◎文

中文世界難得一見，有一部原創推理小說能夠有古典推理的嚴謹謎案布局，又有冷硬派偵探小說擅長的氣氛經營與角色塑造。先說角色吧，《灰色的孤單》裡的白佐國檢察官很容易讓我想到來自斯德哥爾摩的疲憊探長馬丁・貝克（Martin Beck）。馬丁・貝克探長是瑞典共產黨員推理小說家夫妻檔麥・荷瓦兒（Maj Sjowall, 1935—）和派・法勒（Per Wahloo, 1926—1975）筆下令人一讀難忘的靈魂人物。

他不是你常見的反應迅速、自信滿滿、神采飛揚的神探角色，而是一位工作過度、胃酸過多、家庭破碎、倦極乏極的中年執法人員，他鍥而不捨追查罪犯是來自責任感的驅使和多年養成的工作習慣，而不是對伸張社會正義有任何信心或期待。每次破案時他也少有欣喜，反而因為再一次看見社會某個黑暗面而益形陰鬱絕望；他費力逮到的罪犯送進法院時也可能獲判交保、緩刑或甚至當庭釋放，當犯罪者逍遙法外，他也不再生氣了，只當它是生命中無可如何的無奈……

邁入中年的白佐國檢察官的生命基調也許沒有馬丁・貝克這麼悲觀灰暗，但他出場時也是陰沉憂鬱的，淪陷在喪失愛妻與工作孤立的雙重苦悶之中。

而開幕一場突如其來的愛情邂逅（雖然是某種形式精神與肉體的一夜情，但也帶著一絲感情的溫暖），隨之而來的女方猝亡，又把他帶入悲憤與迷惘之中。這個處境也讓我想到史考特・杜羅（Scott Turow）的《無罪推定》（Presumed Innocent，改編由哈里遜・福特主演的電影時又譯做『無罪的罪人』）起頭陷入婚外情謀殺案的窘局。

這些聯想並不妨害這部作品的原創性，我要說的是，作者對推理小說歷史上的豐富元素是掌握熟練而游刃有餘的。再譬如白檢察官的助理、急公好義的陽光女孩、一出場就把公車鹹豬手扭送警局的現代俠女周湘若，這種和偵探主角形成對比、又構成互補的襯角（side kick），我馬上也可以聯想到推理小說史上有名的老饕肥仔神探尼羅・伍爾夫（Nero Wolfe）和他的街頭混混助手阿基・葛溫（Archie Goodwin）構成的雙人組，還有其他許多相似的對比例子。作者顯然對推理小說的元素是了然於胸，因而也能信手拈來，左右逢源的。

但白佐國、周湘若或書中的其他角色，都是立體、鮮活、飽滿而可信的，像是我們附近街坊走出來的人物，有著個別的出身來歷與內心苦楚，更難得可貴的，這些角色都是活在當代台北城的場景之下，有著完全台灣內容的生活背景架構，更在這種生活意義架構下進行一個推理謎局的展開與調查，這就造就了一部我們等待多時的、充滿本土聲光色彩氣味的原創推理小說。

小說裡也有真實而緊湊足以推動情節進行的案情，有謀殺，有金錢，更涉及台灣最能理解與想像的巨大利益官商勾結。辦案者也不是單向的追查者，在這樣的情節架構下，他們有時也成為被逼迫到角落的獵物，他們需要勇氣、智慧和若干運氣，才能化險為夷、更進一步偵破利益糾葛如藤蔓的案件，他們能夠完成這樣艱難的任務嗎？

當然能夠。按照推理小說和驚悚小說（thriller）雙重的歷史傳統，他們應該逢凶化吉，伸張正義，打擊犯罪，大快人心，這部小說，顯然也遵守了傳統。而這一對中文世界少見、性格鮮明的男女偵探雙人組，我多麼希望他們能在台灣的時空布景下，一個案子一個案子、一部小說一部小說地辦（扮）下去。

評審意見

這是部非常本土的推理偵探作品，它故可複雜，轉折之間又都符合偵探推理的證據法則，特別是故事裡所講的建商犯罪模式，非常詳盡具體。推理偵探小說必須以充分的專業敘述墊底，故事才會生動。這部作品已替台灣推理偵探小說做了很好的示範。特別是，小說裡的兩個主角──檢察官白佐國，及其助手檢察事務官周湘若的嚴密搭配，乃是一組『可持續發展』的角色，他們兩人為主角的推理偵探可一直寫下去。

──南方朔

《灰色的孤單》是一部充滿人性矛盾衝突的好小說，人物性格鮮明，能讓人產生認同的好感。雖然有點木村拓哉「Hero」的影子，反派人物也太過典型，但是流暢度高，能吸引人。

──張曼娟

《灰色的孤單》以穩健的佈局、細緻的手法，剝繭抽絲、不徐不疾地書寫出一個精采的犯罪故事。

──侯文詠

對法界檢察體系，作出多面深刻剖析，寫得絲絲入扣，曲折動人，確具相當震撼力量。

——司馬中原

在司法體系裡，沾灰帶微污，卻又是孤軍捍衛正義的唯一，寫盡獨行者的無奈與堅持。

——廖輝英

好悲哀啊！一直看到一堆商業糾紛，一個一個人被殺，真是灰色！那個酷酷的探長與美麗的小跟班，好像探長都是這類德性？

——李昂

入圍感言

入圍了，知道入圍那一刻是在準備下班前在網站上看到的。還好是先在網站上看到了，否則直接接到莊主編的電話，我想，我可能會高興的胡言亂語、嚇到莊主編。

會寫《灰色的孤單》，是在嘔心瀝血完成兩部連自己看了都覺得『有夠難看』的二十集劇本跟長篇純文學小說之後。當時幾幾乎是灰心的打算：『再也不寫』的了。但經過幾個禮拜的沉澱，回想當初豪氣干雲的遞了辭呈，說要給自己一段時間做想做的事，還因此被幾個相熟的同事朋友笑說，幹嘛跟股票過不去時，又覺得這件事當年既然都發狠做了，沒做出一點成績又似乎好像很難跟自己交代得過去……就這樣，擺盪矛盾間，天性中那些不服輸、樂觀的因子不知怎麼地，一下子又統統回來了！於是興匆匆的跑去誠品書店研究排行榜上究竟是哪些類型的文學書長銷？它們又為什麼好看？最後才決定：拿出稽核本業規劃制度、流程、查帳等等的看家本領寫推理小說，應該是個還不壞的主意。

因此，在這樣的背景下寫出來的《灰色的孤單》，倒還真的是衷心期望看過的人，都會覺得：好看！此外，書寫《灰色的孤單》前，花了許多時間上網搜尋、考證需用的素材。其中現實生活中的新店及內湖地區其實應該分屬台北地檢署跟士林地檢署管轄，但礙於想要書寫自己熟悉的『地盤』（這樣就不用再花時間去勘景），還要兼顧台北地檢署轄區內很難找到近年來有大片新開發土地案的地區，所以就在小說中把兩個地區逕行『配』給了台北地檢署管轄……諸如此類的問題，希望熟知台灣地檢體系的讀者們多多包涵。

〈江曉莉專訪〉

人的一生，都是自己的選擇

看似柔弱的江曉莉，其實個性非常理智內斂，思考方式充滿絕佳的邏輯性，散發出的氣質，果然和她專業的工作領域——稽核人員，不謀而合！

問到江曉莉開始創作的契機，她冷靜想了一想，才開口說：『我想是因為小時候，我家偶爾會出現手掌大的長腳大蜘蛛，光用看的就很恐怖。有一次為了要嚇妹妹，我就編了一個「很多長腳大蜘蛛入侵家裡」的故事，結果妹妹被我嚇到整整一個禮拜不能睡覺！後來我想：如果我可以說故事，或許也可以寫小說吧？』

就讀逢甲大學會計系時，江曉莉嘗試投稿『全國學生文學獎』，獲得佳績。後來也出版過佛教傳記，文字功力有一定水準，但是江曉莉卻一直有個寫作上的苦惱，她太理智了，人家寫作通常是為了『抒發情感』；對她來說，卻成了整理紛亂思緒的最好方式，所以不管怎麼下筆，總是寫不出喜歡的作家張曼娟、川端康成文章中那種『感情渲染力』，這個心中的癥結，也讓她多年來始終認為：『自己沒有寫作的天分。』

畢業後，江曉莉因為覺得自己『對數字好像不大行，數據算出來常常不對（自己說著說著，還偷笑出來），不大適合做會計類的工作』，因緣際會之下，便走入了『稽核』這行業。

『稽核』就是台灣上市、櫃公司，依政府規定一定要設置的職務，主要工作是查閱各單位和人，是否依照準則在做事，並適時做出評估。換句話說，類似學校中的『糾察隊』，如果處理不當，很容易被同事當成『抓耙子』。連同學都問她：『妳幹嘛去做這麼吃力不討好的工作啊？』江曉莉卻笑著說：『換個角度想，稽核是一份必須和公司各部門都有互動的工作，比只待在一個部門裡，都不認識其他同事，要有趣得多！而且我發現，如果想說服別人照妳的做法來進行，就必須「站在別人的立場看事情」，出來的效果，自然比較成功，在公司裡，人緣當然也會比較好！』

這份大家視為畏途的工作，在江曉莉的『另類思考』下，讓她越做越上手，甚至後來還替她的寫作生涯，開啟了另一種不同的視野！

想寫出一部『讓大家覺得好看的作品』

努力工作到了三十歲左右，江曉莉體內潛藏多年的創作想望，終於在這時引爆了，審慎評估各方面的狀況後（這方面的做法，也十分『稽核』啊），江曉莉決定辭去工作，重回創作行列。她說：『我真的很想趁著還年輕，去試試看「寫作」這件事。』在那段『試試看時間』裡，江曉莉認真創作出一部純文學長篇小說，還有一套二十集的劇本，問題是——寫完之後，連江曉莉自己都覺得：『吼，好難看！如果連自己都看不下去，其他人一定也很難從我的作品中得到共鳴吧？』一向習慣正面思考的她，這下也難免出現低潮，甚至還喪氣的覺得：『連電視新聞的爆點，都還比我的文章精采好看吧？』

但是，體內那股想寫出一部『讓大家覺得好看的作品』的欲望，不停地在啃蝕她的心，不想服輸的她，決定跑去各大書店，研究一下『暢銷排行榜上的小說，到底有什麼吸引人的魅力！』

謹慎研究後，江曉莉發現，好看的小說不一定要像電視新聞『處處是爆點』，有時筆觸看似平淡，但讓人閱讀之後，心中會纏繞著惆悵的情感，甚至會在胸口盪漾很久，也是寫作成功的要素。

『而且我發現，我寫的作品不好看，是因為裡面沒有壞人。』江曉莉說。因為這個靈感，她想到，何不利用多年稽核工作中學到的種種，來寫一個推理小說呢？於是江曉莉開始收集相關資料，以工作專業為背景，想像力為輔（她強調小說中關於錄音光碟的部分，都是出自想像，她做稽核時，從來沒有偷錄過音啦），寫出了因喪妻而個性消沉的檢察官白佐國，和正義感十足的年輕檢察事務官周湘若為雙主角的長篇小說——《灰色的孤單》，並且入圍皇冠大眾小說獎，獲得多位評審好評，甚至有看過的編輯稱讚說：『這部推理小說之所以好看，是因為在平穩的字裡行間，隱藏著張力很強的爆點，而且裡面不但有壞人，一開始還死了人！』

入圍台灣歷史最悠久的大眾小說文學獎，對江曉莉在創作上的努力來說，是一個很大的鼓勵。她笑著說：『現在我可以告訴大家：我不是因為不想上班，才辭職的；我很認真在寫小說，絕對沒有在家鬼混喔！』

將自己的『七分努力』，升級變成了滿分！

江曉莉說：『身邊的人給我的評語，都是「曉莉很理性」。所以我才說，這對一個寫作者不是什麼好事啊。』不但如此，江曉莉覺得自己好像也從未有過驚慌失措的時候，連九二一大地震時，家中電視機倒了下來，看見遠方燈光全都啪啪啪暗了下來，她也只是『跟家人在客廳討論一下，然後就回房間，立刻睡著了。』而且因為一大早要出國，江曉莉還很冷靜的坐車到機場搭飛機去日本，直到住進飯店，看了日本新聞，她才赫然發現：『天哪！昨晚台灣的地震，居然這麼嚴重啊？』

『可能因為我是天秤座的關係，我喜歡處在一個平衡狀況，』她笑著說：『就像我在《灰色的孤單》裡面說過，每個人的人生，都是自己的選擇，人生一定會有高低起伏，但在過程中，一樣要讓自己保持快樂的心態。』

如果難免遇到低潮呢？江曉莉宣洩情緒的方式也十分平和，『就是出去走一走，或是騎腳踏車，在行經的過程中，看看街景和路人，可以整理思緒。通常會走個五、六個小時吧。（編註：曉莉，妳還真能走呢！）』

有句俗語是這麼說的：『三分天才，七分努力。』憑著對寫作的熱情、不服輸的努力，以及認真的寫作態度，江曉莉一樣寫出了精湛吸引人的好作品，將自己的『七分努力』，升級變成了『滿分』，可說是她對自己的人生，做出了又一個令人欽佩的選擇吧！

作者簡介

江曉莉，一九六八年生於台灣台北縣，逢甲大學會計系畢業。年輕時得過全國學生文學獎，出版過一本佛教大師的傳記小說《一鉢行天涯——憨山大師傳》。

從事的是原本以為跟寫作搭不上關係的稽核工作，但在經過查帳員、上市公司稽核主管的歷練，寫過幾家不同產業公司的九大循環管理制度及無數篇稽核、經營分析報告後，才意外發現原來兩者間的根本思維邏輯其實是相通的。

1

白佐國檢察官從新店地方法院出來時，天空正好飄起毛毛細雨，他抬頭看著天際，天壓壓黑得像兩塊黑色布幕，只在交界處透出一絲絲微弱的光影。

現在到底是幾點？白佐國檢察官記得剛出門時曾瞄了牆上的時鐘一眼，三點不到，時鐘應該沒壞吧？現在這個時節往往五點不到，天就黑了。冬天是個頹廢的季節，特別是對篤信日出而作、日落而息的白佐國檢察官來說。他拉直衣領，將手插在大衣口袋裡轉身往中正路的方向走。

『啪！』一粒豆大的雨滴落在他髮際分線的頭皮上暈染開來，一陣冷冰冰的涼意後，旋即是一整片嘩啦啦的傾盆大雨。『SHIT！』他低聲咒罵了一句，隨即轉身返回地方法院。

『白檢察官，來出庭啊？』理著小平頭的檢察官金浩正好下車，見到正在開車門的白佐國立刻出聲招呼道。

白佐國牽了牽嘴角沒答腔，自顧自在口袋裡摸著他眼前這台車齡將近十五年本田雅哥的鑰匙。

『嘎嘎！』金浩按了他新買的賓士C240黑色轎車中央控制鎖後，抬頭看著本田雅哥另一頭的白佐國。

『白檢察官，是什麼大案子勞駕你親自出馬？』金浩右邊嘴角斜斜揚了揚，『攏械？還是鬥毆？』

白佐國抬眼看了金浩一眼，他橫張多肉的兩片顴骨上方嵌了兩顆細細小小、眼白範圍遠大於眼球部分的眼睛，那讓人有種詭詐又輕浮的不舒服感覺。金浩比白佐國略矮，但體型卻比他粗壯許多，看起來應該有近百公斤。聽說他最近積極減肥，因為地檢署新來了一批約聘僱員，其中一個叫薇薇安、大學剛畢業的小女生一進地檢署就引起騷動，因為她長得就像徐若瑄一樣性感甜美，當下她所任職的統計室就從原本的『冷凍室』變成『暖氣室』，三不五時就有些醉翁之意不在酒的蒼蠅、蚊子飛進去，其中飛得最勤的當屬金浩了。金浩不但結了婚，還有雙讀國小的兒女，而他老婆聽說前不久才因為懷疑他跟人事科長有曖昧，大鬧地檢署，那是白佐國檢察官一個月前從花蓮地檢署調到台北地檢署時聽到的第一個、也最廣為傳頌的八卦。

『偵查不公開，你不知道嗎？』白佐國冷冷回了句，他一向不是個以貌取人的人，但卻也認同美國總統林肯的看法：人在年過四十之後就該為自己的長相負責——因為相由心生。而就他所知，金浩今年正好四十歲。

『哼哼！』金浩尷尬的冷哼兩聲。這個年紀比他大六歲、蓄著邦喬飛式長髮的檢察官聽說已經幹了二十年，跟他比起來起步算早的了。正常來說，這樣的資歷早該升主任檢察官或高檢署檢察官，但他不但到現在還在幹一審檢察官，還開著輛在他看來根本已經是破銅爛鐵的銀色生鏽本田雅哥四處晃盪，一看就知道是個沒什麼出息的檢察官。

『還有事嗎？』白佐國從口袋摸出車鑰匙問道。

『沒事，』金浩嘴角斜揚的角度更大，『不過改天記得提醒我，給你拖吊車廠的電話，』他拍拍本田雅哥的車頂，『我想你應該有需要。』

『謝啦！』白佐國不以為意回了句，隨即打開車門發動引擎將車駛出地下停車場。

屋外的雨勢似乎比方才大了些，白佐國推了雨刷按鈕，雨刷隨即『刷刷』地運作起來，但氧化嚴重的橡膠片硬得像法國麵包，只在擋風玻璃上刮出『嘎吱嘎吱』的難聽聲響，雨水仍像瀑布，從車頂不斷傾瀉到擋風玻璃上，他在車內只看得到前方一台台模糊的、像似汽車或機車的影像，還好從新店地院到家樂福旁的STARBUCKS只有短短一公里的路途，他索性將雨刷關掉、放慢車速，用二十公里不到的滑行速度行駛。

運氣不錯，STARBUCKS前正好有個停車位，檢察官停好車之後隨即以最快的速度跑進STARBUCKS。STARBUCKS裡客人不多，只有兩、三桌像在談事情的人。白佐國檢察官點了杯焦糖瑪琪朵之後挑了個靠窗的沙發椅坐了下來。落地窗外的本田雅哥在大雨沖刷下，龐大的身軀有些深淺不一的斑駁鏽蝕，看起來有些頹朽，那讓他想起大二時在谷關動物園裡看到一頭懶洋洋、趴在陽光下的碩大老獅子，獅子身形相當巨大，但牠乾枯的黃毛、令人心疼的滄涼落寞眼神，卻令他不由自主的想起剛過世的阿公。他還記得那天在學校宿舍接到電話趕回家時，阿公已將壽衣、壽帽穿戴整齊，整齊衣帽下原本壯碩的身軀在帕金森氏症長期折騰下瘦得只剩皮包骨，和他小時候阿公老是中氣十足的用台語喊他『潑猴』、一座山似的景象，成了鮮明的對比……

就這樣，他在柵欄外看得失了神，也不知身旁的遊客來來去去了幾輪回，同行的夥伴都走遠了，耳邊才突然傳來一聲輕輕柔柔的：『看了心情不好？』

他轉頭看了說話的人一眼，是妻，耀眼陽光下她白皙秀淨的臉龐罩了層隱隱約約的光紗，有那麼一刻，他好像是恍惚的以為自己是看到了天使，還是精靈之類的生物，好一會兒才回過神點點頭，心裡頭卻溢得滿滿的。

那時他和妻還處在曖昧不明的狀態下，說是曖昧不明其實也不盡然，見到妻的第一眼他就肯定他要她，只是妻一貫客套又優雅的應對，又讓他忍不住懷疑他只是她眾多男同學中可以一起K書、吃飯的好朋友之一而已。為了怕嚇跑她，他只得按捺住心底那股迫不及待想確定的思緒，不著痕跡的想辦法一一斬除她身邊可能的競爭者。思及於此，白佐國檢察官忍不住笑了笑。那次的谷關之行就是經典之一，那時跟他同寢室的傑同時對妻及另一位女同學秋芬有好感，於是他藉口要撮合傑跟秋芬，約了妻四個人一起騎摩托車上谷關旅遊，那次雖然沒成就了其中任何一對，但自此之後，妻跟傑之間的話題便離不了秋芬，沒多久，傑便漸漸少來找妻閒話家常。

窗外雨勢漸歇，本田雅哥的身形慢慢清晰了起來。白佐國檢察官啜了口咖啡。十五年前買這台進口的2.3L百萬雅哥時是他人生最志得意滿的一年，那時妻懷了他們第一個孩子，他又接連成功起訴了幾個棘手的案件，被公認是台北地檢署裡最有可能成為最年輕主任檢察官的明星檢察官……

『對不起，』一個清亮的女聲打斷檢察官的思緒，他收回神遊的眼神抬頭看著站他正對面的女人，『這邊有人坐嗎？』她指了指檢察官對面的座位問道。

檢察官下意識轉頭看了看店內，不知何時來了這麼多客人，座位幾乎全坐滿了。

『我可以坐這邊嗎？』女聲再問了次。

『請坐。』檢察官回過神迎視女人的探詢回道，女聲的主人有雙清亮的明眸，澄澈得像可以見底。察覺白佐國的注視，女人清朗朗的笑了笑，隨即放下手上的提袋，轉身往櫃台走，然後帶回一杯義式濃縮咖啡。女人纖細白皙的手捧著小巧杯緣低頭飲啜的樣子像極了妻。

『我讓你不自在嗎？』女人突然開口問道。

檢察官怔了怔，『為什麼這麼問？』他反問。

『眼睛是靈魂之窗，』女人頓了頓。檢察官挑了挑眉沒答腔，女人笑了笑，『你看我喝咖啡時，眼裡出現的是淡淡的悲傷，這不是正常該有的反應。』她放下手上的咖啡杯，隔著桌子伸出手自我介紹道：『林羽馥。』

檢察官背頸一緊，沒有伸出手。

女人等了一下，聳聳肩、收回手。

女人落落大方的態度讓檢察官一陣說不上來的不自在——為方才的不禮貌。『妳對自己的觀察力很有自信。』他脫口而出。

女人遲疑了一下，像在判斷這句話是問句還是敘述句。

『白佐國。』檢察官趁這空檔報上自己的名字。

『嗨！』女人隨即像老朋友似的打了聲招呼。

『妳還沒回答我的問題。』

女人愣了愣。『喔，那是問句。』她自言自語道，然後自顧自地笑了起來。『那表示我說的是真的，所以你才會那麼介意。』她說。

『這是問句？』檢察官蹙著眉問道。

女人搖搖頭，『這是敘述句，我在鏡子裡看過這個眼神，所以我知道。』她止住笑，正色說道。

檢察官偏了偏頭。『妳……』

『看到櫃台旁那對情侶了嗎？』

檢察官順著女人的目光看過去，櫃台旁坐了對年輕的男女，女孩低著頭左手支著下巴、右手則信手翻著桌上的課本；男孩坐在女孩對面壓低目光逗弄著女孩，嘴巴還不知喃喃唸著什麼訕笑討好的話語，女孩不耐煩的將男孩推了回去，低頭看了看錶，隨即川劇變臉似的轉換成嬌俏的神情抬頭在男孩耳邊嘟囔幾句後吻了男孩一下，男孩於是喜孜孜的拎起包包，興匆匆的起身離開。

『待會兒會進來一個很像金城武的小帥哥，』男孩離開後，女人預告，『他原本習慣坐靠窗的那一排高腳椅上打電腦，但自從上一次女孩主動搭訕成功之後，在現在客滿的情況下，我猜……女孩會邀請小帥哥一起坐。』

『妳怎麼知……』檢察官話還沒問完，就見到女人口中的小帥哥推開門走進店裡，女孩旋即起身跟他揮了揮手。

『我怎麼知道，是吧？』女人看著小帥哥走到男孩原本的座位坐下後，回頭促狹地說道：『這個月我每個禮拜一下午都來這附近上課，上完課就來這邊喝咖啡，所以今天這已經是第四部曲了。』

『觀察入微。』檢察官心生感佩。然後是一陣長長的靜默，女人跟白佐國檢察官很有默契的同時轉頭看著帥哥跟女孩後續的發展。女孩先是熱切的和小帥哥寒暄過後，隨即起身走到櫃台點了咖啡及蛋糕端回座位給帥哥，然後雙手支著下巴巴地看著面無表情的帥哥邊啜著咖啡，邊拿出NOTEBOOK自顧自地操作，兩人便再沒交集。

『這算孤單嗎？』女人收回目光嘟囔了句。

檢察官回頭看著女人，她臉上有些讓人覺得感傷的感傷。

女人繼續說道：『孤單照字面上的解釋應該是形單影隻，女孩有伴，但……我卻覺得她甚至比你、我還孤單。』

比你、我還孤單？

女人察覺檢察官臉上的細微變化。『你一定覺得很無辜，沒事幹嘛把你也扯了進來。』她笑說。

檢察官苦笑了笑，想起妻。妻離開後，他沒再有固定的伴，這些時日以來，在那些一段又一段的一夜情花邊裡，他想，他應該是找到了真正適合自己的關係模式——沒有負擔的關係，而負擔，往往是歉疚的前戲。

『或許……』女人仍在低喃，檢察官回過神。『那算是一種介於灰色地帶的孤單吧，』她喃喃道：『一種灰色的孤單。』

灰色的孤單？檢察官的胃狠抽了一下。

女人轉頭看著窗外。『啊！雨停了！』她說，然後淘氣的笑了笑。『你去過大溪嗎？』她問。

白佐國檢察官不知道女人是怎麼說服自己來到妻的出生地大溪鎮的。十幾年沒來，大溪老街似乎沒怎麼變，一直到來到大溪公園後的大溪吊橋，他才十分肯定這些年來，大溪的確是有了些變化。

檢察官及女人併肩走在寬廣的大溪吊橋上，吊橋兩側外緣暈黃的燈光打在橋面的橘灰地板上映襯出深深淺淺的光影，看起來既浪漫又時尚，和老街的古樸質實是截然不同的感覺。

『啊，地是濕的，不能坐。』女人惋惜道。『否則坐在那裡看大漢溪的風景可以讓煩惱暫時都不見，特別是那邊，是灰色岩壁，除了樹還有一些牽牛花，不過現在看不太清楚，這裡白天跟晚上的景致……』女人比手劃腳說著，眼裡有著晶亮亮的光采，像把空氣裡濕濕的、雨的清香全吸進了眼裡。

『要不要來一片？』

檢察官低頭看了看，女人手上拿了條藍莓口香糖，他伸手抽了片剝開藍色包裝紙塞進嘴裡，包裝紙則順手塞進牛仔褲口袋裡。

『這裡很適合談戀愛。』女人突然冒出一句。

『啊？』檢察官差點將剛入口的口香糖吞進肚裡。

『告訴我，到你這年紀的男人還會有戀愛的感覺嗎？』

『什麼？』

『就是臉紅、心跳、會傻笑、老覺得自己輕飄飄、心裡頭溢得滿滿的感覺囉。』

『呵！』檢察官尷尬的笑了笑，這問題有些困難。

『應該還是會吧，』女人自顧自答道：『只要還沒失去眼中的光采。』

『什麼光采？』這引起白佐國好奇。

女人抬頭看著檢察官。『現實像把刀，總能切割掉人們最美、最好的那一面。』她說：『人要相信些什麼，才會覺得有希望。而希望，是眼裡的光采，它能讓你感動。』

檢察官眨了眨眼，避開女人的注視，有些後悔問了這個問題。

『你是藝術家嗎？』

檢察官愣了愣，這女人的問題真多，而且……霹靂。『怎麼說？』他撥了撥前額幾綹落髮，饒富興味的問道。

『NEW BALANCE、牛仔褲、皮外套……』女人由下往上一一細數，『還有九〇年式的本田雅哥跟這頭邦喬飛式的及肩長髮，很帥，但……』她搖搖頭，『不是一般上班族在星期一會有的裝扮。』

白佐國笑了笑。『我是檢察官。』他宣佈謎底。

女人顯得有些訝異，但只有一下下。『法院的檢察官？還是檢查廁所掃得乾不乾淨的檢察官？』她隨即淘氣的追問。

檢察官笑了出來。

『那群人在看什麼？』女人像發現新大陸。『過去看看！』她好奇的拉著檢察官擠進大溪公園裡一棵榕樹下聚集的人群。是幾個老人家在下象棋。

『我可以玩嗎？』看了幾盤棋之後，女人躍躍欲試的表示。

『可以呀。』被圍觀群眾喊稱是『棋神』的老人說道，臉上有些不曉得是欽佩，還是輕蔑的神情。女人聞言立刻坐了下來，廝殺好一陣之後，女人棋盤上就只剩『帥』跟『俥』兩顆棋子，老人則多了『卒』、『馬』、『包』。檢察官有些訝異女人的棋藝，老人也因此收起一開始的漫不經心，在『車』、『馬』、『包』的連番夾擊下吃掉女人的『俥』。

『哎呀！只剩「帥」妳就別再掙扎、直接認輸了啦，浪費大家時間！』一個圍觀的中年人見女人拿著唯一的一顆『帥』四處閃躲老人的夾擊，忍不住嘟囔了句。

『我的帥還在，你怎麼知道我最後不能反敗為勝？』女人不服氣的回了句，引起一陣哄堂大笑，隨即在老人的『車』、『馬』包夾下敗下陣來。

『妳棋下得不錯嘛。』檢察官說道，跟女人在夜色中緩緩散步回大溪老街。

『還好啦。現在幾點了？』

檢察官拿出手機看了看。『十點三十分。』

『這麼晚了？該回……』

檢察官喉頭發出一聲咕嚕。

女人察覺凝結的氛圍，下意識抬頭看著檢察官，他面無表情的直視正前方，眼神看起來空空洞洞的。

女人順著檢察官目光望去，焦距鎖在一個穿戴優雅整齊，滿頭華髮、骨瘦如柴的老人身上，老人臉上的落寞結成一層灰灰的痂，那讓他冷酷的眼神看來不那麼令人膽寒。

『那是誰？』老人轉身離開後，女人問道。

『認識的人。』檢察官放下緊繃的雙肩，輕描淡寫回道。

『家人？』女人在老人眼中看到些跟檢察官相似、說不上來是什麼的東西。

檢察官遲疑了一下。『算是吧。』他說，眼中積聚了些茫然的疲憊。『妳剛說什麼？』

女人沒答腔，回台北的提醒在這個時候似乎顯得有些……不恰當。

檢察官洩了口長氣。『我好累，今晚在這裡過夜，好嗎？』

女人怔了一下。『你結婚了嗎？』她問道。

大溪老街旁巷子裡的老舊旅社出乎意料的乾淨，潔白的床單有些淡淡的消毒藥水味。薄薄的白色水泥漆下隱隱約約可以看見刷灰的水泥牆面，窗台是帶點接近天空藍又像是蘋果綠的木質窗框跟毛玻璃。

『你猜，我們今晚是不是睡在三級古蹟裡？』檢察官從浴室出來時，女人已躺在被窩裡，好奇的瞪著天花板問。

檢察官拉開棉被仰躺在女人身旁。天花板沒有油漆，是薄薄的水泥牆面，說是薄薄的，是因為肉眼可見水泥裡紅色磚頭的排列樣貌。

『這樣穩嗎？』女人出聲問道：『我們會不會睡到一半還要起來撿磚頭？』

檢察官露出微笑。『不曉得，不過往好處看，這是頂樓，至少我們不會被樓上半鏽的鐵床砸到，鐵架感覺上比磚塊痛。』

女人咯咯笑了起來，臂膀碰到檢察官的，檢察官側身將手橫越女人平坦的小腹環住女人，女人滑細的膚質摸起來觸感極好，檢察官促狹的看著女人，女人側過身伸手撫著檢察官下巴剛冒出的鬍碴。『你有蘋果下巴耶！』女人有些驚奇。『這是俊男美女的特徵喔。』

檢察官笑了笑，沒回話。

『我們今晚可不可以不要做？』女人臉頰飄過一絲紅暈，『我的意思是……這樣的感覺也很好。』

檢察官未置可否，伸手摸著女人鼻梁上的雀斑。妻臉頰上也有幾粒這樣的小雀斑，但他卻一直到有一次期末考前和妻相約去學校附近一間小茶館K書時才發現。茶館地下室有一間兩張榻榻米大小的小包廂，就在樓梯正下方，雖然沒有門，是個半開放空間，但因為自成一區，勉強應該也算是個包廂，包廂裡只有一盞垂墜的黃色燈泡。他和妻擠在一張小小的和室桌旁，雖然美其名是在K書，但其實，他看妻的時間似乎比看書還多，那是他第一次和妻這麼長時間的近距離接觸，卻發現並不容易，因為妻瑩亮的蘋果臉下的小雀斑一直在引誘他上前咬一口，末了，他只得藉口光線太暗，要回去拿檯燈，火速衝回宿舍沖了個冷水澡後，才帶著多此一舉的檯燈回到包廂繼續陪著妻把書K完。

『你在發呆？』女人偏了偏頭問道。

檢察官笑了笑，在女人額頭啄了一下。『睡吧。』他說，他有預感今天應該可以很快入睡，而不用靠已經吃到三顆卻還沒什麼作用的鎮定劑。

接近清晨時，檢察官突然沒由來的驚醒，他揉著惺忪的睡眼看了看窗外，天邊是一抹淡淡的魚肚白，現在幾點了？他回頭望向床頭櫃上的鬧鐘，床頭櫃不見了？檢察官花了好一會兒功夫才反應過來，他搖搖頭笑了笑，瞄了身旁熟睡的女人一眼，拉開棉被下床往廁所走，門一開就見到妻躺在佈滿血水的浴缸中拿著一張紙遞給他，嘴裡喃喃支吾著些模模糊糊的音節，檢察官下意識上前要將妻從染血的浴缸中抱出來時，妻的手腕突然裂開噴出一道血牆，濺得檢察官整臉，檢察官驚恐的張大嘴，卻發不出一丁點聲響，他伸手抹去眼皮上的血漬，張開眼，妻的手掌迅即應聲往下掉，只剩手腕背上的一層皮和小手臂勉強連接著，妻手上的紙則以S型的路徑飄移到他腳後跟，一陣冰涼的劇烈刺痛感，檢察官的腳筋被切斷，『趴』地一聲跪倒在地上，妻的手腕上仍汩汩地流著血，粉紅色的臉頰一點一滴失去顏色，變成雀斑似的深淺不一的灰，檢察官張著嘴嘶吼，卻完全聽不見自己的聲音，於是只得抽搐著抖個不停的身軀用手支著身體爬向妻，捧起妻的掌試圖將手接回去……

女人起身開了燈看著身旁的檢察官，他閉著眼、揪結著一張臉，伸手在半空中亂舞，喉間還發出陣陣野獸似的低鳴。

『檢察官？』女人用力搖了搖檢察官。

白佐國倏地張開眼看著女人，眼裡是佈滿紅絲的哀痛，他茫然的盯著女人看了好一會兒才回過神，起身兩手支著頭低鳴。

女人聽過這低鳴聲，是隻被疾駛的汽車撞飛到二十公尺外電線桿的聖伯納犬垂死前最後的哀鳴。女人移動身軀靠在檢察官身旁，用自己的體熱溫暖他。『怎麼啦？做惡夢？』她哄孩子似地輕撫著檢察官的髮，檢察官將頭靠在女人肩上，用嘴吸她肩上、脖子上的溫度，然後是胸口、小腹。

一陣狂烈的激情後，檢察官和女人同時達到高潮。『我可以在裡頭待一下嗎？』激情過後，檢察官趴在女人身上問道。

『好啊，』女人轉頭輕啄了男人的臉一下。『那總好過你馬上跑去洗澡。』

檢察官被逗笑了。『那是一夜情的標準程序，』他伸手拭去女人頸後結晶的細微汗珠。『不過今天天氣冷，我更喜歡裡頭溫暖的感覺。』

『甜言蜜語！』女人斜睨了檢察官一眼。『啊，』她輕嘆了口氣，『原來一夜情就是這樣。』

檢察官支起身在上方看著女人，挑了挑眉。

女人點點頭。

『傻瓜，』檢察官敲了女人額頭一記，『一夜情只會越做越空虛，不適合妳，別學壞了！』

『是嗎？那你呢？』

檢察官抽離女人，回身躺到床上。

『為什麼為什麼？』

『空虛的感覺不是不太好嗎？』女人說。

檢察官沒回應。一陣靜默。

屋外遠處傳來幾聲公雞的啼叫，女人轉頭看了看窗外，夜色仍深。『我男朋友過世後，有整整一年的時間，我常常在半夜像你剛剛那樣驚醒，然後痛哭。』她打破沈默。『你沒哭過吧？』

檢察官繃緊了下顎，沒回答。

『嗯，應該是。』女人自問自答。

牆壁傳來抽水馬桶的沖水聲，緊接著是唰唰的水流聲。

『樓下有住人嗎？』女人皺了皺眉問道。

『最好有，不然就恐怖了。』

『噗哧！』女人笑了出來，將頭移靠到檢察官臂膀上，調整了個最舒服的姿勢。

檢察官用下巴磨蹭著女人的髮。

『你在幹嘛？』

『妳頭髮好軟。』

女人笑了笑。『天生的，而且又黃又捲，以前還有髮禁的時候老讓教官追著問：「為什麼燙頭髮？為什麼染頭髮？」』她低聲模仿教官正經八百的口吻說道。

『呵！』

女人抬頭看了檢察官一眼。

怎麼？檢察官挑了挑眉。

女人將臉靠回檢察官臂膀，輕吐了口氣。『哭一哭其實還不錯，』她說：『那會有比較不痛的錯覺。』

『發生什麼事？』檢察官用老朋友的口吻問道。

『意外，』女人頓了一下，『就在我們婚禮前夕。』她平靜的說，像說的是別人的故事。

『那是什麼時候的事？』

『三年前，嚴格說起來，是兩年十一個月又二十九天前的事。』女人的聲音有些飄渺。『老實說，我現在不太哭了，也盡量學著不怨懟，但……還是不太能面對，今天是我在真實世界中第一次主動提起這件事，』女人靦腆的笑了笑，『你知道的，逃避或許不能解決問題，不過卻可能是最速效的療傷方式。誰知道呢，或許有一天逃久了，真能忘掉那些不想記起的東西。』

幽靜的小巷遠處，一陣斷斷續續的摩托車引擎聲來回穿梭了好幾趟才戛然而止。

『你呢？』女人問。『你又在逃避什麼？』

一陣長長的靜默。女人抬頭看著檢察官，嘴唇幾乎碰到嘴唇，檢察官反射性的別開頭去。女人愣了愣，臉上有些受傷的表情。

『對不起，』檢察官說：『我只是……』

『我懂。』女人苦澀的笑了笑，回身躺回床上，吐了口長長的氣，瞪著天花板上龜裂的水泥發著呆。

天花板一陣沙沙的細微聲響，像是風吹樹葉、樹葉飄移的軌跡。

『剛剛那個老人……』檢察官打破沈默。

女人轉頭看著檢察官。

『是我岳父，我很久沒見到他了，自從……』

檢察官和女人一直聊到東方魚肚發白才又沈沈睡去，醒過來時，女人不在身旁。檢察官起身瞄了瞄浴室，沒人，然後環顧了一下屋內，女人像是人間蒸發，掛在椅子上的衣物及包包都不見了，他抓了抓頭準備下床，眼角卻瞄到枕頭旁有張紙條。

我們交換了太多彼此的秘密，

或許……不見面是最好的選擇。我會記得今晚的，謝謝你。

羽馥

P.S.：在我看來，對的選擇不見得等同於成功的選擇；成功的選擇也不見得等同你自己要的選擇。So, follow your heart. 我相信『她』也是這麼想的。加油！祝福你。

檢察官手上緊抓著女人留下的紙條站在窗前怔怔的看著沒有焦距的遠方。樓下街坊傳來一陣陣孩童的哭鬧，是跌倒疼痛不能自已的哭喊。

2

白佐國檢察官走進台北地檢署檢察長的辦公室時，現年五十九歲，皮膚黝黑但臉上紋路深刻、看起來比實際年齡還來得蒼老些的劉建業檢察長正在講電話，檢察長指了指角落的會客區，示意白佐國檢察官坐下。會客區的鏤花紅木沙發坐起來比想像中舒服，紅木茶几精雕細琢的鏤花桌面上只簡單放了個施華洛世奇的水晶煙灰缸，裡頭散落了些煙灰渣。白佐國檢察官將手肘靠在圓滑冰冷的紅木扶手上，調整了個舒服的姿勢。

妻老家書房裡也有一組類似的、雕工精細的紅木家具，只不過那組紅木椅上沒有檢察官現時屁股下舒適的軟墊，那讓他每每坐起來有如針氈，特別是在冬天寒流來的時候。後來檢察官才知道，那組紅木家具是岳父為捧一個朋友的場，花了近百萬元買回來的。做大事業的人應該有直覺，知道該在哪裡投資！當時岳父看到他瞠目結舌的表情時還正經八百的告誡他。

『彼特，回台北還習慣嗎？』檢察長不知何時掛了電話，拿著盒雪茄走到白佐國面前。

白佐國搖搖頭。

『怎麼，現在連雪茄都不抽了？』檢察長從盒中拿了根雪茄叼在嘴上，將雪茄盒放回雪茄保濕盒中，返身坐在單人紅木椅上，用切割器將雪茄頭剪掉後，以瓦斯打火機點燃雪茄，吸了口氣。

白佐國聞著空氣中濃郁的雪茄味，恍若回到十幾年前第一次跟著劉建業檢察長一起參加一個雪茄俱樂部聚會時的場景。劉建業是他以前的老長官，對他十分照顧，但自從他被當時的檢察長半強迫調去花蓮地檢署之後，白佐國與劉建業便幾乎沒有再聯絡，一直到幾個月前，劉建業檢察長的一通電話，他才知道這位老長官輾轉又回到了台北地檢署做檢察長，而他打這通電話的目的，是詢問他有沒有意願回台北地檢署。

劉建業吐了口煙。『回來多久了？三個月？』

『半年多了。』白佐國說。

『哦，那應該都上軌道了。』他說：『我還記得當年你起訴都發局長蔡伯顏的時候，檢察長的那張臉，』劉建業笑著直搖頭，『你真該看看他當時的表情，他恐怕從來沒想過你這隻菜鳥會成功的。那個時候，我就知道你是個人才！』

人是會變的。白佐國檢察官牽了牽嘴角，沒答腔。那通電話裡，他沒給劉建業檢察長明確的答覆，但沒多久上頭就聽說這個消息，主動提出要他申請轉調的命令。

『ＯＫ，言歸正傳。』劉建業檢察長收起笑容，起身從辦公桌抽屜拿出一個卷宗夾交給白佐國檢察官。『最近法務部、地檢署還有各大媒體都收到這封匿名檢舉黑函。』

白佐國檢察官接下卷宗約略看了一下內容，是檢舉一家萊兒生技公司涉嫌非法吸金的信函。白佐國檢察官蹙了蹙眉，萊兒？這名字看來有些眼熟。

『萊兒生技的負責人是陳豪山，他同時也是郭泰邦的特別助理。』劉建業檢察長提醒白佐國檢察官。

難怪！白佐國檢察官恍然大悟，郭泰邦是前台北市議員，據傳早年是以販賣壯陽藥品起家，因為善於經營政商關係，近年來事業版圖急速擴大，他旗下的泰扶集團觸角伸及各行各業，其中最廣為人知的，是他在內湖一棟集合百貨、飯店、運動休閒會館的複合大樓。郭泰邦因為上一次連任市議員失利，最近傳出要轉換跑道積極爭取黨提名選立委，而與同一選區另一有意角逐立委提名的候選人正面交鋒，不久就傳出他曾經利用人頭公司吸金、詐騙投資人的消息，他還因此率領媒體到地檢署按鈴控告報導這個消息的八卦媒體及對手陣營加重誹謗而喧騰一時。

『郭泰邦後來不是撤銷告訴了？』白佐國檢察官不解，他記得看過這個新聞。

『他是撤銷告訴了，不過……上頭的意思是，為了端正選風，還是希望我們可以主動偵查，找出發黑函的人，一方面可以導正視聽，二方面也可以匡正選風。』劉建業檢察長吐了最後一口煙，將雪茄在施華洛世奇水晶煙灰缸裡捻熄，抬頭說道：『這個案子，我屬意你來偵辦。』

白佐國檢察官愣了愣，他在花蓮地檢署這十年辦的幾乎都是些鄰居互毆或子女爭家產的細故案件。『我……』

『你的檢察事務官這兩天應該會到職，我已經交代人事室分派一個最好的人給你。』劉建業檢察長打斷白佐國檢察官的話，不容商榷的說道。

白佐國檢察官回到辦公室時，萊兒生技的五大箱帳冊資料已經躺在角落，上頭的封條甚至連拆都沒拆過，看來郭泰邦是以迅雷不及掩耳的速度提起告訴又撤銷了告訴。檢察官將手上的卷宗往桌上一丟，在椅子上坐了下來。這年頭越是有錢的人就越是懂得善用社會資源。他在抽屜摸著煙，沒有？他嘆了口氣，攤靠在椅背上，猛然想起這裡是台北，不是花蓮。他煙戒很久了，在辦公室抽屜擺包煙只是心安，但現在……

白佐國檢察官在地檢署外的便利商店買了包長壽，走出超商店門時，他手上已經夾了根煙。

妻從前老玩笑說要他起訴菸酒公賣局詐欺消費者，因為抽煙怎麼可能長壽？白佐國吸了口煙，忍不住笑了笑，他跟妻是法律系同學，但妻在大一下學期不聲不響跑去申請轉到中文系引起一陣譁然。

『法律是給企圖心夠的人讀的。』這是她的理由。為了這件事，那年暑假她一個人跑去梨山打工，家都沒回，因為所有人都認為她頭殼壞去，特別是妻的父親，聽說還差點氣到中風。但不知道為什麼，檢察官卻好像隱隱約約懂得妻的意思。『你是唯一沒質疑我的人，所以我想我們應該可以成為還不錯的朋友。』後來妻告訴他。

那時妻總像個仙女飄過來、飄過去，把一幫男生宿舍的同學們撩得心裡頭癢癢的，卻又客氣且禮貌的和每一個人保持等距的關係。進大學前，白佐國一直認為八卦是女生的專利，但在住進男生宿舍之後才發現，男生八卦的功力有時候比那些吱吱喳喳的女生還來得厲害。那時男生宿舍有所謂的七仙女名單，七仙女排行順序雖因個人品味或有不同，但唯一公認的，是妻屬女神級的段位，換言之，是只可遠觀、不可褻玩的那種，因此妻的這番話，著實給了白佐國莫大堅持下去的勇氣。

白佐國在地檢署大樓前將煙蒂捻熄。退伍後，他第一次拜訪妻的家人時，明顯可以感受岳父臉上的失望。妻的家在大溪是望族，而白佐國只是個寄宿叔父家的孤兒，雖然叔叔、嬸嬸對他視如己出，將他教養得極好，但對岳父而言，他沒有太多奧援終究是事實。白佐國走進台北地檢署大門，按了電梯往上的按鈕等候電梯下來。岳父臉上那個表情後來就成了他拚死拚活考上司法特考的動力。那的確有效，和妻結婚後，岳父常拉著白佐國討論他在司法界歷練幾年、建立好人脈後，回來接掌他事業的可能。

電梯門開，白佐國走了進去，按了關門鍵後站到最後面的角落，電梯門闔攏又再度打開，清潔工推著清潔推車進電梯。

電梯駛上二樓。『……反正那個案子吃力不討好，不辦也罷。』金浩跟他的檢察事務官邊說邊走進電梯。

『聽說他以前是檢察長的愛將。』

『是愛將怎麼會被調去花蓮？』

『這倒是，我聽說他在花蓮地檢署的評價也不高。』

『依我看，檢察長算聰明的，案子交給他最後就是不了了之，既不得罪人，又跟上頭交代得過去……』電梯升上五樓，金浩跟檢察事務官邊說邊走出電梯，然後是清潔工跟清潔車，白佐國才走到門口，電梯門就關了起來，隨即往下走。

『呼！』白佐國呼了口大氣，抬頭看著樓層數，『四、三、二、一』，電梯顛簸了一下然後停了下來，門打開，沒人，再闔上。

五秒後，白佐國再度伸手按了『OPEN』。

白佐國闔上卡勒德・胡賽尼的《追風箏的孩子》，這是一本有關救贖的小說，白佐國因為在博客來閒逛時，看到讀者書評一面倒的寫道：『看這本書我不曉得哭掉了幾盒面紙。』而將它放入購物車中。

白佐國仰起頭舒展了一下僵直的頸椎，起身到廚房倒了杯水喝。窗外天色濛濛亮的，是冬天的晨曦。他走到窗前深吸了口氣，不得不承認，他有很久很久沒有這樣撼動的感覺了。聽說這是作者第一本書，那麼……應該是他的親身經歷吧？否則，怎麼能寫得這樣絲絲入扣？白佐國不禁懷疑。但，他還是沒有哭，或者說，一點點想哭的感覺都沒有。

哭一哭其實還不錯，那會有比較不痛的錯覺。女人的氣息在檢察官耳邊吹拂。這是你第一次說？她問。很奇怪，不是嗎？女人說：真正的痛楚，在當下是說不出口的。

白佐國握著水杯的手浮著暴凸的青筋，他回過神吐了口大氣，轉身鬆手將水杯放回水槽走進浴室盥洗。『人都是孤獨的。』或許，在收到妻最後這張紙條時，他就失去了哭的能力。

白佐國掬起水往臉上潑，胸口一陣冷冷的涼意，他撥了撥沾染水珠的頭髮，脫掉衛生衣踩進浴缸打開水龍頭等熱水。

和妻的第一個孩子在妻的子宮裡只待了七個月。那時，白佐國正開始辦都發局局長蔡伯顏涉嫌瀆職的案子，經常在辦公室忙到深夜，妻貼心的自己上醫院產檢、自己到百貨公司買嬰兒用品，從沒抱怨過一句。因此，當接到消息趕到醫院時，白佐國一見到妻有如雪地般蒼白的臉便忍不住紅了眼。『沒關係，我們還年輕，可以再接再厲，只要你幫我起訴上上禮拜那個在公車上不讓我座的年輕人就行。』妻反過頭來安慰他，把他逗得又是哭又是笑的。

蒸氣裊裊，白佐國將臉迎向蓮蓬頭的水柱，『SHIT！』他咒罵一聲隨即彈開，將水龍頭往冷水的方向微調了一下。

出院後，白佐國原本要妻辭掉出版社的工作，專心在家調養身體。等懷孕再說吧，但妻說：『我得有自己的生活，才不會老想著把你綁在身邊。』

兩個相愛的人不就該時時刻刻想把對方綁在身邊？白佐國抹掉臉上的水漬，擠了洗髮精往頭上搓，他有時還真不能理解妻心裡在想什麼。

確定和妻的關係，是在白佐國一次不能控制的發飆後。那年他們大四，他在準備司法特考，因為常跟妻抱怨一個人讀書不容易專心，沒準備考試的妻於是有空就會陪著他到圖書館，白佐國K書，妻就看看小說或寫小說，後來還因為這樣得了個文學獎。那天，白佐國陪妻領完獎之後，回到妻的宿舍看到垃圾桶裡一疊當兵學長寄來的信，不曉得為什麼，一股火氣就這麼直衝腦門，拿著信氣急敗壞的追問妻：這算什麼！我沒回信。妻說。可是妳有看！妻嘆了口氣，像是不明白白佐國在無理取鬧些什麼。那不然你想怎樣？她反問。

於是，白佐國就這麼吻了妻。

白佐國用手臂抹掉嘴上的水漬，關掉蓮蓬頭抽了條毛巾擦拭頭髮及身體走出浴缸穿上衣服。妻的唇軟軟涼涼的，還有些甜甜的味道。從那之後，除了妻的唇，白佐國就沒再吻過別人的。

3

車外三十一度高溫下，木柵往台北火車站的二三六號公車裡，高濃度二氧化碳混雜著人群汗臭的味道，合成燠熱酸羶的黏稠空氣充塞在人貼著人的擁擠空間裡。周湘若跟著公車顛簸的頻率調整自己的呼吸，不時還轉頭留意左手邊一個緊挨著自己的北一女學生，她原本一手抓著椅背把手，一手拿著袖珍字典背單字，但車過公館站之後她就開始顯得有些忸怩不安，拚命往她身邊擠，周湘若皺了皺眉，沙丁魚般的公車裡，女學生的舉動已經嚴重壓縮她的站立空間，再擠過來一點點她就得用單腳站立了！

周湘若嘆了口氣轉頭想跟女學生說別再擠她了，但女孩倉皇蜷曲的身體、驚恐害怕的眼神，卻讓她到口的話又縮了回去，她下意識往女孩蜷曲的反方向看，女孩身後貼了個穿得一身黑的壯碩男子仰著頭張著嘴喘息著，臉上的凹凸痘疤隨著方正下巴的牽移變成一隻隻蠕動的變形蟲，周湘若一陣反胃，將目光下移，公車一個顛簸將緊貼的中年男子與女學生分開，周湘若眨了眨眼再看個仔細確定看到的是糯米腸般粗的裸露下體。她抬頭看了看女學生另一邊的女性上班族，她也同樣一臉瑟縮驚恐，像是早就知道男子的作為。

『司機，停車！』周湘若當下立刻拔高音量大吼道。

『嘔——』坐女學生前方座位的上班族女性好奇的伸頭看到痘疤男子下體，跟著也掩著口一陣反胃。

『司機，停車！』周湘若再次使盡吃奶的力氣大吼道。

『嘎——』公車司機將車急駛至路邊緊急煞車，車上人一陣東倒西歪，痘疤男乘勢將下體塞回褲襠往車門擠。

『抓住那個人！』周湘若緊張的喊道。兩個學生模樣的年輕人雖然一臉不明所以，卻還是下意識伸手牢牢架住倉皇往外擠的痘疤男，痘疤男因此卡在走道當中動彈不得。

『怎麼回事？』公車司機排開眾人問道。

『最近的警察局在哪裡？』周湘若問。

司機看了看窗外。『南昌街。』他說。

『你得把車開到警察局。』

『拜託，我趕著上班！』一個女聲立刻出聲應道。

司機看了看痘疤男再看看女學生，女學生靠在上班族女性懷裡發著抖啜泣，綠上衣跟黑學生裙上沾染了些半透明的白色黏液。司機猶豫一下，從口袋掏出一張百元鈔票遞給出聲的女聲。

『拿去！一百塊夠妳坐計程車到台北火車站。』

現場響起一陣如雷的掌聲，女聲悻悻然將錢放進口袋。

『請各位下車，我們要把車開去警察局。』公車司機轉身再度排開人群走回駕駛座將前、後車門打開。『我們需要一些目擊證人，』周湘若說：『有看到這個變態男子行為的人如果方便，麻煩請留下……』

警局備好案之後，周湘若還到附近服飾店買了牛仔褲給女學生替換，才匆匆趕到台北地檢署，時間已接近十一點。周湘若走進丹堤咖啡店時，發現店裡生意還不錯，近百坪的店面客人幾乎坐了八成滿，她低頭看了看錶，十一點三分，這個時候吃早餐太晚、吃午餐又嫌早了些，這些人都不用上班的嗎？她在心裡嘀咕著，還一面游目環顧店裡的顧客，金浩檢察官只告訴她可以來這兒找白佐國檢察官，卻沒告訴她其他資訊，所以這店裡頭只要是男的就有可能是白佐國檢察官，一桌桌問又太蠢，她摸了摸鼻子，決定用最快的方式找到白佐國檢察官。

『白佐國檢察官在嗎？白佐國檢察官？』

白佐國怡然自得的吞雲吐霧之際，聽到遠遠一個清亮的女聲高喊他名字時差點沒被肺裡頭的那口煙嗆到。『白佐國檢察官？』女聲的主人立刻用目光鎖定白佐國。

『咳！』白佐國將煙吐出。『妳是？』他看著邊揮著手趕煙、邊走到他對面坐下的女孩問道，女孩一頭俏麗的短髮，曬得小麥金黃的膚色上鑲著兩顆慧黠的大眼，看起來洋溢著青春活力，但眼裡頭隱隱約約透露的世故及一身俐落的黑色套裝又讓人猜不出她的年紀。

『周湘若，你的檢察事務官，請多指教。』女孩伸出手自我介紹道。

白佐國愣了愣，他原本以為上頭會派個有經驗些的事務官給他。

『財經實務組，今年三十歲，在考上檢事官之前，在上市公司做經營管理幕僚，因為喜歡推理小說，所以去考檢事官，沒想到一試就中，所以……』周湘若收回手、聳了聳肩。

『Anyway，我只是想讓你知道我不是什麼都不懂的菜鳥。』

白佐國苦笑了笑，這女孩有做檢事官的潛質。

『很抱歉第一天上班就遲到，我會跟人事室請假的。』

白佐國無所謂的抽了口煙。周湘若看著一臉悠閒吞雲吐霧的白佐國，忍了一下，最後還是忍不住開口問道：『有沒有人告訴過你……』她比了比用落地玻璃隔間的煙霧濛濛吸煙區。『從外面看，這裡頭就像是毒氣室？』

白佐國撣了撣煙灰，沒答腔。『好吧，』周湘若無奈的說道：『然後呢？』

『然後什麼？』白佐國看了周湘若一眼。『我要做什麼？』周湘若憋著氣問道：『我早餐吃過、咖啡也喝了，而且……』她連咳兩聲，『就快被毒死了！』

白佐國忍住笑，喝掉杯中最後一口咖啡起身說道：『走吧。』

白佐國檢察官跟周湘若抵達內湖泰扶大樓的頂樓總管理處辦公室時，集團總裁郭泰邦正好走出大門。『郭總裁！』白佐國叫住郭泰邦。

郭泰邦停下腳步。『你是？』他上下打量白佐國檢察官。

『白佐國，台北地檢署檢察官。』檢察官遞上自己的名片。

『喔，』郭泰邦換上笑臉，『白檢察官，有什麼事我幫得上忙嗎？』

『有些萊兒生技的問題想請教你。』白佐國看了郭泰邦身後穿著短袖白襯衫、黑領帶的削瘦男子一眼，他雖然瘦得像風一吹就會跑的紙片，但襯衫下若隱若現的胸肌跟線條分明的手臂，明顯看得出是個練家子。

『這是我的私人保鏢韋克，』郭泰邦見白佐國目光落在他身後，主動解釋道：『你知道的，現在治安不太好，尤其像我這種有頭有臉的人，小心一點是需要的。』他說。

白佐國再看了韋克一眼，他兩腳成倒V的直挺站立，雙拳交握在鼠蹊前，低著頭抬眼迎視白佐國的注視冷冷地笑了一下，白佐國被他眼裡的陰鷙一螫，冷不防打了個冷顫。『萊兒生技的負責人陳豪山是你的特別助理？』他收回目光問道。

『是「前」助理。』郭泰邦糾正白佐國。『他開立萊兒生技沒多久就離職了，所以萊兒生技的事我一無所悉。』他舉起手看了看錶。『我不是已經撤銷告訴了？這件事應該跟我沒關係了吧！』他支了支下巴示意韋克按電梯。『還是你們地檢署吃飽沒事做？』郭泰邦走進電梯，在電梯關門前訕笑道：『我們小老百姓辛苦繳的稅，可不是要你們這些閒著沒事做的公務員四處找人聊天的吧？』

白佐國跟周湘若就近找了家麵店吃午餐，正值用餐時刻，店裡、店外擠滿用餐人潮，白佐國跟周湘若好不容易等到一桌空位坐下來，周湘若立刻開口問道：『檢察官，你覺得怎樣？』

白佐國低頭看著菜單。『妳吃什麼？』

『牛肉麵，大碗。』

白佐國在牛肉麵旁畫了兩道線，起身將菜單交給麵攤老闆，還帶回兩盤小菜。

白佐國一坐下，周湘若就忙不迭分析道：『郭泰邦說他對萊兒案一無所悉的時候，眼睛是往右看，所以那表示他在說謊？你知道說謊心理學有這種理論：左腦掌管記憶、右腦掌控創意，所以當他往右邊看的時候，那表示他在運作想像的右腦，換言之，他說的不是實話……』

周湘若興奮得連氣都沒換的連珠炮似地發表高見，但白佐國一直沒答腔，拿著筷子的手懸在半空，周湘若奇怪的看著白佐國，他眼睛直愣愣的盯著前方電視螢幕下方的新聞跑馬燈：

北縣新店民宅發現女屍，死者林羽馥三十三歲，疑因吸毒過量猝死浴缸。

4

白佐國檢察官趕抵林羽馥住處時，經辦的員警正要離去。『你是？』

『檢察官。』白佐國出示證件。

『檢察官？』承辦員警王凱一臉不解。『可是剛剛已經有一個叫金浩的檢察官相驗說沒有他殺嫌疑，所以……』

『我可以四處看看嗎？』白佐國檢察官打斷王凱的喃喃自語說道。

『請。』王凱無奈的聳聳肩拉高黃色塑膠條示意道。白佐國隨即彎身穿越，周湘若見狀也跟了進去，然後是王凱。屋子裡彌漫了股難聞的屍臭味，周湘若下意識掩住口鼻，王凱看了她一眼。『需要口罩的話，可以去外面跟那個胖胖的員警拿。』他說。

周湘若猶豫了一下，隨即放下手。『第一天上班，我得表現得更專業點，別讓人瞧不起！』她心想。菜鳥！王凱似笑非笑的從口袋拿出筆記本。『死者是三十三歲的林羽馥，單身，她的朋友賴芊芊CALL了她兩天都沒回應，覺得不大對勁找來消防隊開門，才發現她死在浴缸裡，泡了兩天，屍體都爛了。我們在死者客廳垃圾桶發現一包純度很高的安非他命，所以研判應該是吸毒過量致死。』他翻著手上的筆記本簡報道。

垃圾桶？白佐國蹙了蹙眉，看了餐廳角落的餐櫃一眼，餐櫃玻璃窗內排放整齊的骨瓷杯具及餐盤，看起來似乎展示的意味多過使用的實際效用；四人座的柚木餐桌則空盪盪的，上頭鋪了層均勻的薄灰，像很久沒人用過。

白佐國繼續往客廳走，電視櫃附近整整齊齊的擺放了台三十九吋的平面電視及六聲道環場家庭劇院音響，DVD播放機上攤放了張ＣＤ，是最近才發片，號稱是『上尉詩人』的英國歌手James blunt的作品，ＣＤ殼內是空的，白佐國從口袋掏出矽膠手套按了DVD的送片鍵，裡頭空空如也，沒有ＣＤ的蹤影。白佐國彎下腰拉開電視櫃的抽屜。周湘若站在旁邊伸頭探了探，抽屜裡凌亂的散佈著幾張ＣＤ殼，白佐國隨手檢視了幾張，裡頭全是空的，其他兩個電視櫃的抽屜狀況也都差不多。

白佐國關上抽屜起身環顧了一下客廳四周，陽台外推的小和室上幾個色彩鮮艷的抱枕，規規矩矩的安置在牆緣，角落的希臘小天使流水造景汩汩地流著水，周圍則擺置了幾盆養得綠意盎然、枝葉茂密的植栽。白佐國往另一個方向看，赭紅色沙發前的茶几上除了電視音響的遙控器外，就只擺了壺水及茶杯，白佐國瞇了瞇眼，趨身向前彎下身用跟茶几平行的角度看了茶几一眼。

『她的NOTEBOOK在哪裡？』白佐國問道。

『啊？』王凱愣了愣。

『死者的NOTEBOOK，』白佐國修正用語，『這裡應該要有一台NOTEBOOK。』他指了指茶几左側一個長方形的印子，『這一區沒有灰塵，看形狀應該是十五吋的筆記型電腦。』他說。

『呃……』王凱用手指沾了沾口水翻找著手上的筆記本。『死者在上禮拜報案說被闖空門，經過清點……』他終於找到需要的那一頁，『發現錢包、NOTEBOOK跟床頭櫃裡的生活費一萬兩千元被偷，「可能」還有幾片ＣＤ，不過她說，那些ＣＤ都是些照片之類的私人檔案，不值錢。』

白佐國看了王凱一眼。

『這件闖空門的案子也是我經辦的，』王凱補充說明道：『那天死者說話就有些顛三倒四，老實說，當時我就懷疑她是不是在嗑藥。』

白佐國沒多說，逕自往房間走，周湘若則繞到廚房檢視。廚房流理台一樣收拾得乾乾淨淨，角落兩個垃圾分類箱裡清清楚楚的放置了已經沖洗乾淨的紙類便當跟保麗龍、塑膠瓶。

白佐國在左手邊的房間門口站定往內看，房間內黑檀木地板上除了一整面牆滿滿的書櫃外就沒有多餘的家具。

『這是死者的書房，死者一個人獨居，如果有客人來就變客房。』王凱說。

白佐國看了地板一眼，書房地板一樣結了層薄薄的灰塵，上頭一堆凌亂的腳印，全部是走向書櫃的方向，其中一雙看起來是鞋印的腳印吸引了白佐國的注意。『這些腳印採樣了嗎？』他問。

『上次闖空門時做了，不過這次沒做。』王凱回道：『死者被發現前是一個人在屋內，門是由內反鎖的，四周也都加裝了鐵窗，她朋友後來是請消防隊用油壓剪破壞鐵門入內，才發現她已經氣絕多時，所以……我想應該沒必要做。』

白佐國悶哼了聲，隨即轉身往另一個房間走。

臥房五斗櫃上擺了個金色喜餅盒跟寶藍色手錶盒，白佐國走過去打開喜餅盒，裡頭是一些珍珠、鑽石之類的小首飾，還有一張紅色喜帖。

白佐國抽出喜帖看了一下，是林羽馥跟她未婚夫賴赫哲當年的結婚喜帖。白佐國將喜帖歸回原位，打開喜餅盒旁的手錶盒，手錶盒裡有幾隻歐米茄、浪琴跟ORIS等價值不斐的手錶。

『這裡隨便一只錶都比一萬兩千塊多。』周湘若忍不住嘟囔了句。

白佐國蹙了蹙眉，將錶盒蓋子闔上，拉開五斗櫃抽屜，抽屜裡的衣物摺得工工整整，一疊一疊、規規矩矩地順序擺放著。

白佐國闔上抽屜趴到地板上側著頭檢視床底，只有厚厚一層灰，他起身走到化妝台拿起下方的垃圾桶察看。『有找到吸食器嗎？』他問。

王凱愣了愣。『安非他命可以口服，不一定要吸食器。』

那就是沒找過。白佐國轉身往廚房走，他將廚房垃圾桶拿出時，『鏘！』一聲，垃圾桶後面原本壓著的一片CD掉到地上，白佐國看了看廚房外面，王凱跟周湘若在房間討論林羽馥那些錶的二手市場，他撿起地上的CD放到口袋，翻了翻垃圾桶，裡頭都是些水果皮、食物包裝袋之類的垃圾，他將垃圾桶歸回原位，走出廚房，王凱跟周湘若也正好走出臥室，然後三個人目光不約而同望向浴室。

白佐國走到浴室門口遲疑了一下。人都是孤獨的。十三年前他打開浴室看到地上這張紙條後，他的人生就此改變。他吸了口氣打開浴室門，一旁的王凱伸手張了張嘴，但話還沒出口，一股撲鼻的腐臭味隨即迎面而來。

『嘔——』站白佐國身旁的周湘若立刻轉身往廚房水槽乾嘔，中午沒吃是對的，周湘若心想。

浴室一片漆黑，這是間都會區公寓大廈常有的暗房式浴廁。

白佐國伸手打開廁所電燈。

『抽風機壞了，味道不太好。』王凱將來不及出口的話說完。白佐國隨即閉住氣走進浴室在垃圾桶裡翻找。白佐國的動作讓王凱傻眼，這通常是搜證員警的工作，很少檢察官會願意這麼做，更何況他好像還不是承辦檢察官。

『呃……』王凱終於忍不住開口問道：『白檢察官，到底是您還是金浩檢察官是這個案子的承辦檢察官？』

『這案子有些奇怪，你請法醫盡速驗屍。』白佐國沒正面回答王凱的問題。

『可是……』

『我會跟金浩說明原因。』白佐國不讓王凱有質疑的機會。『還有，查訪鄰居，看他們最後見到死者是什麼時候，有什麼異常狀況。』他果斷下達命令。

回地檢署的路上，白佐國沈默得讓周湘若有些不自在。

『以一個吸毒的人來說，死者家裡整齊得有些奇怪。』等紅綠燈時，周湘若試圖打破沈默。

我的帥還在，你怎麼知道我最後不能反敗為勝！白佐國看著前方紅綠燈想起大溪那天林羽馥說這話時的堅定神情。

周湘若見白佐國似乎沒要回答的打算，識相的閉上嘴望向窗外。上班第一天還真是刺激：變態的暴露色情狂、猖狂的經濟嫌疑犯跟發出惡臭的腐屍，還有這個聲名狼藉又看起來不怎麼好相處（但憑良心說，還挺帥）的頂頭上司。看來她的檢事官生涯應該是不會太平安順遂的了！思及於此，周湘若心頭忍不住浮上些許不安，以及……興奮？

5

林羽馥案在白佐國堅持事有蹊蹺下在台北地檢署引起軒然大波。法醫驗屍報告證實，林羽馥是死於安非他命過量的急性中毒，而王凱的查訪也證明林羽馥當天的確踏著歪斜的步伐回家，還有電梯監視器錄影佐證。

『可見死者當時毒癮發作，回家後吸食安非他命是合理的推論。』

『吸完毒再把安非他命丟到垃圾桶？』

『也許她突然想戒毒，又或者，她以為垃圾桶是放安非他命的抽屜。』金浩戲謔道：『誰曉得呢，這些吸毒的人！』

『吸完安非他命還把塑膠袋方方正正摺好、用膠帶黏起，像沒開封過一樣？』白佐國檢察官在劉建業檢察長的辦公室裡一一反駁金浩的論點。

『也許她吸了另外一包。』金浩隨即提出假設。

『那空的包裝袋呢？』

『或許丟進馬桶沖掉了。』

『那麼至少對死者陳屍現場做一下鑑識，確定那是第一現場再決定要不要結案。』

『沒那個必要，死者將自己反鎖在屋內，就表示陳屍現場就是第一現場。』劉建業檢察長揉著眉心接口說道，口氣裡有著明顯的不耐煩。『我同意金浩的處置方式。』他做出裁示。

『我要這個案子！』白佐國脫口而出。

劉建業跟金浩同時轉頭看著白佐國，白佐國向來有『最懶散的檢察官』之稱，他竟然會主動接案？

金浩冷哼一聲。『那敢情好，案子就移交給你。』

白佐國看著劉建業檢察長。

『這裡不是辦家家酒的地方。』劉建業冷冽著一張臉說道。

『但……』

『現在地檢署人力吃緊，這件事就到此為止，不用再多說！』

§

周湘若從廁所出來時，遠遠的就見到走廊另一端金浩檢察官辦公室裡走出一對老夫婦。身材中等的老人攙扶著嬌小的婦人步履蹣跚的走了幾步路之後，婦人像身體不舒服的往前踉蹌了一下，老人跟著也失去重心、雙雙撲倒在地上。周湘若加快腳步走向老夫婦。

老人吃力的支起身要將婦人拉起，但老婦人卻哭得不能自已地攤趴在地上。

『厚啊，麥擱哭啊。』老人嘴裡叨唸著。

『你們還好吧？』周湘若吃力的扶起婦人，將老人及婦人帶到鄰近的走廊椅上休憩。

『小姐，』婦人抓住周湘若的手臂，『妳可不可以幫我們去跟那個金浩檢察官說，我女兒是不可能吸毒的？』

『妳別為難這位小姐了。』老人紅著眼將婦人拉開。『人家辦事有一定的規矩……』

『什麼規矩！地檢署這麼大間，總有人可以主持公道的吧？』婦人拭去淚忿忿不平說道。

周湘若看著眼前兩位穿著樸實素淨的老人家。『兩位是？』

『我姓林，』老人說：『我女兒前兩天被發現死在浴缸，報紙跟警察都說是吸毒過量……』

姓林？周湘若蹙了蹙眉。『兩位是林羽馥的？』

『我們是她的父母。』老人說。

『妳認識我們家羽馥？』婦人眼中閃過一絲光芒。

『呃……』周湘若小心措著辭，『我在林小姐出事後曾經到過現場。』

『妳嘛係檢察官？』婦人興奮的抓住周湘若的手臂，周湘若痛得咬了咬牙，但沒縮回手。

『我係檢察事務官，算起來只是檢察官的助理，不是檢察官。』周湘若解釋道。

『那妳可以幫我們跟那個檢察官說一下，他一定是弄錯了，阿馥連煙都不抽，怎麼可能吸毒嘛？』老婦人重新燃起希望。

『呃……』

『這個檢察官根本不聽我們說。』老人擤了擤鼻子。『羽馥是我們獨生女，我們年紀很大才生下她，這孩子從小就乖巧，買了房子後原本想接我們來台北住，可是我在宜蘭教了三十幾年書，實在住不慣台北……』老人悲從中來，『總之，我自己女兒我瞭解，她一向乖巧，不可能主動接觸毒品，就算她真的吸毒，也一定有不得已的原因，我只是想請你們至少查一下她是怎麼會走上這條路，還有到底是誰給她毒品，這樣至少賣毒給她的人以後就不能再害別人了。我們只是想知道事實真相，萬一她真的是被人害死的呢……』老人哭得不能自已。

『阿伯，別激動，身體要緊。』周湘若扶住老人，囁嚅說道。婦人從她眼中看到無能為力的訊息，又撲簌簌地掉下淚。老人跟婦人交錯的啜泣聲迴盪在走廊持續了好一會兒。

『你們……』周湘若手足無措的咬了咬唇，老人家單薄的哆嗦，身軀像兩片脆弱的枯葉隨時會崩解。『你們知道林小姐最近有被什麼事困擾嗎？』她下定決心開口問道。

老先生奇怪的抬頭看著周湘若。

『我的意思是，她最近有沒有類似情緒低落、心情不好之類的反應？』

老人搖搖頭。『只有三年多前我女婿在他們結婚前兩天出意外，喪禮後她回宜蘭休養的那個禮拜看起來意志比較消沈外，其他時間都很正常。這孩子高中畢業就來台北唸大學，一向樂觀又獨立，每次回來看起來都開開心心的……』

三年多前？林羽馥看來不像從那個時候就開始吸毒的人，如果那個時候沒吸毒，經過這麼久的時間沈澱，應該也不會是她現在吸毒的原因。周湘若當下做出判斷。

『那……您最近有聽說林小姐在跟誰交往嗎？』周湘若繼續問道。但老人給她的，卻是一臉痛楚的茫然。

送走老夫婦之後，周湘若回到檢察官辦公室。白佐國抬頭看了她一眼。

『林羽馥那個案子確定要結案了？』周湘若問。

『嗯。』白佐國低頭在嘴裡悶哼了聲。

『那……我想，』她遞出手，『你應該看看這張ＣＤ。』

白佐國抬頭看著周湘若手上的東西愣了愣。『這是？』

『夾在您要我看的萊兒生技案的檔案裡，裡頭是林羽馥——那個安非他命中毒的死者一些e-mail往來信件跟幾段錄音資料。』

垃圾桶後那張CD！白佐國恍然大悟，他當晚看完光碟內容並且轉錄到NOTEBOOK存檔後，就隨手將CD放桌上。『妳看過了？』

周湘若點點頭。『我以為這是萊兒案的檔案。』她說：『所以……』她看著白佐國，『這張CD是您找到的？』

『嗯。』

『是從哪兒找到的？』周湘若不解，那天她從頭到尾都跟著白佐國，怎麼會不知道有這張光碟片？

『垃圾桶後面。』

垃圾桶後面？周湘若沈吟了一下。『那麼可能是原本要丟沒丟準的。』她喃喃自語推論道：『一個有六聲道環場高級音響的玩家，怎麼會只有抽屜裡那幾張CD？就算只有那幾張CD，裡頭的光碟片呢？顯而易見，這張光碟是屋內唯一一張光碟片，那表示……』

『這個案子已經結束了！』白佐國冷冷打斷周湘若。『妳萊兒案進行得怎麼樣了？』

『啊？』周湘若斂起臉，拉回思緒。『我清查過萊兒生技從成立到現在四年多的資金流向，發現其中幾筆大額匯出是匯入幾個公司戶頭，名義是轉投資，但這些所謂的轉投資公司在萊兒帳冊中幾乎不曾出現，萊兒的各關係人也口徑一致的表示他們只是依據萊兒負責人陳豪山的指示辦理匯款，並不清楚這些公司在做什麼。至於這些公司戶頭我大概清查了一下，全部都是登記在英屬維京群島的境外公司。』周湘若頓了一下，白佐國臉色難看的看了她一眼。英屬維京群島政府除了提供美國政府販毒洗錢的資料之外，對所有設立在當地的公司資料一律保密，換言之，這條線索等於到這裡就斷了。

『做得很好。』白佐國低頭沈吟一會兒後說道。

周湘若沒反應。

白佐國抬頭看著一臉肅穆的周湘若。『查這些會讓妳困擾嗎？』他往後靠在椅背上沒有平仄的問道。

周湘若僵了一下。

『如果妳覺得困擾，我可以……』

周湘若聽懂白佐國的意思。『不，不會！』她斷然回絕道。

白佐國瞇了瞇眼，十幾年前他還在台北地檢署時和周湘若的母親周彩枝是同事，周彩枝原本是書記官，但因為任職銀行的先生，也就是周湘若父親利用職務之便，將客戶鉅額存款轉匯海外並潛逃美國而丟了書記官公職，後來他調到花蓮地檢署之後輾轉聽說周彩枝因為受不了壓力上吊自殺，就沒再聽過她的消息，直到看到周湘若的人事資料才知道原來周彩枝還有個女兒。

『我不會再讓我父母的事左右我的人生！』周湘若一臉倔強的說。

『我沒其他意思。』白佐國面無表情看著周湘若。

『那最好。你記得我母親？』

『她是個好書記官。』

周湘若噘了噘嘴。『那麼……沒其他事，我先回辦公室了。』她說。

周湘若回到座位抽了張面紙拭掉眼角的淚。父親離開後，家裡三不五時就有人上門盤查。妳先生計畫多久？他現在人在哪裡？妳是他老婆，怎麼可能什麼都不知道？有那麼多錢，現在妳應該不把書記官這區區幾萬塊的薪水放在眼裡了吧……

周湘若仰著頭吐了口大氣，摒除腦中那些屬於過去的思緒。把美好留存、醜惡放下。這個信念陪她走過那段最難熬的時光。她甩了甩手，打開NOTEBOOK裡署名『FULL LIN』的資料夾，她在將光碟片還給白佐國檢察官前拷貝了一份在自己電腦中。那天王凱提到林羽馥的錢包、NOTEBOOK跟一萬兩千元被偷：『「可能」還有幾片CD，不過死者說，那些CD都是些照片之類的私人檔案，不值錢。』周湘若眼睛盯著螢幕，用手支著下巴。會不會錢包跟一萬兩千元只是障眼法？周湘若直覺。所以整間屋子才會只有這張要丟棄沒丟準、藏在垃圾桶後的『漏網之魚』光碟片？再者，竊賊放著林羽馥房間那幾只品味不俗的名錶、首飾這些小巧貴金屬不偷卻偷笨重的十五吋比筆記型電腦，如果不是秀逗，就是太不懂行情，總之，都不合常理。現在全新的NOTEBOOK兩、三萬就買得到，二手的更不值錢。

所以，如果竊賊的目標是NOTEBOOK或光碟片，那麼……NOTEBOOK跟光碟裡藏了什麼秘密？她吸了口氣搜尋螢幕上密密麻麻的檔案清單，按下標記著050104的檔案信件。

寄件者：Full Lin
日　期：二〇〇五年一月四日 上午十一：十六
收件者：Tony
主　旨：真誠

Tony：

關於朋友心中自有一把尺度，能真正走進心底成為一輩子朋友時時記掛的，真誠善良不耍心機是基本要件，所以……不要一再考驗我的判斷力，那只會讓我一步步失掉原本對你的尊重。

不知道為什麼，近來越覺得你的個性及說話的口吻很像我在真實世界中認識的一個人。花了很多時間說服自己：命這麼好應該不會發生這麼倒楣的戲劇性巧合，但……我們真的沒見過面嗎？

Full

§

夜晚，新店裕隆車城旁的平面展示車場，暈黃的燈光讓夜色多了些羅曼蒂克的微醺。白佐國坐在STARBUCKS前的露天咖啡座上吐納著手上的香煙。不戒煙後，他煙抽得比戒煙前還兇。這是什麼邏輯？他苦笑了笑，彈掉手上的煙灰。他轉頭看著六個月前和女人邂逅的那個座位，空盪盪的，像在為女人哀悼。

白佐國吐了口煙。告訴我，你現在還相信人性嗎？四肢交纏時，女人問。你猶豫了，那表示你不相信？還是跟我一樣還在矛盾擺盪游移中？白佐國捻熄手上的煙蒂，重新再點了根。人心是度量精準的天平，無所謂善惡。女人喘息著說道。所以好人需要鼓勵堅持信念、壞人需要鼓勵變本加厲，於是我們都變成游走在兩者間的投機者，哪邊被彰顯就往哪邊靠。

白佐國捻熄一口都沒抽的煙，再次重新點了根。

玩過走迷宮的遊戲嗎？每條岔路的選擇都會決定你後來要去的方向。女人低聲嘶吼道。所以沒辦法做決定時，我就會想起一句話：每個人都是自己人生的建築師，『選擇』會決定你要變成什麼樣的人。這句話是我未婚夫說的喔！完事後，女人趴在白佐國胸前抬頭撩撥他下巴剛冒出的鬍碴驕傲的說。LUCKY MAN！白佐國輕撫女人的背感受她身上的溫度心想。

你做的一切都是為了你自己，別拿我當藉口！那年，白佐國在北檢署辦公室待了七天七夜回家後，妻發狂似地哭喊道。我只是想做個讓妳尊敬的人！白佐國回吼。一陣靜默，絕對的靜默，針掉到地上都聽得到的靜默後，妻眼中的狂亂散去，取而代之，是零下的低溫。

或許……我需要的只是個能讓我不那麼孤單的人。妻低聲呢喃道。心裡頭有個想讓自己變得更好的人，是幸福的。女人微笑著說。白佐國收回紛亂的思緒，用力捻熄手上的煙，拿起桌上的咖啡一飲而盡後，掏出手機撥了電話：『小張，我是白佐國，請你幫個忙，私人的……』他打開桌上的NOTEBOOK接上無線網路按下傳送鍵。『我現在把檔案傳過去，有結果的話傳真到我家裡。』他說：『越快越好！』

§

周湘若站在林羽馥家樓下抬頭看著屋內燈火通明的黃色燈光，吸了口氣伸手按了門鈴。

『林伯伯，是我。』

啪！大門鎖鬆脫，周湘若推開大門走進電梯。電梯門開時，林老夫婦已經站在門口迎接。

6

周湘若放下林羽馥的存摺將頭攤靠在沙發上。林羽馥名下的戶頭相當單純，只有中國信託、國泰世華跟一銀三個戶頭。其中一銀是薪資戶，今年二月才開戶，薪水只進不出；國泰世華則是存款投資專戶，除了每年年初轉一筆整年度的預算生活費到中國信託之外，其他進出就只有一些二月之前的薪資匯入跟股票或基金買賣；至於中國信託則是支出戶頭，負責日常生活開支。

聰明的資金管理方法，周湘若心想。但，她從這裡頭實在看不出林羽馥哪裡來的錢買安非他命，除非她另有收入來源，否則……周湘若抬起頭，否則就是有人給她的？但……誰有這個環境跟能力可以免費供給她安非他命？安非他命不是感冒糖漿，隨便藥房就買得到，如果今天是她突發奇想想試試安非他命的味道，老實說，她還真不知該上哪兒、或找誰才買得到。

周湘若嘆了口氣，轉頭看著窗外漆黑的天際，一陣睡意來襲，她打了個哈欠回頭看了牆上的時鐘一眼，三點多了，明天還要上班，先睡吧。她將存摺放進方才從林羽馥家帶回來的紙箱中，起身走進臥室。

寄件者：Full Lin
日　期：二〇〇二年十月一日 下午十一：〇五
收件者：Tony

主旨：無言
以為是醒著的時候又像是夢中
使盡全力卻還是嚎叫不出一聲
於是，日日夜夜拖著
往更深的淵藪墜落
終究……看不到盡頭

Full

周湘若走進白佐國檢察官辦公室時，白佐國正對著電腦螢幕發著怔。

周湘若等了一下，白佐國仍是恍若未聞地動也沒動。『檢察官，』她出聲道：『可以問你一個問題嗎？』

白佐國顫了一下，抬頭看著周湘若。『什麼事？』他回過神關閉電腦螢幕雙手交握在桌上問道。

『您相信直覺嗎？』

白佐國瞇了瞇眼。『直覺是觀察力跟判斷力的綜效呈現，我會參考。為什麼這麼問？』

周湘若點點頭。『我也是，So……如果你沒其他事交代我，我可以自己去查我想知道的事嗎？』

白佐國盯著周湘若，揣度她問這話的用意。周湘若正面迎視白佐國的目光沒迴避。末了，白佐國聳了聳肩，『不惹麻煩就行。』他說。

周湘若回到座位從下層抽屜拿出紙箱從裡頭翻出林羽馥的手機。手機電話記錄林羽馥七月一日死亡當天沒有已撥電話；最後的已接來電顯示則是『芊芊』，在七月一日下午兩點七分四十三秒。周湘若拿出筆記本確認林羽馥的死亡時間，她私下套問過金浩，根據法醫的驗屍報告，林羽馥死亡時間應該是在七月一日下午三點到七點之間；而林羽馥住處的電梯監視器也顯示她是在七月一日下午二點三十五分左右進入電梯回家，之後就沒再公開露過面。

周湘若按了手機返回鍵回到上層已接電話一的下一頁，第二、三、四通的來電顯示也都是芊芊，在六月三十日到七月一日之間。這麼密集的通話，她們都說了些什麼？周湘若從公事包找出檢事官受訓時抄的筆記。安非他命經吸、食或注射進入體內後，血中濃度的半衰期平均為二十個小時。筆記本上寫道。由於林羽馥屍體在浴缸中泡了兩、三天，因此法醫並沒辦法確定林羽馥吸食安非他命的途徑，所以……有沒有可能林羽馥回家時腳步踉蹌是因為在這之前就已經吸食了安非他命？如果是這樣，她在回家前的這二十個小時見過了誰？周湘若腦中一片混亂。她閉上眼定下心深呼吸了幾口氣。先找到賴芊芊再說！她決定。

周湘若跟賴芊芊約在內湖一家叫『愛琴海』的咖啡店見面。

『抱歉，上班時間把妳找出來。』周湘若說，她原本打算直接去賴芊芊公司找她的。

『哪裡，我們公司比較保守，妳直接過來可能引起騷動，約在外面我反而比較方便。』賴芊芊說道，她直挺的鼻子上架著款舊式的金絲框眼鏡；齊肩的中分長髮工整的梳到腦後綁起來，臉上薄施了些脂粉。

周湘若理解的點點頭。『林羽馥的屍體是妳發現的？』她從提包拿出筆記本，直接切入正題。

『是。』

『妳們的關係是？』周湘若將筆記本翻到空白頁，用嘴咬開筆蓋。

『朋友，很好的朋友。』

『那麼妳知道林羽馥在七月一日當天見過誰？做過什麼事？』

賴芊芊猶豫了一下，周湘若抬頭看著賴芊芊，她緊咬著牙，下顎骨向後推移到耳際。

周湘若眼中閃過一絲疑慮。『如果妳知道什麼，最好直言不諱。』她提醒道。

賴芊芊舔了舔唇。『羽馥她……』她吞嚥了口口水，『她那天早上才剛拿完孩子，是我陪她去的。』

周湘若眨了眨眼，有些意外，就她所知，法醫驗屍報告上並未提及這件事。『孩子是誰的？』她問。

『不曉得，她不肯說。』

『幾個月了？』

『一個多月吧。』

『她最近有跟誰在交往嗎？』

賴芊芊垂下眼瞼，拿起剛送來的咖啡啜了口。『就我所知，沒有。』她將咖啡杯放回桌上抬頭說道。

『那……還有誰可能知道她的交往情形？』

賴芊芊篤定的搖搖頭。『我跟羽馥幾乎每個禮拜都會碰面，如果我不曉得，應該就沒人知道了。』她頓了一下。『事實上，知道羽馥懷孕我也很驚訝，自從我哥過世後，就我的瞭解，羽馥的感情世界就像冰封的極地，雜草都難生存……』

『妳哥？』

賴芊芊點點頭。『妳知道我哥的事？』

『聽林伯伯……林小姐的父親提過。所以林小姐到現在還是沒走出這段陰霾？』

『也不能這麼說。』賴芊芊斟酌了一下。『羽馥一向是個開朗的人，只是對感情比較謹慎，套句她自己說的，我想她應該只是還沒準備好。』

還沒準備好，卻有了身孕？周湘若沈吟了一下。『七月一日當天妳是什麼時候跟林羽馥分手的？』她繼續問道。

『早上十一點吧，我陪她做完手術之後原本要送她回家，不過她說她要回公司開車，後來的事我就不知道了，一直到星期一我一直找不到她人才……』賴芊芊眼眶一紅。『我聽王警官說，羽馥是吸毒過量死的？』

『妳知道她吸毒？』

賴芊芊覺得這問題極其可笑的直搖頭。『什麼人都有可能吸毒，就是她不會！』她斬釘截鐵說道。

『那麼，她最近有做過什麼異常的舉動，或說過什麼奇怪的話嗎？』

賴芊芊搖搖頭。『她最近只是常喊頭痛、目眩、注意力不集中，而且食慾不太好，吃得很少，還有點失眠……』

周湘若一凜，這些都是安非他命初期的中毒反應。『妳有這些症狀嗎？』她立刻反問。
『妳看我像懷孕的樣子嗎？』賴芊芊一臉荒謬好笑的反問周湘若。
周湘若刻意忽略賴芊芊的挑釁。『除了這些，還有其他嗎？』
賴芊芊苦笑了笑。『羽馥最近很愛跑廁所，這不曉得算不算是一種毛病。除此之外，』她正色說道：『我不認為她有什麼特別奇怪的舉動。』
『那……妳跟林小姐分手後還有再打電話給她嗎？說了些什麼？』
賴芊芊頓了一下。
『怎麼？』周湘若奇怪的看著賴芊芊。
『沒什麼。』她說：『我上了計程車之後回頭看她愣愣的站在路邊，面前停了輛計程車卻沒上車，所以不放心打了個電話確定她沒事而已。』
『妳記得確定的通話時間嗎？』
『我們大概十一點走出婦產科，等了一下才攔到計程車，我是在計程車上打的電話，所以應該是十一點十分前後。』
周湘若低頭看了自己的筆記本一眼，賴芊芊說的這通電話從林羽馥手機的已接電話顯示，應該是倒數第二通。
『後來妳有再打電話給林羽馥嗎？』
『沒有，後來我就直接回家休息，沒再撥過手機。』
『妳確定？』
『怎麼？有問題嗎？』

周湘若看著賴芊芊，她的神情看起來不像是在說謊。『林羽馥手機的已接來電顯示：妳在七月一日下午兩點零七分曾經撥了通電話給她，那也是她手機上顯示的最後一通已接來電，通話時間有將近半小時……』

『不可能，』賴芊芊打斷周湘若斬釘截鐵說道：『那個時間我家裡有訪客……』她止住話像想起什麼低頭拿起掛在胸前的手機按了按，臉色隨即一變。

『怎麼？』

『沒……沒什麼。』賴芊芊臉色刷白。『是我記錯了，我七月一日下午兩點左右的確打了通電話給羽馥。』她改口。

『說了什麼？』周湘若眼睛直盯著賴芊芊。

『沒什麼，就要她多休息之類的話。』

『講了半小時？』

『應該沒那麼久吧？我沒注意。這個問題有那麼重要嗎？』賴芊芊有些不耐煩。

周湘若沒說話，照常理推論，如果賴芊芊真如她自己說的，兩點那通電話只是要林羽馥多休息，應該不太可能講到半個小時那麼久，換言之，那表示在賴芊芊之後，林羽馥有可能還接了其他關閉來電顯示的私密電話，如果真是這樣，那又會是誰？

『還有其他問題嗎？』賴芊芊看了看錶。『我得回去上班了。』

『妳知道林羽馥平常喜歡做些什麼休閒娛樂？』

『很多啊，唱歌、跳舞、游泳、看電影、聽音樂……』賴芊芊像想起什麼，頓了頓。『不過前些日子她收藏的那些上百張原版ＣＤ全被闖空門的竊賊偷個精光，現在想想，她最近實在很倒楣！我在她出事前兩天才幫她把那些ＣＤ空殼搬到樓下讓垃圾車運走……』

送走賴芊芊後，周湘若拿出手機撥了電話給林羽馥父親請他去電信公司申請林羽馥最近半年來的通聯紀錄。掛掉電話後周湘若決定再坐一會兒，她召了服務生點了杯義式濃縮咖啡後，半倚在舒適的翠湖綠布沙發上，這才發現這間位於住宅大樓一樓的『愛琴海咖啡屋』視野還挺廣闊的，從鮮艷的橘黃色牆面搭配土耳其藍的木推門進來後第一眼看到的，是和屋外一致的橘黃牆面吧台，檯面上用色彩繽紛的湛藍、紅、白、黃馬賽克拼貼的普普風圖騰，讓人看一眼就覺得心情忍不住明亮、飛揚了起來。

周湘若將頭仰靠在沙發椅上抬頭看著吧台上方的挑高門廊，這塊佔地約莫四、五坪的挑高空間在天花板上圍了幾塊藍色布幔，布幔隨著冷氣空調緩緩飄動著身軀，在燈光的投射下舞出叫人遐想的曼妙舞姿。吧台側上方的二樓牆面是潔淨的刷白，周湘若收回下巴望向吧台旁彎沿而上的米克諾斯島式樓梯，梯面是赭紅的大塊瓷磚，梯腳牆跟兩側牆面則是和二樓牆面一樣的潔淨刷白，每一階梯腳牆上還綴了幾朵土耳其藍的小花，階梯角落則順著樓梯弧度間接一格擺上一盆盆色彩鮮艷的仙人掌盆栽。

『啪茲！啪茲！』周湘若聽到幾聲什麼東西裂開的聲響，下意識順著聲響的來源抬頭看了看吧台上方，藍色布幔一樣隨意的飄動著。『妳有聽到什麼聲音嗎？』她問送咖啡來的年輕女服務生。『喔，那是房子的聲音。』服務生見怪不怪的說：『這麼熱的天氣房子會熱脹冷縮，所以會有聲音。』她俏皮的挑了挑眉補了句，『老闆說的。』

『哦！』周湘若半信半疑的應了聲，她知道房子剛蓋好前幾年是會有女服務生說的這種情形，但……這聲響也未免大得嚇人了些吧？

妳想太多了！她搖搖頭對服務生笑了笑放她離開。林羽馥的案子搞得妳神經兮兮的，周湘若自我解嘲道，拿起咖啡啜了口，將思緒重新拉回林羽馥這個案子上。林羽馥在七月一日當天墮胎、死亡；六月二十四日報案遭闖空門，損失了些金錢及所有原版CD（不對，嚴格說起來是所有『光碟片』）。所以竊賊的真正目標是光碟片？周湘若認為這個可能性大大增加。如果真是如此，那麼性、被竊的光碟、墮胎，這三者間有沒有關聯？孩子又是誰的？為什麼這麼神秘，連每週都會碰面的好友賴芊芊都不知道？還有那些該死的安非他命，到底打哪冒出來的？這些問題塞爆周湘若的大腦，她呼了口大氣將頭仰靠在沙發上。

如果是我，應該也不會想讓賴芊芊知道吧？周湘若回復思緒。畢竟賴芊芊曾經差一點成為自己的小姑。周湘若想起賴芊芊提到林羽馥拿孩子的事時有些彆扭的神情。只是……如果真如賴芊芊說的，自賴赫哲死後林羽馥的感情世界是那麼貧乏，她又怎麼會懷孕？還是林羽馥過的是跟表象截然不同的雙面人生？為什麼？賴赫哲已經過世那麼久了，她再談新感情也是人之常情的事，沒道理、也沒必要刻意掩飾，除非……孩子的父親有不能曝光的理由！而那理由是什麼？對象又是誰？Tony？周湘若腦中閃過這個名字，她直起身將咖啡杯放回桌上，從公事包拿出筆記型電腦。

寄件者：Tony
日　期：二〇〇五年六月二日 下午十：二十九
收件者：Full Lin
主　旨：生日快樂

Full：

增長一歲的感覺是惆悵還是滿足？歷經禽流感肆虐，網路中的妳、我應都存活，實體生活也多一份體驗，留待下一年度充實回憶的包袱！

生日快樂！

Tony

好一封言不及義的生日祝賀！再看一次周湘若還是忍不住笑出聲。她翻開筆記本，林羽馥是一九七二年六月六日出生，這封六月二日寄出的賀卡未免到得也太早了些，她在心裡嘟囔了句，繼續打開收到這封生日祝賀的第二天，林羽馥回覆的電子郵件：

寄件者：Full Lin
日　期：二〇〇五年六月三日 下午十一：五十
收件者：Tony
主　旨：放手

Hi：

想了很久還是沒能決定用哪個名號稱呼你，就姑且這樣稱之吧。

一直在想，等有天能平心靜氣回頭看待這一切時，再好好回你封信（不要怪我心眼小，畢竟，欺騙跟背叛信任的傷口是最難癒合的）。

言歸正傳，感謝你捎來的生日祝賀（雖然我其實比較想收到的是一句抱歉）。

除此之外，也有個小小的不情之請：如果不太麻煩，爾後就請你將祝福擺心底吧！只要是真心誠意的祝福，不管在哪裡、用什麼方式都會收到的；反之，說得再多……也只是枉然。

給你的祝福我也一樣就擺心底囉。

感謝你的配合！

羽馥

『小姐，幫妳加個水。』

女服務生將周湘若的水杯斟滿。周湘若沒吭聲，女服務生看了她一眼，她入定般盯著電腦螢幕，對周遭環境變化全然充耳未聞的態勢。

Tony是誰？從那張被丟棄的光碟片裡上百封e-mail通信內容看起來，Tony似乎是林羽馥在網路上認識的網友，只不過原本應該是素未謀面的兩個人，林羽馥卻在今年年初發現：這個Tony竟然是她在真實世界中認識的某一人。

周湘若換了口氣，拿起筆記本翻到空白頁，整理出時間序：

二〇〇二・一　未婚夫意外身亡
二〇〇二・四・七　認識Tony（第一封e-mail）
二〇〇三・六・二十三　中斷與Tony通信
二〇〇四・十二・十三　恢復與Tony通信
二〇〇五・一・四　確定Tony身分？
二〇〇五・五　受孕

二〇〇五・六・三　最後e-mail

二〇〇五・七・一　墮胎／遇害

周湘若放下筆仰頭長呼了口氣。從時間序來看，林羽馥回覆Tony最後一封信不到一個月就出事，只是單純巧合嗎？

還有，Tony又是誰？林羽馥在信中只提及他是真實世界中的『某一個人』，而Tony在近百封來信當中，也都沒有提及自己比較具體的，諸如身高、體重、職業、家庭狀況之類的背景資料。周湘若躺靠在椅背上揉了揉眉心，試圖運用有限的資訊勾勒信件中Tony的樣貌。這有些困難，她不得不承認。

e-mail中的Tony像個化外之民，除了幾個會聚在一起批評公司亂象的同事之外，就沒別人了，沒家人、沒親戚、沒至交，甚至沒朋友；職業只知道他是個經常被老闆關切、『日子天天難過、天天過』的上班族，從事電腦方面的工作；至於其他比較具體的條件也只有他自稱A型射手座、四十多歲的年紀，但這兩點的正確性，周湘若倒是有些存疑的，四十多歲的男人搞得清什麼上升、下降星座的應該是鳳毛麟角。更何況如果真要她猜，她會認為從Tony來信的諸多特質看來，他應該是天蠍座的成分居多。但這些無助於確定他是誰！周湘若輕嘆了口氣，潑了自己盆冷水。不過Tony是個有家室的人應該是可以確定的事，周湘若判斷，雖然e-mail中他總是一個人看電影、一個人吃晚餐、一個人在STARBUCKS喝咖啡、逛誠品，但從他信中徹頭徹尾只提過同事，沒談過別人的『化外之民』行徑，以及通信末期有關林羽馥詢問他是否『上有高堂、下有妻小要養』的探詢，他卻始終以打禪的方式迂迴回應，既沒否認也沒承認的過程看來，周湘若幾乎可以肯定：嫌疑犯是個已婚的中年男子。至於其他的……

二〇〇三・六・二十三　中斷與Tony通信

周湘若拿起筆在這行筆記下來回畫了兩道線。身高、體重、星座、血型這些形而外的條件或許容易虛構，但諸如人生觀、價值觀、人際互動、處世態度這些思考模式的內在性格所呈現出來的特殊氣味卻是不容易改變的，即便在充斥著謊言的虛擬世界亦然。林羽馥在和Tony通信屆滿一年沒多久，就因為Tony一封措辭強烈、隱喻林羽馥把自己的快樂建築在別人痛苦上，將他當狗戲耍的回信而心生恐懼，繼而中斷和Tony的e-mail往返。後來，林羽馥也似乎一直到最後都還是沒弄清楚到底是哪件事、哪句話惹惱了Tony，讓他憤而寄出這封有如槍炮彈藥般火力猛烈的電子郵件。

周湘若用手指滑著控觸板點選、關閉；點選、關閉了幾封信件才停止同樣的動作。畫面停留在一封e-mail上。

Tony：

有時都覺得自己好像在跟兩個人聊天
一個你成熟穩健、自信風趣
一個你憤世嫉俗、徨徨無所依
落差很大喔，
哪個才是真正的你？
Or both？

Full

周湘若用手支著下巴，瞇著眼看這幾列文字。從她的角度來看，e-mail中的Tony是個集矛盾於一身的人：心思敏感細膩，個性卻又剽悍多猜疑，其實真不算是個太好相處的人，但顯而易見，他這樣捉摸不定又帶點悲劇性格的矛盾特質的確在某些程度上吸引了林羽馥。是因為男人不壞、女人不愛？周湘若搖搖頭，她隱約直覺這當中應該有更深入一點的原因，只是她現在還看不出來。

周湘若揮手叫住經過的服務生點了客起士蛋糕後將思緒再度轉回Tony身上。只是……這樣一個以自我為中心，一旦感受到威脅、侵犯就不問緣由，直接回擊並且毫不手軟的人，又怎麼會在林羽馥決定冷處理、不再回信，好聚好散的情況下，還一再試圖要與林羽馥重新取得聯繫？這實在不符合他的行為模式。周湘若有些不解。照他之前通信時的習慣看起來，如果林羽馥一旦不再對他有興趣的事投入關注、呼應他的習慣跟喜好，他應該是會頭也不回的離開的。除非……他在這段期間發現Full Lin竟然是他在真實世界中認識的某一個人？

服務生送來蛋糕，周湘若食不知味的吃著。這不無可能，她心想。Tony在中斷通信的一年半後重新跟林羽馥取得聯繫之後就像變了個人，不但少了先前的防備也不再抑鬱，字裡行間的表情更是豐富許多，一點也不像久別重逢的朋友。只是……若真是如此，Tony在真實世界中的身分又是什麼？

周湘若望向窗外藍白色調的『愛琴海咖啡屋』招牌，心中沒來由浮現目前唯一的人選。

7

白佐國檢察官打開公寓大門，按了電燈開關，他將手上的鑰匙丟在鞋櫃上，『喀喳！』書房傳出傳真機裁割紙張的細微聲響，白佐國止住脫鞋的動作，直接將鞋穿進書房打開燈拿起傳真機上的紙張翻看。

像誤食裹了糖衣的毒藥，毒性是慢慢作用。

白佐國走向書桌拿起自動筆，在傳真紙上密密麻麻的資料裡，圈出兩個一再重複出現的地址。

是自己親手挖掘了埋葬自己的塚墓，自己的選擇，我甚至不知道該責備的是誰？

白佐國坐到書桌前拿起桌上的光碟片，光碟片上映照出女人擺盪在信任與懷疑間矛盾的眼。

於是思維被陰暗盤踞。女人繼續說。因為沒得選擇，只能概括承受的欺騙及背叛，失去的，不只是兩個曾賦予極度信任的朋友，還包括某些對人性的……信仰。

白佐國將手上的光碟片放進DVD ROM，按了『PLAY』鍵。

女聲：以下是二〇〇五年一月十八日 林羽馥VS.軒宇資訊柯總考績面談實況。

◆敲門聲。

女聲：柯總，你找我？

男聲：對，坐。

◆椅子移動聲響。

男聲：（笑）因為妳最難搞，所以妳第一個先談。

◆靜默。

男聲：我收到妳那封信了，會拖那麼久才找妳是因為最近剛好在打年終考績，所以這兩件事就乾脆一起談。咳！老實說，妳說的那些問題我都知道，只不過我是公司負責人，看的事情、想的角度跟你們是不一樣的，我只是覺得妳應該有能力可以接帳管中心才會提出這樣的建議，並不是妳所謂的把妳當炮灰什麼來著的。

女聲：我『應該』有能力？

男聲：什麼？

女聲：沒什麼，帳管中心的莊課長怎麼了？

男聲：我要他滾蛋了！妳大概不知道這件事，芬妮要他走路，結果他反過來恐嚇我，要我給股票才走人，後來我讓蒂娜多付他一個月薪水才把事情擺平。我對芬妮處理這件事畏首畏尾的態度很不滿意，所以不會再讓她補人進來！

◆靜默。

男聲：這就是我那天問妳稽核能不能兼任其他職務的用意，不過既然妳沒興趣那就算了！

女聲：柯總，其實帳管中心的標準作業程序跟管理辦法我都幫財務部建制好了，只是有些ＳＯＰ管不到的催收細節我想還是需要一個專任的課長做日常的處理。

男聲：算了！反正我也只是隨口問問。只是……我也希望我的員工在接到我拋出的訊息時，能站在公司的立場想一想，而不是用直接回絕的情緒化態度因應，這樣我們才有溝通的空間，妳瞭解我的意思吧？

◆靜默。

男聲：好吧，那麼……就先給妳看其他主管給妳的平均成績。

◆紙張摩擦桌面聲。

男聲：妳的成績算不錯的了，我也只拿到九十五分。至於我給妳的分數在這裡。

◆紙張摩擦桌面聲。

男聲：我對妳的期許都寫在評語欄上了。

◆靜默。

男聲：我寫這些的意思是，我的時間有限，公司很多細微枝節的事沒辦法親自掌控瞭解，所以需要一個信得過的『自己人』幫我盯著，只要妳願意。

◆靜默。

男聲：咳！我的意思是，妳很幸運，剛好在這個位置上，除了我，妳是唯一一個綜觀公司全貌的人，所以我希望妳可以繼續協助我做好這些事，妳知道我的意思吧？

女聲：可以說得再清楚些嗎？

男聲：我希望妳可以像過去一樣，主動運用妳的專業、站在經營者角度解決問題。像妳在e-mail上提到的那些問題，只要妳提得出解決方案，妳知道我一向很支持妳的……

女聲：柯總，或許我那天回絕你的態度有失妥當，但就像我在e-mail裡分析的：公司很多問題都是出在資訊整合的工作沒做好，而這些不是只有單一一個資訊工程處或業務部或財務部可以解決的，需要提高ERP的專案層級做好規劃、然後上下一心才能正本清源徹底解決問題……

男聲：妳是指特別助理之類的人？妳大概不知道，我對特助之類的人一向沒什麼好印象……

◆靜默。

女聲：唉！

◆拿筆的聲響。

女聲：我要簽在這裡嗎？

男聲：啊？

女聲：考績表不是要給受評人簽字確認？簽哪裡？

男聲：妳沒有什麼要申訴的嗎？勞基法規定員工對考績不滿意是可以提出抗告的，簽了字就表示同意，可別事後再來找我哭訴喔。不滿意要說，妳知道我會聽的。

女聲：你的意思是，如果我沒問題就可以簽了，因為你要說的話都說了？

男聲：我說過很多次，有問題可以隨時來找我，『私事』也行。（笑）我已經把球拋給妳，接下去就看妳怎麼回了，妳知道的！

◆靜默。

男聲：『私事』也行喔！

◆靜默。

女聲：可以問你一個問題嗎？

男聲：請說。

女聲：既然我的職等、薪資都這麼低，當初面試時你為什麼要安排那麼大的陣仗，讓我以為你找的是一個重要職位的人？

男聲：呃……對公司來說，稽核本來就是個重要的職務。

女聲：既然如此，我想你應該知道稽核這個工作的性質很特殊，有點像監察院。如果監察院院長的任用與否跟績效考評都要由其他四院院長決定，你指望我做什麼？

◆靜默。

男聲：我知道妳的意思，但我還是希望妳可以用更開放的心胸接受別人的批評。

女聲：呵！

男聲：（怒）笑什麼？

女聲：我沒有不敬的意思，只是如果早點知道我得接受其他主管的考評，卻沒有相對應考評其他主管的權利，我也許會在一開始的時候就考慮多站在『自己』的立場看事情，而非『經營者』的角度。而顯然，你也一直沒有給別人『公開的資訊』去做選擇的習慣，那不太公平，不是嗎？

◆靜默。

女聲：唉！

◆書寫沙沙聲。

女聲：就這樣了，我沒問題，你還有其他問題嗎？
◆靜默。
女聲：那麼我先告辭了，晚一點我會把辭呈送進來給你。
男聲：妳大可不必這麼做！
◆停下腳步，靜默。
女聲：Why not？反正我在這裡光憑『專業』跟『努力』也看不到未來。
◆氣氛冷凝。
男聲：既然如此，妳可以出去了！
◆腳步聲。

電腦傳來錄音中斷的聲響，周湘若拿下耳機。林羽馥為什麼把這段錄音和與Tony的書信往來e-mail燒在同一片光碟上？是因為兩者有關聯，或只是單純因為光碟片容量夠，所以燒在一起？她又為什麼要把這張光碟丟掉？而先前被偷的那些光碟又都是些什麼內容？和林羽馥的死有沒有關聯？

周湘若往後仰靠在椅背上將手搭在腦後支撐身體後仰的重量咬著下唇思忖道。她檢查過Tony寄來e-mail的ＩＰ位址，沒有固定，也就是所謂的『浮動』或『虛擬』ＩＰ，雖然追查起來比較麻煩，但還是可以透過ISP業者查詢他發信時的所在地址，進一步比對、分析出他真實世界中的身分。但問題是，像中華電信或SEEDNET這類ISP業者是不會隨便將這些資料給人的，除非有檢警單位出具的正式公文，而林羽馥這個案子金浩已經以無他殺嫌疑的意外結案，所以要透過這條管道查出Tony的真實身分，這條路看起來是行不通的了。周湘若沮喪的抓了抓頭，站起身往洗手間方向走。

『還沒走啊。』

周湘若抬頭看了鏡子一眼，人事室廖科長從廁所走出來站在她身邊的洗手檯跟她寒暄道。周湘若有些受寵若驚，或許是因為第一天報到就遲到請假，廖科長從她進地檢署第一天就沒給她好臉色看過。

『哎。』她笑了笑隨口應道，心裡頭奇怪著辦公室在三樓的廖科長怎麼會出現在五樓女廁？

廖科長打開水龍頭。『妳知道金浩跟他老婆感情不太好？』

『啊？』周湘若愣了愣。

『他老婆很恐怖，有一陣子常常為了我跟他吵架，有一次還直接殺到檢署來大吵大鬧……』

廖科長熟稔的對著周湘若說道，周湘若只得尷尬的陪笑著關掉水龍頭，抽了張拭手紙擦拭。

『還好妳不是調去做他的檢察事務官，』廖科長身體微往周湘若的方向傾，繼續低聲說道：『他很重男輕女，我有一次經過男廁時看到他跟他的檢察事務官在便盆前聊得很開心。』

那又怎樣？周湘若露出見怪不怪的表情。

『妳不覺得很奇怪嗎？』廖科長看著鏡中的周湘若。『兩個大男人一邊上廁所一邊有說有笑的聊天？』

『男人不就是這樣？』

廖科長斂起臉，『可是我覺得很怪！』她盯著周湘若。

周湘若挑了挑眉頓了一下，廖科長仍緊盯著她。周湘若見過這個眼神，前些日子百貨公司換季最後折扣，一個時髦的小姐要她注意，她手上拿著的最後一件金色小背心下襬的線頭，『這衣服有瑕疵，而且這個顏色會讓妳的膚色看起來更暗沈。』時髦小姐說，但她看著背心時的熾熱眼神，卻反倒讓周湘若更加深將背心帶回家的決心。

周湘若將擦手紙丟入垃圾桶中，廖科長的目光仍沒離開她的臉。『妳想說什麼？』她單刀直入問道。

廖科長怔了一下。『沒……沒有啊。』

周湘若禮貌性笑了一下。『那麼我還有事在忙，不陪妳聊了。』

廖科長緊抿了嘴，眼中射出一道寒光。但周湘若無暇注意，因為她滿腦子都是方才光碟片裡的錄音對話。

周湘若回到座位。軒宇資訊柯總。她眼睛盯著電腦旁筆記本上這六個大字，柯總是何許人？如果林羽馥是稽核，那麼那表示軒宇資訊不是上市櫃公司，就是準備申請上市櫃的興櫃公司，她轉頭握住滑鼠進到股市公開資訊觀測站。

請輸入公司代號或簡稱。

周湘若拉出鍵盤輸入軒宇資訊並點了『確定』鍵。

董事長：柯建成。總經理：柯建成。登錄興櫃日期：九十四・六・六。

今年六月六日？周湘若瞇了瞇眼，急切的拿起筆記本翻到記載著林羽馥基本資料的那一頁。一九七二・六・六。林羽馥生日是六月六日沒錯，這不會是巧合吧？周湘若想起光碟片中，林羽馥每年六月初都會收到的那些言不及義的生日祝賀。

『扣、扣。』周湘若回頭看了門外一眼，是金浩檢察官。

『這麼晚還在忙？』金浩走進辦公室。

不會吧，又來了？周湘若回頭關掉網頁在心裡暗暗叫苦，從她報到後，金浩幾乎天天找她哈啦些五四三的話題。

『這個白佐國也真是的，不懂得憐香惜玉，才剛報到就把妳操成這樣。』金浩說道。

周湘若低頭看了看錶，九點多了。

『在忙什麼？』金浩在周湘若身後停住腳步將手搭在椅背上，彎身看著電腦螢幕。

『沒什麼，準備要回家了。』周湘若一一關閉螢幕上的網頁，她幾乎可以聞到金浩呼出的二氧化碳熱氣。

『我也要走，要我送妳一程嗎？』金浩低頭看著周湘若，說話時，熱氣就直接吹在她耳上。

『不用麻煩，坐公車很快。』周湘若不著痕跡地別開了頭，移動滑鼠按了『關機』。

金浩將另一隻手搭在桌緣上靠得周湘若更近。『我開車，更不麻煩，』他說：『這麼晚了……』他低聲說道：『不如我護送妳回家？妳自己一個人住，是嗎？』

周湘若看了滑鼠旁金浩的手突然一陣反胃，金浩關節上濃密的粗粗短短黑毛讓她想起小時候在鄉下老家豬圈裡看到的那隻黑毛豬。

『怎樣？考慮好了沒呀？』金浩靠得又更近了些。

周湘若屏住氣、眼睛骨碌一轉，隨即賊賊笑了笑。『你何不去人事室看看廖科長離開了沒？需不需要搭便車？』她抬頭迎視金浩的目光，鼻子幾乎碰到鼻子。

『呵！』周湘若感覺迎面一股熱氣。『妳聽說什麼了？』金浩問。『不管是什麼，都不是事實。』他油腔滑調說道。

周湘若嬌媚的笑了一下。『如果是廖科長親口跟我說的呢？』

金浩愣一下。『她說了什麼？』

周湘若曖昧的挑了挑眉。

『妳真壞！』金浩伸手捏了捏周湘若下巴。『廖科長肚皮那層五花肉切下來都可以拿去市場賣了，怎麼跟妳比？有鮑魚，何必吃五花肉呢！』金浩搖頭晃腦、輕浮的逗弄著周湘若。『好好跟我，我想辦法把妳調來做我的檢事官，這個圈子需要貴人提拔，而我……』他食指在周湘若的唇上點了點。『就是妳的貴人。』

周湘若扁了扁嘴。『你當真跟廖科長有一腿？』

『我不是都說了嗎？那已經是過去式了。』

周湘若牢牢盯著金浩。『那你老婆怎麼辦？』

『小心點就是囉，反正……她也不會跟我離婚。』

『那廖科長呢？』

『那又干廖科長什麼事？』金浩有些不耐煩。

周湘若伸手拿出身旁活動置物櫃上的錄音筆，按了後退鍵、再按了PLAY鍵。

『廖科長肚皮那層五花肉切下來都能拿去市場賣了……』錄音筆播送出金浩略帶沙沙的聲紋。金浩臉上一陣青、一陣白。

周湘若做作的咬了咬下唇。『我想廖科長聽到你這麼說她，一定很難過，而且你一定也不想傷了你老婆的心吧？』她柔聲說道：『所以……』她口氣一變，賞了金浩一個大拐子，『離我遠一點，你這隻又臭又噁心的黑毛豬！』

8

公車回程時在公館圓環處遇到一個連環大車禍，車輛回堵了近一公里，周湘若在車陣中塞了一個多小時，一進家門立刻以跑百米的速度衝進廁所。

『SHIT！』廁所門一開她隨即閉住氣在心裡暗咒了聲，廁所裡超高濃度的尿騷跟二手煙氣味幾乎將她嗆昏，周湘若用最快的速度將肚子裡的液體排放乾淨，再以跑百米的速度衝出廁所，連喘了幾口大氣後將廁所門關上、打開抽風機。

是哪一戶人家的鼻子全教三秒膠黏住了，所以聞不到自己家廁所這樣又嗆又噁心的味道？周湘若嘆了口氣走到流理台水槽洗手，她這間套房什麼都好，就是廁所沒有窗戶，通風全靠大樓中央排氣孔排放，所以如果抽風機沒有二十四小時運作，便常會聚積別人家廁所的味道，這點十分困擾她。等中樂透就買間廁所有窗的大房子好好蹲他個三天三夜！周湘若立下志願，走到化妝台前將耳環拔下放到權充首飾盒的糖果盒中。

『鈴……』電話鈴聲響起，周湘若看了床頭鬧鐘一眼，十一點多，這麼晚會是誰？她拿起電話接聽。

『周小姐嗎？』是賴芊芊的聲音。

『我是。』周湘若說。

『很抱歉這麼晚打電話給妳，妳說如果我有想起什麼可以隨時打電話給妳……』

『是，請說。』

『嗯……我不曉得這件事有沒有幫助，不過羽馥在今年年初離開前一家公司之後曾經跟我提過，不知道是不是因為公司在她家附近，而她家又在主要幹道上的緣故，她常會看到柯總的車在她家附近出現。』

『柯總？』

『對，就是她前一家公司軒宇資訊的老闆。』

『她跟柯總……』

『只有公事上的關係。』

『妳怎麼那麼肯定？』

『羽馥有精神潔癖，也不是把錢看得太重的人，她去軒宇之前的公司是當時的股王，光股票分紅就不止她在軒宇的年薪，而柯總不但不是她喜歡的型，更別提還有老婆、小孩這件事……』周湘若沒說話，錢對一般人或許可以是身外物，但對吸毒的人而言卻是救命仙丹，她聽過太多太多為了買毒品而做出各種匪夷所思行為的案例。

『喂？』

『既然如此，她為什麼要離開那間股王公司去軒宇？』周湘若繼續問道。

賴芊芊頓了一下。『她離開不是因為軒宇，而是因為我哥。』

『妳哥？』

『嗯，我哥死後沒多久，她就辭掉工作，把自己放逐到歐洲將近一年，回來後才開始找工作，羽馥是做制度設計的，她覺得去軒宇這樣需要草創公司制度的小公司比較有發揮。』

『她還有提到其他的事嗎？』

『有，她前些日子還有回軒宇幫忙處理一些資通安全方面的問題，老實說，她跟我說的時候我還覺得有些訝異。』

『怎麼說？』

『羽馥當初辭職辭得有些突然，而且就我所知，她離開的時候好像對柯總不是太諒解。』

『為什麼？』

『詳細情形我不清楚，不過她曾經提過她覺得柯總從一開始就用兩面手法操弄她對人的信任跟善意，讓她覺得自己像個傻瓜，也因此有段時間她對人性十分懷疑。』

『「一開始」？妳知道林小姐是什麼時候到柯總公司任職的？』

『呃……照時間推論應該是在二〇〇三年間，但確切的時間我沒辦法確定。』

『沒關係，還有其他事嗎？』

『沒有，就這樣了。』

周湘若掛了電話後突然有種很強烈的直覺，但直覺需要事實驗證，她卻卡在金浩檢察官依沒有他殺嫌疑的推論結案而坐困愁城。除了ＩＰ位址，還能用什麼方式驗證Tony的身分？周湘若將電話放回基座起身拿了換洗衣物走到廁所門口。不對，那嗆辣的尿騷味應該沒那麼快散，她收回握著門把的手轉身走回床邊仰躺在床上打了個大哈欠。Tony應該是個沒什麼表情的人吧？如果他在虛擬世界用假身分過活都還這麼防備別人、保護自己的話，而面無表情又向來是隱藏自我的最佳方法。周湘若半瞇著眼隨想。至於外型……應該以高、壯的成分居多，她索性閉上眼任思緒馳騁。Tony雖然以成年人對成年人的方式和林羽馥對談，言辭間卻又不自覺流露出把林羽馥當小女孩看待的口吻，特別是在去年年底重新與林羽馥取得聯繫之後更甚，這樣的語氣態度周湘若過去遇過幾個，幾乎清一色全是超過一八〇以上的壯漢，或許是因為小女孩的形象可以滿足他們保護弱小的成就、虛榮、甚至是操控感，他們對纖弱女子的偏好程度似乎遠超於一般人所想像。再者，如果洞悉人性是種天賦，那麼善意就是火種，能讓擁有者散發光熱；反之，則變成欺騙操弄的觸媒，令人膽寒。若再加上其他諸如只能我負人，不能人負我；自信不足但又對自我有高度期許的強烈企圖心……等等特質，Tony在真實世界中若不是如他自己所說的抑鬱不得志的中年上班族，就該是有一定財經地位的人，畢竟這些都是現今社會中屬於容易走向所謂『成功』的那部分特質。

周湘若在腦中一一架構Tony的具體形象。她看過國外的相關報導，美國FBI很早以前就運用行為科學跟犯罪心理學的原理原則發展出一套描繪連續罪犯的『心理描繪技術』，那是根據所謂的『心理痕跡』去勾勒罪犯的可能輪廓，比方種族、性別、年齡、生活習慣、教育程度，甚至是外型的技術。

所以……Tony就是柯總？周湘若揉了揉眼睛，試圖驅趕徘徊不去的濃郁睡意。

柯總如果真是Tony，那還真如林羽馥自己說的，是『這麼倒楣的戲劇性巧合』。但，她要怎麼印證這個推論？還有，林羽馥為什麼閃電離職？只是單純因為發現Tony跟柯總兩者間的關聯，抑或是另有其他原因？林羽馥出事當天拿掉的孩子又是誰的？跟柯總有沒有關係？而柯總在林羽馥吸毒這件事情上又扮演了什麼樣的角色？還是只是巧合的時間性重疊？

周湘若恍恍惚惚中想起一個人或許幫得上忙，但……這樣好嗎？濃烈的睡意在黑暗處頻頻向她招手。明天再說吧，她決定，然後放任自己沈沈睡去。

9

國產局標地，泰扶集團以一點三億搶下內湖標案。（台北訊）泰扶集團以超出底價二點一倍高價標下內湖集團總部後方土地，以實際行動破解財務危機傳聞……

報紙財經版下方的小方塊報導吸引了白佐國檢察官的注意，泰扶集團旗下最大的事業體泰扶商業娛樂大樓自從三年前落成開幕以來，招商成績一直沒什麼太大起色，而泰扶集團財務有狀況的傳聞更是從來沒斷過。白佐國檢察官將這則新聞掃進自己電腦分類好，他檢視過手頭上所有萊兒案的證物，除了負責人陳豪山之外，可以說完全看不出其他任何可以將萊兒及泰扶串連起來的跡證。

上頭為什麼對這個案子特別有興趣？白佐國從接下這個案子第一天心裡頭就存著疑問。郭泰邦雖然做過市議員，但嚴格說起來算是地區型的議員，全國知名度不高，如果要拿他殺雞儆猴似乎也未免太高估他的影響力了點。

也許是他得罪哪個有力人士？又或許，上頭就是不想徹查才將萊兒案交給他——一個以打混出了名的聲名狼藉檢察官？白佐國將報紙丟到桌旁的報紙堆起身走出門外。

周湘若坐在電腦前搜尋有關『泰扶』的關鍵字。她在查萊兒生技的資金流向碰壁後，白佐國檢察官要她把最近五年來有關泰扶集團跟萊兒生技相關的所有報導找出來，標記重點後比對兩者的關聯性。但她連續看了三天新聞卻還是一無所獲。

她懶洋洋的點選了下一頁。

（91/11/17）泰扶集團驚傳跳票。

周湘若瞇了瞇眼坐直身將臉湊近電腦螢幕仔細閱讀這篇報導。

九十一年十一月？周湘若邊看新聞內容邊翻找桌邊厚厚一疊檔案夾，找出先前整理的萊兒生技異常資金流向明細。

逮到你了！周湘若興奮的彈了明細表一下，按了電腦列印鍵，等待印表機列印完成後抽出紙張，起身往白佐國檢察官辦公室走。

白佐國檢察官辦公室燈亮著，但座位上沒有人，周湘若走回門口向外張望了一下，檢察官應該是暫時離開座位，她判斷，於是又再返身折回檢察官辦公桌前的會客椅坐了下來。檢察官辦公桌下露出的一張紙條角角吸引了她的注意。她好奇的彎身從桌下撿起紙條。

我們交換了太多彼此的秘密，

或許……不見面是最好的選擇。我會記得今晚的，謝謝你。

羽馥

P.S.：在我看來，對的選擇不見得等同於成功的選擇；成功的選擇也不見得等同你自己要的選擇。So, follow your heart.我相信『她』也是這麼想的。加油！祝福你。

羽馥？林羽馥？周湘若驚異得闔不攏嘴。身後一陣腳步聲，周湘若吸了口氣，不著痕跡地將紙條收進口袋。

『找我有事？』白佐國檢察官走回座位坐下來問道。

『是。』周湘若盯著白佐國檢察官。

『我在聽。』等不到下文，白佐國挑了挑眉。

周湘若回過神，『呃……』她將手上的紙頭推向白佐國。『我找到這個。』

白佐國拿起周湘若推到他面前的兩張紙頭。

『九十一年十一月十七日泰扶集團傳出跳票危機，但他在七天內就將款項補足註銷紀錄；巧合的是，萊兒生技也在九十一年十一月十六日匯出一筆將近六千萬的款項到英屬維京群島的一個公司戶頭，按照時間換算，應該正好趕上泰扶集團補足款項註銷紀錄的最後截止時間。』周湘若聲音有些顫抖，『這樣我們有理由開出搜索票扣押泰扶集團帳冊嗎？如果可以取得泰扶的帳冊，或許可以跟萊兒生技的資金流出明細比對。』

白佐國低頭沈吟不語。

『檢察官？』

『證據不足。』白佐國淡淡潑了周湘若一盆冷水。

周湘若咬咬牙，有些洩氣。『是。』她回道，隨即起身走出檢察官辦公室。

周湘若走出檢察官辦公室後還回頭看了白佐國檢察官一眼，他低著頭專心閱讀周湘若從網路上列印下來的那篇報導。

她回過頭往自己辦公室方向走，心裡滿是疑問。檢察官怎麼會有林羽馥寫的字條？他也在私訪這個案子？字條是寫給誰的？檢察官嗎？他們倆認識？那是什麼時候寫的？林羽馥又和檢察官交換了什麼『秘密』？還有，『今晚』發生了什麼事？周湘若出神的低頭忖想著。手機鈴響，周湘若接起手機，是林羽馥的父親。

賴芊芊沒說實話！

周湘若若有所思的踱回座位。根據林羽馥父親交給她的通聯紀錄，林羽馥手機最後那通半小時的電話確實是賴芊芊打的，而且通話結束時間是下午兩點三十二分二十三秒，十分接近法醫推估的林羽馥下午三點到七點的死亡時間。

這長達半小時的通話她們說了什麼？賴芊芊又為什麼要對是否打了這通電話態度這麼反覆？或許她只是單純忘了而已。周湘若揉揉眉心嘆了口氣，有些不確定自己是不是如賴芊芊說的：小題大作了些。她打起精神拿出林羽馥父親交給她的信封裡另一張綠色紙頭，是台北市政府人工計時繳費通知單。

停車地點：興隆路；格位號：四八；停車日期：九四、七、一；停車時間：一三：二七。

興隆路？林羽馥家在新店，她剛拿完孩子不回家休息，跑到木柵的興隆路做什麼？周湘若不解，她拿起通聯紀錄再看了眼，七月一日當天林羽馥死亡前總共有四筆通話紀錄，其中三筆是賴芊芊的手機，另外一筆，也是倒數第二筆是個沒見過的號碼，來電時間顯示是一二：二六：二七。

周湘若拿出手機撥了這支電話。

『哈囉，我是田文琳，現在在加拿大，有事留我手機，我會盡快回電。』手機留言傳來字正腔圓的女聲。

周湘若掛掉電話。

田文琳是誰？為什麼要用關閉來電顯示的私密電話打給林羽馥？這通電話是約見面的電話嗎？否則，林羽馥接完電話後怎麼會出現在興隆路上的四十八號停車格？

周湘若抬頭看了看時間，剛過一點，她將通話紀錄、停車繳費單、筆記本塞進公事包起身往外走。

周湘若抵達興隆路四十八號停車格時看了看手錶。一點四十三分，比停車繳費單上的登錄時間只晚了大概十五分鐘，她環顧停車格四周，附近店家林立，還有個賣雞蛋糕的攤販。周湘若走過去買了二十元雞蛋糕。這附近是住宅、商店區，週六下午應該有不少人潮，人來人往的，老闆娘應該不會記得把車停在旁邊的林羽馥。周湘若暗忖。

『小姐，妳的雞蛋糕。』

周湘若接過雞蛋糕。算了，反正都來了，順便問問也不會少塊肉，她決定。

『老闆娘，我這樣問可能有點奇怪，不過妳有沒有印象，上上禮拜六下午大概兩、三點的時候，有一個頭髮到肩膀、跟我差不多高的小姐，把車停在這裡？』周湘若指了指四十八號停車格。

『上上禮拜六？』

『對，七月一號。』

『啊，七月一號。』歐巴桑點點頭。『大學聯考那天，人很多嘛。』

『對對對，有嗎？』

歐巴桑思忖了一下。『是有一個很像妳說的小姐把車停在這兒，她回來開車的時候看起來有點慘，蹲在路邊吐了很久，而且整個臉白唰唰的，很嚇人……』

『對對對，就是她！』周湘若興奮的點頭如搗蒜。『妳記得那時大概是幾點嗎？』

歐巴桑側著頭想了一下。『那時垃圾車剛好經過，所以應該是兩點五分左右。』

兩點五分？跟停車繳費單上的一三：二七對得起來，確定應該是林羽馥沒錯！周湘若記下歐巴桑說的時間。『她只有一個人嗎？』她繼續問道：『我的意思是妳有看到什麼人跟她在一起嗎？』

歐巴桑皺了皺眉。『是有一個男的問她有要緊沒，不過我不確定他們認不認識。』

『那男的長什麼樣？』

『差不多四十多歲，頭髮有一點點長，很高，下巴中間有跟林青霞一樣的凹進去。』

『很高，跟林青霞一樣的凹進去？』白佐國檢察官？周湘若一驚，感覺心臟已經蹦的一聲跳到嘴邊。

回地檢署的路上周湘若一直覺得腦袋嗡嗡作響。

林羽馥去興隆路是去見白佐國檢察官還是田文琳？田文琳又是誰？她跟林羽馥是什麼關係？雞蛋糕歐巴桑說林羽馥回來取車時在路邊吐了很久又臉色發白，那個時候她就安非他命中毒了嗎？

所以她為什麼去興隆路、見了誰應該是關鍵！

周湘若理出思緒。

只是……白佐國檢察官那部分的疑慮要怎麼確認？

直接問？不妥。周湘若搖搖頭心想。

白佐國是她的頂頭上司，萬一他惱羞成怒怎麼辦？以後大家還要天天見面。再者，說安非他命是檢察官給的也說不通，畢竟他是第一個質疑林羽馥死因不單純的人，如果安非他命是他給的，那豈不是搬磚頭砸自己腳？但，他又為什麼會出現在現場？還有那張神秘紙條，又怎麼會出現在白佐國檢察官的辦公室？紙條內容又到底是寫給誰的？

周湘若呼了口大氣，決定先從田文琳開始查訪。她拿出手機按了重撥鍵，在田文琳的語音信箱留下訊息，然後再撥了林羽馥父親的電話，林爸爸顯然對田文琳一無所悉。

要撥給賴芊芊嗎？周湘若猶豫了一下，在還沒查清楚她為什麼對最後那通半小時電話供詞反覆前，最好還是暫時不要打草驚蛇的好，她決定。既然如此，她還能從哪裡著手？周湘若回到辦公室立刻搬出從林羽馥家拿來的那箱證物，手機通訊錄裡沒有田文琳或類似田文琳的資料，林羽馥的黑色牛皮筆記本後的手寫通訊錄也沒有。沒有、沒有、沒有！周湘若翻遍了整個證物箱就是找不到田文琳的半點蹤跡。會不會是打錯電話的？不可能！周湘若隨即反駁自己，那通電話講了近十分鐘。周湘若一籌莫展的看著證物箱，如果不是打錯電話，那麼現在就只能等田文琳回電了。

10

田文琳一直到第二天中午都沒有回電。周湘若每隔十五分鐘就拿起手機看一看。

白佐國檢察官不聲不響地走到周湘若辦公桌面前將一疊資料放她桌上。周湘若被他嚇了一跳，慌張的將手機塞回抽屜。

『這些是泰扶集團旗下公司的董監事名單，妳試試看能不能找到其他跟這些人有關的投資公司之類的資料。』

『是。』周湘若語氣古怪的應了句。

『有問題嗎？』

『沒……沒有。』

白佐國轉身離開。周湘若抿了抿嘴，拿起桌上的資料翻了翻。泰扶集團的這些董監事名單重複性很高，不是郭泰邦的弟弟郭泰順、郭泰星這些泰字輩的人，就是他老婆劉芳蘭的劉姓親屬。典型的家族企業，周湘若見怪不怪。家族企業？她頓了頓，田文琳會不會是某人的老婆，而不是林羽馥的朋友或同事？周湘若閃過這個念頭。如果田文琳是在林羽馥懷孕後才冒出來的神秘人士，這種可能性……周湘若手、腳、屁股併用的將椅子挪到電腦前，進入股市公開資訊觀測站飛快的操作鍵盤下載軒宇資訊的公開說明書。

監察人：田文琳。

周湘若在公開說明書內頁一眼就看到這行字。她吐了口大氣，怔怔地發了好一會兒愣才拿起電話。

§

白佐國檢察官走上屋頂點了根煙。遠方一〇一大樓在一片灰濛濛的空氣中像根大柱子一柱擎天的指向天際。

白佐國吞吐著雲霧走到牆邊。黏稠悶熱的空氣像第二層肌膚緊貼在身上，白佐國胸口一股悶氣吐不出來。剛剛周湘若語氣裡的是……懷疑？這個念頭從他走出周湘若的辦公室後就一直徘徊不去。

你知道自己在做什麼嗎？我都快認不得你了。幹！我想盡辦法迎合丈人、討老婆歡心，結果妳說不認得我？仗著酒意，白佐國一把抓起妻的手咆哮道。妻悠悠看著他，倔強的沒再多說，只將他扶回床上脫下他一身酒氣的衣服，用毛巾擦拭他的身體。

白佐國狠吸了口煙並轉身將腰靠在頂樓女兒牆上。那天他酒醒後還故意問起妻手腕上那圈紅紅的印子是什麼。妻盯著他看了好久。『沒什麼，你都不記得了嗎？』『記得什麼？』白佐國故意裝傻。妻搖搖頭沒多說。從那之後，妻眼中就不時出現周湘若方才那樣怪異的眼神。

11

周湘若在服務人員引領下穿越花木扶疏的庭園。祇園是台北著名的高檔懷石料理餐廳，庭院角落細緻的小橋流水在日式石燈的照映下閃耀著柔和的光芒；沿著碎石子步道往室內走還可以看到兩旁立了幾尊法像莊嚴的觀音石雕；餐廳裡的陳設則顯得英華內斂，黑色極簡俐落的麂皮沙發上擺著觸感柔軟的貂毛抱枕，襯得紅銅精雕而成的壁牆更顯奢華。

『大哥，歹勢，我在查一些資料忘了時間。』周湘若一見到邱佑宇立刻難為情的解釋道。

邱佑宇是周湘若大學學長，也是初戀男友，周湘若開學沒多久就發生周彩枝自殺的事件，那段最難熬的時間是邱佑宇陪著她走過的，後來濃情轉淡，愛情也昇華為親情，邱佑宇和周湘若亦兄亦友的情誼便一直維持了下來，成了彼此的家人。

『才剛報到就忙成這樣？』邱佑宇笑著問。

周湘若坐了下來。『對呀，檢察官的案子多到可以堆到天花板，還有我自己私人調查的一些事，簡直忙翻了！』

『私人調查一些事？』邱佑宇蹙眉，『喔哦，我有不好的預感，妳是不是老毛病又犯了？』

『呃……』周湘若有些支吾。

『從實招來！』

『好嘛，我在報到第一天……』周湘若簡單告訴邱佑宇有關林羽馥的事。『所以……』周湘若有些難以啟齒，『我看到股市觀測站上你竟然是軒宇資訊的簽證會計師就……』

『就想把我賣了？』

周湘若臉一紅。『別說得那麼難聽嘛，大哥！』

邱佑宇斂起臉正色說道：『妳知不知道妳要我做的事萬一傳出去，我的職業生涯很可能就此玩完？』

周湘若咬了咬下唇。『理論上，只要你不說、我不說，應該不會有人知道的。』她用低得幾乎聽不到的聲音說。

邱佑宇研究著周湘若臉上的表情。『為什麼？』

周湘若心虛的眨了眨眼。

『為什麼？』邱佑宇絲毫沒有放鬆的意思。

一陣靜默。

『你知道最傷我的，不是我母親的死，而是她連試都不試就放棄？』末了，周湘若開口說道。

邱佑宇抽了抽眉峰，當年的事，周湘若幾乎不曾提及。

『那年我才十九歲，還沒成熟到可以承受這一切，』周湘若悠悠說道：『親眼目睹被親生母親遺棄的傷就像結不了痂的舊傷疤，再努力，還是好得不完全。』她抬眼看著邱佑宇。『你問我為什麼？因為我在林羽馥父母身上，看到我父母做不到的堅持跟勇氣。他們相信林羽馥，而我……相信他們。就衝著他們對「愛」的這份堅持，無論如何，我都要給他們個答案，這就是「為什麼」！』

邱佑宇看著周湘若半晌沒說話。周湘若倔強的噘著嘴，眼裡有些若有似無的粼粼波光。

『唉！』邱佑宇嘆了口氣，『是誰整天嚷嚷著人性本惡，結果卻老做些言不由衷的事？』他無奈的搖搖頭，換了口氣。『我後天要去軒宇資訊開股東會，如果妳能免費做義工幫我補一些To do，我可以考慮帶妳一起去。』

『真的？』周湘若眼神轉憂為喜，情不自禁起身擁抱了邱佑宇一下。

邱佑宇笑了笑，『哎，』他提醒周湘若，『低調、低調。』

『Yes，Sir！』周湘若頑皮的說道。『啊！』她看著邱佑宇後方低聲驚呼了聲，身體順勢往下縮。

『怎麼啦？』邱佑宇回頭看了看，一群西裝筆挺的中年男子魚貫走進餐廳最角落的VIP包廂。

『沒什麼，看到幾個長官而已。』周湘若喃喃回了句，眼睛卻直盯著方才那票人進去的包廂，眼神充滿疑惑。

邱佑宇揚揚手招來服務生。

『你在做什麼？』周湘若回過神發現邱佑宇的動作。

『買單啊。』邱佑宇理所當然說道。

『那怎麼行？說好今天是我請客，慶祝我檢事官到任的！』

『等妳領到錢再說吧！還沒領到薪水就大手筆請我到這種地方……』邱佑宇看了帳單一眼，心疼的掏出信用卡讓服務生買單。

12

周湘若懷著忐忑不安的心情走進白佐國檢察官的辦公室。她一早填了明天的電子請假單之後，白佐國並沒有直接在線上核准，反倒撥了通口氣不是太好的電話要她到辦公室一趟。

『妳明天要請假？』他問。

『是。』

『為什麼？』

『辦一些私事。』

白佐國抬頭看了她一眼。『什麼私事？』

周湘若咬咬牙，沒說話。兩人僵持了好一會兒。

『我昨天要妳清查的那些資料做好了嗎？』

『我今天會把它做完才下班。』

白佐國在喉頭悶哼了聲。那份工作他從嚴估算，就算周湘若動作再快，至少也要四個工作天才能完成。

『如果我做完您交代的事，明天是不是就可以請假？』

白佐國不置可否。周湘若就當他默許了。『還有其他事嗎？』她問。

『沒了。』

『那……』周湘若起身告辭，但走到門口突然想到一件事。『檢察官，可以問你一個問題嗎？』她轉身問道。

白佐國抬頭看著周湘若：她問題還真多！

『您知道「祇園」嗎？』

『妳是指台北那家頂級懷石料理餐廳？』白佐國想也沒想就說：『為什麼這麼問？』

周湘若遲疑了一下，搖搖頭。『沒什麼，我回去辦案了。』

§

邱佑宇抵達軒宇資訊樓下的合作金庫時沒見到周湘若，他伸出手看了腕錶一眼。一輛計程車在合庫前停了下來，周湘若匆匆下車，小跑步到邱佑宇面前。『大哥，對不起，我沒遲到吧？』

『沒關係，我也剛到。』邱佑宇看著周湘若。『妳不舒服嗎？臉色看起來有點蒼白。』

『沒什麼，』周湘若捏了捏臉頰，試圖讓氣色看起來好一些。『檢察官原本不肯讓我請假，所以我熬夜把他要的資料做出來。』

『妳是從地檢署直接過來的？』

『嗯。』

邱佑宇嘆了口氣。『妳確定妳要跟我上去，不先回去休息？』

『安啦，一晚沒睡而已，沒什麼大不了的！』周湘若邊說邊從提袋拿出高中時的粗邊黑框眼鏡戴上，隨即改頭換面像變了個人。

『有必要搞得這麼〇〇七嗎？』邱佑宇忍俊不住笑了出來。

『你想太多了，我是熬了一夜隱形眼鏡戴不住。』周湘若笑說：『不過你說的也是，這樣我下次如果有機會再來，他們應該也認不出來吧？』

進入軒宇資訊後出來接待的是一個戴著厚重眼鏡、笑容溫婉的削瘦中年婦女。

『芬妮，這是我事務所的查帳員，她來補一些內控資料。』邱佑宇介紹道。

芬妮？財務部主管？周湘若跟芬妮點了點頭，芬妮頷首回禮後對邱佑宇說道：『我請田課長幫她安排。』

周湘若在田課長帶領下走進管理部。

『妳可以用這張桌子，這是我們前任稽核的辦公桌。』田課長說道。

『前任稽核？現任稽核不用嗎？』周湘若立刻反應道。

『總稽核有他自己的辦公室，用不著這張桌子。』

總稽核？周湘若有些糊塗了。『你們這位總稽核是前任稽核的主管？』她直覺道。

『不，他是來接前任稽核工作的。』

『哦。』周湘若挑了挑眉、點點頭。

『那……我幫妳介紹管理部經理。』田課長看了隔壁辦公桌一眼。『蒂娜，這是會計師，她來補一些內控資料。』

蒂娜抬頭看了周湘若一眼，利如刀鋒的冷峻眼神讓周湘若不自覺想起地檢署的廖科長。

『我今天要補一些薪工循環資料。』周湘若簡單說明來意。

『你們沒有事先通知，我今天很忙耶。』蒂娜冷冷回了句。

『不會耽誤妳很多時間，妳只要告訴我資料放哪兒，我可以自己找。』

蒂娜沒答腔。『露比。』她叫住一個二十出頭的小姐，轉頭對周湘若說道：『妳有什麼事直接找她。』

白佐國經過周湘若辦公室時多看了一眼，門是關著的，裡頭也是黑的。她竟然真把他要的那份資料趕了出來，肯定是做了通宵。白佐國在心裡暗忖：這小女孩有比鋼鐵還強的意志，他該擔心她這項特質會替他惹上麻煩嗎？

白佐國嘆了口氣走回辦公室。周湘若雖然才報到沒多久，但他好像已經習慣了她每天衝來衝去問能不能發搜索票之類的冒失行徑。他在辦公椅上坐了下來，眼角掃過桌緣，隨即將目光移回桌下邊櫃露出的那一截傳真紙。他抽出傳真紙瞄了一眼，紙頭上有他用筆畫圈的兩個地址，一個在新店，一個在木柵。

為什麼選擇我？新婚夜裡白佐國與妻幾次翻雲覆雨後問道。

妻眼睛閃亮亮的盯著他看了好久。因為你是你；因為你的眼睛會笑。她一臉認真說。

白佐國起身走到窗前望向窗外。

妻說這話時眼裡閃耀的美麗光采，他到現在都還歷歷在目。

人要相信些什麼，才會覺得有希望；而希望，是眼裡的光采，它能讓你感動。女人說。

白佐國回頭看著桌上那兩個地址咬了咬牙。他的毛細孔有股蠢蠢欲動的氣息，但雙腳卻又習慣性的牢牢釘在地上，動也不動……

§

周湘若找出林羽馥在軒宇資訊的人事資料。

到職日：二〇〇三．八．一。

那是在林羽馥第一次中斷與Tony通信後沒多久。她翻到下一頁，是林羽馥二〇〇五年初的考績表，她往下看了一眼，下方的評語欄髒髒的，看起來像是用鉛筆寫過又用橡皮擦擦掉的痕跡。

『喂，媽，是我，我晚上再去接魯家齊……』蒂娜掛了前一通長達半小時，只為了說服修理她家廚房漏水的包商少算她一百塊工資的電話後，立刻再撥了電話，電話接通後她說。

周湘若看了蒂娜一眼，拿起筆筒裡的鉛筆用接近水平的角度拓印評語欄上密密麻麻的字跡。周湘若約略看了一下拓印出來的內容，大約就是柯總在錄音裡談到的希望林羽馥繼續以『經營者』的角度協助他管理公司之類的期許。但……為什麼要把它擦掉？周湘若邊拿橡皮擦把拓印痕跡擦掉，邊將目光上移。

職稱：稽核；職等：五。

周湘若瞇了瞇眼，從桌上找出一本貼著『內部控制制度』的資料夾翻找職稱職等對照表，她記得經理的職等都還有六。

『他們幹嘛這樣說我！』蒂娜突然提高音調對著話筒說道。

周湘若停下手上的動作轉頭看著蒂娜。

蒂娜餘光掃了周湘若的方向一眼，『我知道，』她放低音量語氣稍緩，『反正大家都瞧不起我就是了……』她側了側身完全背對周湘若低聲說道。

周湘若回頭繼續翻閱資料夾，看起來林羽馥似乎一手包辦了軒宇資訊所有制度、規章、辦法的制定及撰寫，管理部的ＳＯＰ（標準作業程序）更是林羽馥一手建制，那麼，這個蒂娜在做什麼？周湘若看了蒂娜一眼，她抽了張面紙拭了拭眼角。

一個圓圓胖胖、戴著暗紅色幾何圖形領帶的中年男子，領著一個看起來有些生嫩的小女生走到蒂娜面前。蒂娜抬頭看了中年男子一眼。『喂，媽，我現在在忙，晚上再說。』

『麻煩妳查一下，我的業助說妳四月的薪水少算了一天，這個月還是沒補給她。』中年男子等蒂娜掛掉電話後說道。

『我不是說過這個月會補給妳？』蒂娜翻了翻白眼。

『可……可是我這個月還是沒收到。』小女生怯生生的說。

『妳要不要再確認一下？』中年男子有些不悅。『不會連這種小事都做不好吧？』他不耐煩的嘟囔了句。

蒂娜臭著一張臉打開系統查詢。『那個……』她臉色稍緩。『系統出了一些問題，我把資料鍵進去了，可是電腦沒有收到，我下個月再補給她。』她說。

『嗯。』中年男子悶哼了聲，帶著業助離開。

『有沒有搞錯啊！這些小助理花大錢買名牌包包，卻為了算錯的幾百塊薪水跟我過不去，真搞不懂她們在想什麼，幾百塊而已耶！每個月都來，有必要找到主管來跟我要嗎？』中年男子離開後，蒂娜站起身對著露比忿忿抱怨道。

露比虛應故事地笑了笑，沒答腔。

『要不是當初柯總堅持一定要我接這個工作，我寧可少領點薪水，也不要做得這麼辛苦。』蒂娜繼續叨叨唸道。

真是得了便宜還賣乖！周湘若閤上軒宇資訊的薪資清冊，為林羽馥不值。

蒂娜見沒人回應自己，霜著張臉拿起桌上的水杯啜了口。財務經理芬妮走進管理部。『蒂娜，柯太太不在國內，柯總叫妳進來幫柯太太唸監察人報告書。』

『啊——』蒂娜臉色丕變，手握水杯脹紅了臉，在原地輕快的跳了跳腳，『怎麼這樣！』她驚呼，水杯裡的咖啡濺了她一身。周湘若看著大片咖啡漬積聚在身上並迅速滲入衣服纖維暈染開來時瞇了瞇眼，咖啡污漬很難洗的，這件上衣跟裙子都完了！她心想。

『現在嗎？』蒂娜放下水杯，用不同於方才的甜美顫音問道。

『對，現在。』

蒂娜離開座位後，周湘若立即起身走到資料櫃找出蒂娜的人事資料。

白佐國檢察官走進軒宇資訊對著櫃台的總機說道：『我找柯總。』

『柯總現在在開股東會耶。』總機說：『您是？』

『我姓白。』白佐國猶豫了一下。『我是他朋友。』他說。

『喔，您有跟柯總約嗎？』

『沒有。』

『那……』

『我等一下好了。』

『喔，那……』總機比了比前方會客椅。『您那邊坐一下。』

『啊——原來股東會是這樣開的。』蒂娜從會議室出來後笑得像花一樣燦爛地跟露比說道。

『您決定之後再跟我聯絡。』邱佑宇聲音由遠而近。

『沒問題。』

周湘若順著聲音的方向看了一眼。邱佑宇跟一個高他幾乎半個頭、紮著小馬尾的中年男子經過走道。

柯總？周湘若看了邱佑宇一眼，邱佑宇眨了下眼示意。周湘若將目光移回柯總身上，他緊抿著唇，下巴是刀刻過似的堅硬方正。

『待會兒一起用個便飯吧。』柯總說，倒三角眼看不出這是隨口問問還是真的邀請。

『不了，我事務所還有事。』

『那……蒂娜，妳待會兒幫會計師叫一下計程車。』

『是。』蒂娜只有一百五十公分出頭，雖然身形有些粗壯，但站在柯總身邊看起來還是十分嬌小。

『那……』

『柯總不用招呼我，』邱佑宇接口，『我跟查帳員打聲招呼就要離開。』

柯總看了周湘若一眼，眼裡死寂的嚴峻讓周湘若幾乎倒抽一口氣。『好吧，那就不送了。』他說，然後轉身離開。

呼！周湘若心虛的鬆了口氣。

『查好了嗎？』邱佑宇走到桌邊問。

『現在在清你的To do。』

邱佑宇看了看錶，他一點有個會，在新竹。

『你先走，我留下來把To do補完。』

『可以嗎？』

周湘若眨了眨眼，比了個OK的手勢。

柯總經過總機往門外廁所方向走。

『柯總，』總機叫住柯總，『您有訪客。』總機眼睛看著白佐國檢察官的方向。

『你是？』

『林羽馥的朋友，台北地檢署檢察官白佐國。』

柯總回頭瞄了總機一眼，她正忙著接聽電話。『我們辦公室談。』他反身引領白佐國往自己辦公室方向走。

周湘若站在走道財務部的傳票櫃前翻找邱佑宇下的To do上列載的交易紀錄傳票。

借：雜項支出$一〇〇，貸：銀行存款 $一〇〇；

備註：柯總Seednet撥接月費。

其中一張傳票上的交易事項吸引了周湘若的注意。柯總的Seednet撥接月費一〇〇元？她偏了偏頭，現在公司行號大半都有租用自己的寬頻網路線，換言之，這個撥接月費應該是柯總私人的e-mail帳號月租費，而Tony使用的e-mail信箱就是Seednet第一代的Tpts1伺服器。周湘若吸了口氣，沒有興奮，卻有股陌名的失落，她下意識轉頭往柯總辦公室看。

『Shit！』她往後退了一步、別過頭。

柯總等白佐國檢察官進門後指了指會客椅並順手把門帶上。『你是Full的？』他在會客椅斜對角坐了下來。

『朋友。』白佐國接口。

柯總臉頰抽動一下，他咬咬牙拿起桌上的煙，『你要嗎？』他將煙口對著白佐國檢察官。

『謝謝。』白佐國拿了根煙，柯總也拿出一根叼在嘴上，拿起打火機幫白佐國點燃後也低頭點燃自己的。『她……是自殺嗎？』他問。

『安非他命中毒。』白佐國仔細看著柯總，他鼻孔反射性的微張四分之一秒。

『那麼報紙說的是真的？』柯總吸了口煙喃喃自語道：『我不知道羽馥吸毒，她看起來不像會吸毒的樣子……』他手腕倚著桌緣不斷輕點著煙，煙灰隨著他的動作散落桌面，僅僅五公分遠的煙灰缸，像個裝置藝術般被閒置在角落。

白佐國收回目光。『我知道你跟她通信的事。』他直言。

柯總僵了一下，抬頭看著白佐國。

『她說她在你身上看到某部分被潛抑的自己，』白佐國頓了頓，『灰色的自己。』

柯總緊咬了咬牙，齒顎在頰邊勾勒出一道明顯的線條。『你跟她很親？』

白佐國沈默了一下。『我不曉得，』他有些困惑，『嚴格說起來，我跟她只是萍水相逢的朋友。』

『但你卻知道連我都不曉得的事，』柯總眼中閃過第一道情緒，忿忿地說：『而且她說走就走，完全不顧別人感受。』

白佐國看著柯總冷冽的眼，想起林羽馥那晚說的：如果以牙還牙、以眼還眼不能得到平靜快樂，又何必浪費時間操弄？諸如此類的話，他嘆了口氣，意有所指的低語道：『或許，你該感激她說走就走的善意。』

柯總落寞的抽著手上的煙，像沒聽到這句話。

『Anyway，』白佐國提起氣，『我今天來只是想確定一件事，』他直直看進柯總眼底，『你真的不知道她在吸安非他命？』

柯總怔怔的看著白佐國。『我該知道嗎？』他反問。

白佐國盯著柯總聳了聳肩。

柯總搖搖頭，『當初她是頭也不回的就離開，老實說……』他疲累的說：『後來我甚至沒什麼機會見到她。』

13

周湘若乾咳兩聲，極力忍住喉頭缺水的搔癢，為了避免在茶水間或走道遇到白佐國，她一個早上就這麼忍著不喝水，待在辦公室裡一邊整理手上的資料，一邊忐忑不安的揣想著，昨天白佐國檢察官在進到柯總辦公室前究竟有沒有看到她？如果看到她，她該如何解釋自己出現在軒宇資訊這件事？周湘若煩惱了一早上卻還是想不出一個圓滿的說詞。她一向不會、也不願說謊，但如果這件事牽扯到無辜的第三者，那就另當別論了，畢竟邱佑宇是在她苦苦哀求下才幫她這個忙，她有義務保護他。但……要怎麼在不說謊又不會供出邱佑宇的狀況下提出一個兩全齊美的解釋呢？

周湘若煩躁的搖搖頭，決定暫時不去想這個問題。她將目光移回面前的電腦螢幕上。

二〇〇二・一　賴赫哲意外身亡

二〇〇二・四・七　開始與Tony通信

二〇〇二・六　出發至歐洲

二〇〇三・五　回台

二〇〇三・六・二十三　停止與Tony通信

二〇〇三・八・一　到軒宇任職

二〇〇四・十二・十三　恢復與Tony通信

二〇〇五・一・四　確定Tony身分？

二〇〇五・一・十八　與柯總考績面談

二〇〇五・二・十七　軒宇離職

二〇〇五・五　受孕

二〇〇五・六・三　最後e-mail

二〇〇五・六・六　羽生日／軒宇資訊興櫃掛牌

二〇〇五・七・一　墮胎／遇害

　九：〇〇　芊至羽家會合

　十一：〇〇　動完手術，與芊分手

　十二：二十六：二十七　田文琳來電

　十三：〇〇　赴田文琳（or檢察官）約

　十三：二十七　興隆路停車紀錄

　十四：〇〇　取車／車旁嘔吐

　十四：七：四十三　芊來電

　十四：三十五　回家電梯錄影

　十五：〇〇—十九：〇〇　法醫推估死亡時間

周湘若對著這份她花了一早上整理出來，林羽馥案的時間序怔怔的發著愣。雖然沒有直接證據證實柯總就是Tony，但從種種跡象判斷，她幾乎可以百分之九十九點九確定：柯總早在林羽馥到軒宇資訊面試時就已經知道林羽馥就是網友Full。而林羽馥則是在到軒宇資訊任職一年多之後才隱約察覺似乎事有蹊蹺，因此才會在停止與Tony通信的一年半後，也就是二〇〇四年十二月收到柯總以Tony身分持續寄發的聖誕賀卡後重新回信詢問Tony的近況。只是……周湘若呼了口氣，不明白柯總怎能那樣沈得住氣，不但一路在真實世界中隱瞞身分，還試圖以Tony的虛擬身分重新和林羽馥取得聯繫，並且在二〇〇四年底林羽馥真的回信後還一再瞎掰那些被老闆關切工作進度，日子過一天是一天的角色扮演劇情？他心機未免也太重了些吧！還有白佐國檢察官，他昨天為什麼會出現在軒宇資訊？他跟林羽馥、甚至是柯總到底是什麼關係？

周湘若嘆了口氣，發現自己不知何時起了一身的雞皮疙瘩。一個早上悶不吭聲的電話在這時突然響起，周湘若嚇了一跳，轉頭看著電話沒有動作。

逃避不是解決問題的方法。電話鈴聲固執的響了幾次之後，周湘若終於深吸了口氣，伸手接起電話。

『把門帶上，坐。』白佐國抬頭看了周湘若一眼，簡短交代道。

周湘若戰戰兢兢地在辦公桌前的會客椅坐了下來。

白佐國靠在椅背上，雙手交叉在胸前看著周湘若。『妳有什麼事要告訴我嗎？』

『您指的是？』她小心翼翼問道。

『我聽說妳是自己主動請調來做我的檢事官的，有這回事嗎？』

原來是這件事！周湘若鬆了口氣。『是啊。』她一派輕鬆回道。

『為什麼？』

周湘若愣了愣。『我是財經實務組的檢事官，當然希望分發到一個熟稔財經事務的檢察官底下做事情，這需要什麼特別的原因？』

『妳不知道我在花蓮地檢署辦了十年鄰居互毆、盜獵山光的案子，而且年年考績都是乙等嗎？』

『我有聽說，但印象最深刻的，還是你十三年前辦的前都發局長蔡伯顏的貪瀆案。』

『妳怎麼知道那個案子？當時妳才多大？十一、十二？』

『十七，報紙上幾乎天天有這個案子的最新進展，甚至還有社評家專文介紹你這個大義滅親、不畏強權惡勢力的正義檢察官，所以我對你的印象十分深刻，這樣的理由夠足夠充分嗎？』

周湘若忍不住也上了火回擊道，不明白白佐國為什麼將這件看得這麼嚴重。

白佐國將目光從周湘若身上移開，臉上看不出表情。

『你叫我進來就為了這件事？』

『還有另外一件事。』

周湘若全身再度緊繃。

『妳昨天在軒宇資訊做什麼？』

這麼好的運氣怎麼買樂透就是不會中！周湘若咬咬牙，抬頭看著白佐國，他眼睛像張網，牢牢架在她四周。周湘若眼睛骨碌一轉，吸了口氣、挺起胸。『理論上來說，我已經請了假，請假期間辦了什麼私事應該可以不用跟你報告。除非……』她抬起下巴，『我們現在的談話是私底下朋友對朋友間的討論。』

白佐國瞇了瞇眼，眼中射出一道精光。

氣氛有些尷尬，周湘若覺得自己像隻虛張聲勢的穿山甲，但箭已架在弦上，不發都不行，她只得硬著頭皮撐著高揚的下巴，保持一個完美的弧度對著白佐國。

白佐國眼中閃過一絲笑意。『妳的意思是？』

『你也得告訴我，你為什麼出現在軒宇資訊。』

『妳現在是在跟我談條件？』

『不是談條件，是講道理。』周湘若強調。

『ＯＫ，我去找柯總。』

周湘若愣了愣，有些意外白佐國的爽快。『For What？』

『請教他一些問題。』

『什麼問題？』

白佐國停頓了一下。『一個朋友的問題。』

『林羽馥？』

『是。』

『你跟林羽馥是朋友？』

『我跟她見過一面，嚴格說起來……是兩面，第二次是在她死亡當天下午。』

『林羽馥那天去興隆路是跟你約見面？』

白佐國愣了一下。『看來妳這幾天做了不少事？』

周湘若心虛的抓了抓耳後。

『她不是跟我約，我去萬芳醫院探視朋友，在附近遇到她。』

『大約幾點？』

『我不確定，不過當時垃圾車正好經過。』

那跟賣雞蛋糕的歐巴桑說詞吻合。『當時林羽馩看起來怎麼樣？』

『她當時看起來神智十分清楚，只是有些慌張跟……驚懼。』

『驚懼？她在驚懼什麼？』

『不曉得，我還來不及問，她就慌慌張張把車開走了。』

所以林羽馩兩點零五分當時應該還沒嗑藥，根據金浩的檢事官丹尼爾形容：林羽馩住處的電梯監視錄影帶顯示，林羽馩在七月一日當天兩點三十五分左右踏著歪斜的腳步進入電梯，所以林羽馩是在從興隆路回到新店住處的這段時間吸毒的？如果是這樣，她在這半個小時中間有接觸過誰？

周湘若回過神，發現白佐國正若有所思的盯著她看。

『呃……我沒問題了。』

白佐國似笑非笑的牽了牽嘴角。『我知道，現在妳可以回答我的問題了嗎？』

『我去軒宇是想證實一些懷疑。』周湘若坦白承認。

『用什麼身分？』白佐國沒問她懷疑什麼。

周湘若咬咬牙沒說話。

『他們不曉得妳的身分吧？』

周湘若還是沒說話。

『地檢署不是辦家家酒的地方，妳知不知道妳的行為可能嚴重危害地檢署還有妳自己？』白佐國厲聲說道。『如果他們知道妳的身分！』

周湘若咬著下唇，知法犯法，那的確很嚴重，但她根本沒想那麼多就去做了。『對不起。』她說。

『妳去軒宇資訊做什麼？』白佐國語氣稍緩。

周湘若喘了口氣。『林羽馥在七月一日死亡當天早上動過流產手術。』

白佐國瞳孔瞬間放大一秒，提起肩：『幾個月？』

『一個多月。』

白佐國放下肩。『知道孩子的父親是誰？』

周湘若搖搖頭。『記得你在林羽馥家找到的光碟片嗎？裡頭的……』

我常常聽到孩子在哭。白佐國聽到妻在耳邊說。

『……林羽馥墮胎前幾天，柯總的老婆田文琳密集打了幾通電話給林羽馥……』周湘若的聲音在遠處飄渺。

妳想太多了。可是孩子真的在哭，妻邊說邊用拇指摳著門牙，真的！她強調。

『……因為沒辦法用ＩＰ位址確認Tony的真實身分……』

孩子已經流掉了！你騙人！不然你為什麼不敢看我？一滴鮮紅的血落在米白的拋光石英磚上，白佐國倏地抬頭，見到大片血漬沿著妻的拇指向下流。妳在做什麼！他拉住妻的手卻發現止不住妻的動作，對抗間，妻的一片牙齦肉掉在他手背上，血沿著妻的手流到白佐國手上。真的、真的，兩個孩子都在我耳邊哭，妻的拇指離開牙齦在胸前顫抖，我一直哄他們，可是他們就是不聽，一直哭、一直哭……

『檢察官？』周湘若的聲音忽遠忽近。『檢察官？』

白佐國回過神。

『所以，』周湘若做出總結，『這就是你在軒宇看到我的原因。』

白佐國換了口氣。『有什麼發現？』

『雖然沒有直接證據，不過我想柯總應該就是Tony沒錯，但他老婆田文琳可能找錯了對象。』周湘若臉一沈。『我原本研判林羽馥的電腦跟光碟被偷應該是跟性愛或婚外情有關，換言之，柯總如果真是Tony，那麼不管林羽馥的死是意外、自殺或他殺應該都跟他脫不了直接或間接的干係。但眼前種種跡象卻又在在顯示林羽馥跟柯總之間似乎並無踰越分際的情事。』她嘆了口長氣。『老實說，我原本只是想找出讓林羽馥沈淪於安非他命的原因，讓林羽馥的父母坦然接受她已經離開的事實，但越查訪我卻越覺得，這個案子的矛盾詭異之處越多……』

『有時候跳出框框，反而會有意想不到的收穫！』

周湘若眨了下眼，白佐國插的這句話聽起來有些不合時宜的突兀。

『我不會告訴妳什麼能做、什麼不能做，但妳得對自己的行為更負責點。』白佐國繼續說道。

周湘若瞇眼看著白佐國，他的意思是只要她不影響他交辦的工作，他就不會干涉她做什麼？還是暗示她不要多管閒事？

『如果沒事就可以離開了，明天下班前把泰扶集團旗下所有企業體的董、監事跟重要關係人關聯圖做出來給我。』

『是。』周湘若收回到口的疑問，在白佐國驅趕下，一肚子莫名其妙的起身離開檢察官辦公室。

14

『這裡是台北知音廣播電台，我是小美，進行的是「我最愛的人」點歌單元，接下去點播的是來自台北的阿滄。阿滄你好。』

『小美好。』

『今天你想點播什麼歌給你最愛的人？』

『我想點伍思凱的〈特別的愛給特別的你〉給在台中娘家的老婆，希望她不要再生我的氣、趕快回家吧！』阿滄最後一句幾乎是用吼的。收音機流洩出伍思凱清亮的歌聲。

沒有承諾
卻被你抓得更緊

白佐國檢察官一手握著方向盤，一手擱在車門邊上望著前方車道。

我們分開一段時間吧。流掉第一個孩子的週年日，妻遞給他一份簽好名的離婚協議書。在那之前，白佐國因為調查都發局長蔡伯顏涉嫌貪瀆案聲望、事業如日中天，妻的父不但逢人就誇他這個比『兒子還像兒子的成材女婿』，還拉著他四處應酬、引薦給他那些有頭有臉的朋友認識。好久沒看到你，好想你。觥籌交錯幾個月之後，白佐國半夜回到家，妻對他說。那段時間白佐國幾乎不曾子夜前抵家，每次到家時，習慣早睡的妻不是早已入睡，就是側躺在客廳沙發上等他等到睡著。『妳可以跟我一起去啊，反正那都是爸的朋友。』白佐國說，但妻搖搖頭：『我跟那些人合不來，而且你這樣天天應酬到半夜、第二天還得上班，鐵打的身體都受不了，我跟爸說，叫他不要老讓你弄到半夜才回家？』

『我沒關係，爸高興就好。』白佐國拿起妻手上的電視遙控器將沙沙作響的電視機關掉，遙控器上沾染了些妻睡著流下的口水。『以後不要等我，到床上睡，知道嗎？』白佐國撫著妻臉上遙控器的印子哄小孩般說道。妻不置可否笑了笑，沒多久，妻就提出離婚的要求，隨即接了出版社一個鄉野調查的企劃案到花東出差，一去就是一個月。

妻的父知道妻離家後只哈哈大笑：『女人家懂個屁！她就是這些應酬養大的，錦衣玉食會自己跑出來？別理她，使使性子而已，跟她娘一個德行，過段時間想通了自然就會回來。』

沒有了你
我的世界雨下個不停
特別的愛給特別的你
我的寂寞逃不過你的眼睛
特別的愛給特別的你
你讓我越來越不相信自己

妻離家那段期間，電台反覆播送伍思凱這首〈特別的愛給特別的你〉，伍思凱清亮的嗓音在傾盆大雨的漆黑車廂裡聽來特別有感覺。一個月後，白佐國躺在客廳沙發上在這首歌的旋律中猶豫著要不要連夜開車下花蓮時，妻提著離家時的行李打開大門。

『幹嘛不開燈？』妻在黑暗中問道。

『反正又沒人。』白佐國說。

『你不是人嗎？』妻的聲音漾著淡淡笑意。白佐國疑惑的看著黑暗中妻兩顆晶亮的眼。

『離婚協議書呢？』

『丟了！』白佐國不耐煩的回道。

『今天怎麼沒出去？』妻沒追問離婚協議書的事，打開客廳電燈。白佐國瞇著眼，用手遮住光線。『晚餐吃了沒？』白佐國搖搖頭。『這是你的新造型？』妻走近白佐國摸了摸他滿臉的鬍碴，『這麼邋遢的造型，爸沒意見？』『我好幾天沒見到他了。』

妻偏了偏頭，沒問為什麼。『出去吃飯？』她眼裡漾著柔光，『我現在一個人吃兩人補，怎麼吃都不飽，快餓死了！』

白佐國愣了一下，然後不敢置信的瞬大眼，妻微笑著點點頭。妻有習慣性流產的體質，孩子最後還是沒保住。

白佐國磨了磨牙，嘴裡突然一陣血腥，濕濕鹹鹹的，他用手觸了觸頰肉，一陣澀澀的刺痛，他拿出食指看了一眼，『SHIT！』他將食指上的血往襯衫上抹。車子偏了偏，白佐國將方向盤拉正。

妻流掉第二個孩子後就開始有些幻聽傾向，十幾年前憂鬱症這個話題還不像現在這麼流行。黃燈轉紅，白佐國緊急踩了煞車，但半個車身已經闖越停車白線。

我們都不是壞人，但為什麼孩子會留不住？

妳想太多了，去睡吧，睡一覺起來就沒事了，乖，快去。

孩子流掉沒多久，都發局長蔡伯顏貪瀆案也正好進行到最後收網階段。

『一個聰明的檢察官應該知道該何時放手。』當時的北檢署檢察長不斷提醒他。『良心算什麼？你就是不曉得該何時放手，非得把大家都搞垮，是嗎！』妻的父更不只一次高聲質問他，四面八方的雜音搞得他心力交瘁。

『扣、扣、扣、扣、扣！』助手座窗外一個黝黑粗壯、唇色暗紅的壯漢，邊嚼檳榔邊猛敲白佐國的車窗，白佐國按下車窗。

『這位先生，你嘛幫幫忙，我們喇叭按到阿里山上都聽得見了，不然，你是睏去喔？』壯漢比了比綠燈，白佐國回過神，看了看後視鏡猛按喇叭的大卡車。『歹勢。』他道過歉後踩了油門往前駛。

為什麼這個案子結束後我反而更不容易見到你，我們不是該相互扶持的嗎？

上頭指示要拚治安，所以最近又忙了些。

是嗎？大溪老家回不去，我們又像兩條交會不到一起的平行線，我覺得好孤單。

妳想太多了，找朋友上街逛逛，不要老悶在家裡。白佐國說。

妻淒楚的笑了笑，沒再說話。那是白佐國最後一次見到妻的笑容。

一個星期後，白佐國拖著疲倦的步伐從北檢署回到家後，在浴缸裡發現一身是血的妻。

『孩子在等我。』妻啞然說道。

『胡扯！妳給我撐住，我馬上送妳去醫院。』

『對不起，』妻拉住白佐國，『我不是故意的，我只是累了……』

我付出一生的時間想要忘記你
但是回憶回憶回憶從我心裡跳出來
擁抱你

（作詞／陳家麗，作曲／伍思凱）

一粒豆大的雨滴打在車窗上。我只想你做回你自己。妻在白佐國耳邊說道。Follow your heart，我相信『她』也是這麼想的。女人接口。白佐國眼前一陣模糊，車窗外開始下起劈里啪啦的傾盆大雨。

§

『呼！』周湘若吐了口氣，轉動發僵的脖子。泰扶集團旗下的企業體包括郭泰邦直接、間接投資，甚至他沒掛名，但和泰扶集團有往來的關係人公司夯不啷噹算一算竟然也有二、三十家，而且這二、三十家公司裡交叉持股的狀況十分嚴重，如果再加上已經辦理清算解散歇業的公司，整個泰扶集團企業體的關聯圖就有如一張綿密的蜘蛛網一樣複雜。周湘若捏了捏後頸椎，目光停留在辦公桌最角落一堆資料下露出的一截泛黃的報紙房地產廣告。她伸手抽出報紙。

台北市議員郭泰邦創業鉅作——內湖之星大樓——普樂開發規劃、普泰建設興建，內湖最高、最美的摩天住宅大樓。

周湘若瞇了瞇眼，這大樓外觀模擬示意圖看起來有些眼熟，她再仔細看了看，終於想起在哪兒見過它。

這不是那天跟賴芊芊約見面那間很有愛琴海風情的咖啡店所在的大樓嗎？他們家的義大利麵看起來似乎還不錯吃！周湘若忽然覺得饑腸轆轆。她抬頭看了看時鐘，八點多，編了一下午的關係圖，她腦袋已經有些昏沈遲鈍。明天再繼續吧，她決定，於是約略整理一下桌面，便提起公事包離開辦公室。

周湘若一打開愛琴海咖啡屋的大門就聞到一股撲鼻的咖啡香。

『歡迎光臨，請問幾位。』

『一位。』

等候帶位的時間，周湘若環顧了一下收銀台，沒人，她記得上次買單時坐鎮的是一位三十開外的小姐，看起來像是老闆娘。

『小姐，這邊請。』

周湘若一眼就見到角落裡仰靠在翠湖綠沙發上、落寞的盯著天花板發著呆的白佐國檢察官。

『檢察官？』周湘若走過去。

白佐國像是還沒回魂，抬起頭怔怔的盯著周湘若好一會兒才反應過來。

『兩位要坐一起嗎？』服務生探詢道。

周湘若看著白佐國，白佐國聳聳肩，服務生隨即轉身回吧台拿水杯及菜單。

『沒想到會在這裡遇見您。』周湘若坐定後說道。

『妳怎麼知道這裡？』

『賴芊芊帶我來的，這邊感覺還不錯，不過那天公事在身，有點食不知味，所以剛才整理檔案的時候看到這棟大樓當初興建時的廣告，就決定過來吃晚飯。您呢，怎麼會知道這兒？』

『路過，就順道進來喝杯咖啡。』

『哦。』

不知道為什麼，周湘若有種白佐國在避重就輕迴避這個問題的錯覺。服務生送來水杯及菜單，周湘若點了客義大利墨魚飯。服務生離開後，氣氛變得有些尷尬沈悶。

『這棟大樓是郭泰邦蓋的，您知道吧？』周湘若沒話找話聊，一個晚上如果都是這種氣氛，她很可能會吃飯吃到胃下垂。

『我知道，這棟大樓跟泰扶集團現在的事業主體泰扶娛樂大樓是同一個時期蓋的。郭泰邦當初在內湖買了不少地，原本應該是想靠泰扶商業娛樂大樓母雞帶小雞把附近房地產炒起來，沒想到剛好碰到房地產低潮，娛樂大樓蓋到一半就出現財務危機，地只好一塊一塊賣，所以這兩棟大樓就成了絕響。』

周湘若有些失望的點點頭，她原本是想秀一下對這個案子的熟稔度，表示自己沒因為林羽馥案而荒廢該做的事，沒想到白佐國不但言簡意賅的把她原本要秀的事都講完了，還解答了她原來想不大通透的一些疑惑。

『檢察官，你都知道了嘛，幹嘛還要我整理關聯圖。』周湘若忍不住抱怨道。

白佐國了富禪意的笑了笑，沒答腔。一個穿著粉紅色點點洋裝的年輕服務生，端來周湘若點的義大利墨魚飯。『謝謝，麻煩幫我加個水。』周湘若交代道。

『好的，請等一下。』服務生甜甜笑了笑。
服務生離開後周湘若跟白佐國又陷入一陣尷尬的靜默。
『檢察官，你剛剛在看什麼？』周湘若又開始找話題。
『啪滋！』一個巨大的撕裂聲響，白佐國跟周湘若同時抬頭看著天花板，藍色布幔隨著冷氣風口吹出的微風曼妙的飄動著身軀。
『妳剛剛有聽到吧？』白佐國像是不相信自己剛剛聽到的。
周湘若縮著肩點點頭，她很肯定這次這聲比上次大得多……得多。『我上次問過服務生，她說是房子熱脹冷縮的正常現象。』她聲音有些飄忽。
是嗎？白佐國懷疑的皺了皺眉。
『啪茲、啪茲、啪茲……』撕裂聲越來越密集。
白佐國再次往上看。『小心！』他大喊一聲，起身將周湘若撲倒在角落地上，周湘若在倒地前看到粉紅色點點洋裝女服務生正拿著水壺朝她的方向走，然後就是一聲『轟！』地砰然巨響。一塊濕濕黏黏熱熱的東西飛到周湘若臉上，她下意識抹了抹，在灰煙濛濛中看了一眼，是紅色血漿般糊糊的東西。
『啊——』四周開始陸續傳出恐懼的尖叫，周湘若看著前方一輛車大小的石塊邊緣一隻完整斷臂，斷臂手上還握著加了檸檬片的透明水壺，還來不及反應是怎麼回事前，周湘若眼前一黑，失去了意識。

15

經過土木技師工會的初步鑑定，愛琴海咖啡屋水泥塊掉落造成一死三傷慘劇的肇事主因是偷工減料。白佐國檢察官在第一時間調集了檢警調三方人馬準備大舉搜索當初投資興建內湖之星大樓的相關公司、人等的帳冊資料。

周湘若在醫院醒來後不顧醫生反對，自行出院搭了計程車回到地檢署，剛好趕上行前說明會。會議結束後，白佐國叫住周湘若。

『妳沒問題吧？』他問。在周湘若堅持下，他讓她負責帶隊到普樂開發負責人郭泰星家中搜索。

周湘若恍恍惚惚的點點頭，那個年輕服務生被水泥塊砸個正著，除了周湘若看到的那隻手之外，其他部分全糊成一團，分不清哪裡是頭、哪裡是腳，法醫花了很長的時間才將她的遺體全部帶回停屍間。

周湘若的反應讓白佐國眉頭鎖得更緊。『嘿！看著我。』他在周湘若眼前彈了彈手指。周湘若試圖將眼神聚焦。『看著我！』白佐國再度低吼了聲。周湘若終於將焦距放在白佐國臉上，但眼眶溢滿淚水。『這件事很重要，我需要妳專心做好它，ＯＫ？』白佐國低沈而肯定的安撫道。

『如果我沒有叫她加水，她就不會被壓個正著。』周湘若牛頭不對馬嘴的危危顫顫說道。

『胡說！』白佐國抿了抿嘴。『我找人來代替妳！』他說。

周湘若愣了愣。『我沒問題。』她回復神智，清醒的說道。

『很好。』白佐國口氣轉為強硬。『再讓我聽到妳胡說八道，我就把妳調離這個案子！』

『你不能這麼做！』

『是嗎？』白佐國挑釁的看著周湘若。『那就試著表現得堅強點，不要像個只會哭哭啼啼的小女孩。』

你放心，我不會讓你有機會換掉我！周湘若眼中射出誰都不能阻止的寒光。

周湘若抵達郭泰星住家時，是郭泰星本人出來應的門，一身西裝筆挺的郭泰星是郭泰邦最小的弟弟，四十歲，但本人看起來卻比實際年齡小上許多，深邃的雙眼配上英挺的鼻梁活脫就是時尚雜誌走出來的俊帥男模。難怪看起來眼熟。周湘若亮出搜索票在心中暗忖。

『我只是普泰建設掛名的董事，不過既然你們有搜索票，就不打擾你們工作了，麻煩不要把我家裡弄得太亂。』郭泰星表現得相當配合。

周湘若指示隨行的員警將郭泰星家中的電腦及光碟片、檔案資料夾及其他可能的物證封箱打包。

『那一箱都是我旅行時拍回來的風景。』周湘若在書房搜索時，郭泰星站在門口說道。

周湘若看了他一眼，低頭再仔細翻了翻，的確如他所言都是些風景照。她將照片放回原處，拿出一個磁碟機。

『那裡頭都是些兒童不宜的圖片，』郭泰星輕鬆的聳了聳肩，『看的時候小心點，旁邊最好不要有小孩在。』

周湘若指示員警將磁碟機一併打包。
『我是不是在哪見過妳？』郭泰星問。
『應該沒有。』周湘若冷冷回道。
郭泰星挑了挑眉。『那……現在檢察官都這麼年輕的嗎？』
周湘若看了郭泰星一眼。
『當我沒說過。』郭泰星攤了攤手。
『檢事官，還有其他東西要打包嗎？』負責編列清單的員警問道。
周湘若再次環顧了書房一眼。『沒有了，把清單列好給郭先生簽過字之後就可以收隊。』

§

周湘若一臉疲態的走進白佐國檢察官辦公室。檢察署兵分五路從普樂開發、前普泰建設董事長郭泰邦、總經理郭泰順、董事郭泰星、劉芳梅（郭泰邦妻劉芳蘭妹）家中搜回相關電腦帳冊資料後的這一整個星期，周湘若幾乎沒怎麼闔過眼。
『發現什麼了嗎？』白佐國問道。
周湘若搖搖頭。『什麼都沒有，』她顯得有些不安。『乾淨得就像教科書裡的標準範例。您這邊呢？』
『一樣！』白佐國面露倦容攤了攤手，他這個星期幾乎是住在辦公室裡。
周湘若在會客椅坐下來，張了張嘴。

『怎麼了？』

周湘若遲疑了一下。

『有話直說。』

周湘若吸了口氣。『我總覺得我帶回來的那些資料乾淨得有些不近情理。』她說：『搜索那一天是星期五，可是幫我開門的卻是郭泰星本人，上班時間他西裝筆挺的在家裡做什麼？好像早就知道我們會到。』

白佐國看著周湘若，那天參與搜索的檢、警、調人員有數十人之多。他低頭沈吟了一下。

『不管是不是有內應，都不可能在這麼短時間內抽換這些帳冊資料。』他說：『換言之，這些資料要不就是真的，要不就是早就準備好以備不時之需。妳把資料準備準備，』白佐國露出犀利的目光，『我們找郭泰順這些關係人好好談談！』

偵訊室裡，前普泰建設總經理、郭泰邦的二弟郭泰順手上夾了根煙，好整以暇的一一回覆白佐國檢察官的詢問。『我很正派的，』他嘴角斜揚，輕佻的瞟了周湘若一眼。『違法的事……』他將煙蒂在桌上捻熄，『我不做。』辦公桌面飄起一縷煙霧，留下一個難看的黑色坑疤，周湘若聞到一點點塑膠燒融的焦味。

『那你怎麼解釋內湖之星偷工減料的意外？』周湘若問。

『哼！』郭泰順冷笑一聲，身體往前傾。『請解釋何謂偷工減料？』他捻熄煙，往後靠躺在椅背上雙手環抱在胸前。『我們一向規規矩矩按照結構圖施工。』他說，右腳急速上下點動了幾下。

白佐國檢察官瞇了瞇眼。

『可是土木技師工會……』

『OK，』白佐國收回目光、打斷周湘若。『既然如此，顯然我們也沒什麼問題好問的了。』他抬眼看著郭泰順。

周湘若睜了睜眼，轉頭不解的看著白佐國檢察官。

『你的意思是我的當事人可以走了？』郭泰順的隨行律師確認道。

『請便。』白佐國攤了攤手。送走郭泰順後，周湘若忙不迭轉頭拔高音調問道：『我們什麼問題都還沒問到你怎麼就放他走了？』

白佐國沒理會周湘若的質疑，邊收拾桌上的檔案文件，邊交代周湘若：『妳去建管局調出內湖之星當初申請建築執照的所有圖說，還有，請土木技師工會對內湖之星的鋼骨結構、水泥建材跟送驗的圖說建材做比對……』

周湘若愣了一下，俐落的拿起筆記本振筆疾書，一一記下白佐國檢察官說的那些對她而言略顯深奧的建築語彙。略事整理郭泰順的偵訊內容之後，白佐國跟周湘若隨即連袂走進另一間偵訊室，郭泰星跟他的隨行律師已經就座。

『嗨！』郭泰星伸手跟周湘若打了個招呼，臉上的狎笑讓周湘若腳底一股莫名的寒意直搗頭頂。

周湘若找了個座位坐下來，郭泰星目光自始至終沒離開過她。周湘若瞇了瞇眼，抬起頭迎視郭泰星。

『小辣妹，現在還跳鋼管嗎？』郭泰星突然開口問道。偵訊室一下子靜了下來，所有人全轉頭看著周湘若，氣氛一度詭譎。周湘若沒作聲，眼裡閃耀著變幻莫測的光芒。

『哈！』郭泰星興奮的拍了大腿一下，指了指周湘若，『果然是妳，我就知道見過妳，天狼星的當家鋼管女郎。』他拍了身旁律師一下。『十年前台北最出名的那家PUB天狼星，有沒有？在南港，她在那邊跳鋼管，我還有朋友為了她每個禮拜六晚上專程搭飛機來台北……』

周湘若看了對角的法警一眼，他避開周湘若目光，臉上掛著令人玩味的笑容。

『你都不曉得，她那水蛇腰一擺動……』

『你再說，我就以性騷擾罪嫌起訴你。』白佐國開口冷冷說道。

郭泰星轉頭看了律師一眼。律師點點頭。他斂起笑容，悻悻然從口袋摸出煙。

結束郭泰星的偵訊後，周湘若在一片詭異的靜默中回到辦公室，感覺自己像在身後被狠狠捅了一刀。她想起方才分手前白佐國不發一語的凝重神情，心裡一陣不安。猶豫一下，她站起身走向白佐國辦公室。

『檢察官，我可以跟您談談嗎？』

白佐國抬頭看了她一眼。『什麼事？』他邊問邊低頭在桌上的文件上畫了條線。

周湘若走到白佐國辦公桌前站定。

『我大學時在天狼星跳過一陣子鋼管，不過那是純表演性質，沒有色情。』

『然後呢？』白佐國沒有抬頭，埋首比對桌上兩張密密麻麻鉛字裡的兩筆資料。

周湘若吸了口氣。『我想知道這會不會影響我辦這個案子。』

白佐國停下手上的工作，抬頭看著周湘若。『為什麼這麼問？』

『如果會影響，我會提出抗告。』

白佐國挑了挑眉。『很好，不過妳不用浪費時間這麼做。』他低頭繼續原先的工作。

周湘若放下心來。

白佐國抬頭看了她一眼。『還有事嗎？』

『那是為了賺學費。』周湘若解釋道。

白佐國將筆放下，雙手環抱在胸前看著周湘若。

『我母親過世後，留下將近六十萬的負債，那年我才高三，進大學後我得拚命打工才能付自己的生活費跟還債。』

『妳大可不必這麼做。』

『我知道，拋棄繼承權就是了，但我父親的事之後我受夠了別人看我們母女的目光。』

白佐國瞇了瞇眼。

『我只是不想虧欠別人，讓自己可以堂堂正正、抬頭挺胸面對所有人，誰知道最後會變成PUB裡最HOT的台柱。』

白佐國忍住笑。

『謝謝你。』周湘若正色說道。

白佐國看著周湘若。

『我雖然不曉得妳謝我什麼，』他有些僵直的拿起筆，『不過……』他低頭繼續工作，『不客氣！』

16

星期一一大早，周湘若才走出電梯就聞到一股濃郁的花氣，迎面走來兩個樓下會計室的小姐用艷羨的目光和她打了招呼後，低聲嘰嘰喳喳地走進電梯。周湘若一臉疑惑的走向自己辦公室，遠遠地就見到她辦公室門口圍了些人對著地上滿滿的玫瑰、香水百合指指點點。周湘若皺了皺眉，快步走向辦公室。

『是誰這麼大手筆？』一個穿灰色裙子的書記官低聲問道。

『上面寫說是郭泰星。』身旁穿黑色裙子的文書科員說道。

『郭泰星？跟那個泰扶集團的郭泰邦有沒有關係呀？』

『管他有沒有關係，這個檢事官到底什麼來頭？』

灰裙書記官回頭看了身後的周湘若一眼。

『這麼多花，還有紫玫瑰，應該不少錢吧？』文書科員繼續評論道。灰色裙子書記官用手肘推了推文書科員。

『早。』周湘若主動打了聲招呼。

文書科員回頭看了周湘若一眼。『呃……』她支支吾吾的應了句，『早……早。』然後尷尬的拉著灰裙書記官慌慌張張的轉身離開，其他圍觀的人群也跟著一哄而散。

周湘若抽起花籃上的香檳色卡片打開門，看也沒看的就將它揉成一團丟進垃圾桶。手機鈴響，她將提袋放在辦公桌上拿出手機接聽了電話。
『呃……』周湘若看著滿桌子內湖之星大樓意外案的文件檔案猶豫了一下。她吸了口氣做出決定，『我們在哪碰面？』她拿起筆記下時間、地點。
周湘若走進興隆路上的歐風咖啡店時，店裡只坐了位穿著金色線衫的時髦婦人。
『柯太太？』周湘若有些訝異，照資料看起來田文琳應該有將近五十歲了，但眼前的婦人或許是因為個頭嬌小，身材又維持得還不錯，看起來頂多四十出頭。
田文琳頷首打了個招呼。『請坐。』她說。
『剛回來？』
『對，我在加拿大坐移民監，接到妳的留言，所以……』
提早回來。周湘若理解的點點頭。『妳在七月一日當天有跟林小姐約見面？』她坐定後隨即直接切入正題。
田文琳眼神游移了一下。
『方便告訴我談了什麼嗎？』周湘若進一步追問。
田文琳咬咬牙，眼裡閃過一絲隱約的自責後悔，低頭從LV提包裡拿出一支錄音筆放到桌上。『都在這裡面。』她說。
周湘若將目光移離田文琳的眼，拿起桌上的錄音筆。『我可以……』
田文琳點點頭。
周湘若低頭看了看錶。十：十一。她按了『PLAY』鍵，錄音筆裡首先出現田文琳的聲音：

田文琳：我聽說……妳跟柯總很說得上話？

林羽馥：我不太懂妳的意思，妳想問什麼直說無妨，省得我聽錯妳的意思、給錯答案，這樣對大家都不好。

◆靜默兩秒。

田文琳：妳看起來不像三十幾歲的人，長得很漂亮，一定很多人追吧？為什麼這個年紀還不結婚？要不要我讓柯總幫妳介紹個好對象，他認識不少……

◆沈默一分鐘。

林羽馥：不勞妳費心。

田文琳：妳什麼意思！

林羽馥：我只是想告訴妳，我是個愛惜自己、又守得住原則的人，妳大可把我當朋友，而非敵人。

◆沈默十分鐘。

◆服務生送飲料、杯具碰撞聲。

田文琳：柯總最近有找過妳嗎？

林羽馥：有，他找了個總稽核接我的工作，問我可不可以回去辦交接。

田文琳：妳不是離職大半年了？

林羽馥：是啊。

田文琳：那他還特地打電話給妳，這不是很奇怪嗎？

林羽馥：這妳應該去問柯總，而不是問我吧？

田文琳：這……

林羽馥：（輕嘆）如果我說我覺得柯總打這通電話的目的只是想跟我宣示權力在他手上，而不在我的認真努力上，妳會不會覺得好過些？

◆戛然靜默。

田文琳：這是什麼時候的事？

林羽馥：前兩天。

田文琳：你們有見面？

林羽馥：沒有，我後來只同意他讓那位總稽核打電話給我。

田文琳：是嗎？

◆沈默。

林羽馥：妳知道好笑的是什麼？

田文琳：什麼？

林羽馥：在接到柯總這通電話之前，我總還是會不經意的反省自己離開軒宇時話是不是說得太重、把他想得太糟了些？（停頓）善意、不計較究竟是讓自己快樂的種子，還是只是滋養別人『軟土深掘』心態的堆肥？

◆杯具輕碰、飲料啜飲聲。

◆十五分鐘靜默。

林羽馥：如果沒其他事……

◆倏然安靜三十秒。

田文琳：林小姐？

◆沒有回應。

田文琳：林小姐，妳……還好吧？

林羽馥：對不起，我得走了！

◆桌椅杯具碰撞、翻倒、碎裂聲。

田文琳：林小姐、林小姐！

◆腳步遠離聲。

◆錄音中斷。

周湘若看了看錶。十：五十七。所以整個會面過程大約四十六分鐘，跟她依據現有當天林羽馥的已知行程所推論出來的空缺時間大致相符，她暗忖。

周湘若關掉錄音筆。『林小姐那天離開的時候，聽起來好像有些慌張？』

『對，她本來好好的，可是後來看到一個人就突然臉色大變。』

『看到一個人？』

田文琳點點頭，『那個人很黑、很瘦，看起來就像紙一樣薄，可是又很精壯，而且眼神很懾人，總之，陰沈得讓人毛骨悚然。』她餘悸猶存。『我當場起了一身雞皮疙瘩，所以印象特別深刻。』

『他們有交談嗎？』

田文琳搖搖頭。『事實上，那個男的只是從門外經過。』

只是從門外經過？周湘若眼睛快速左右來回移動了一下。

『柯太太，我方便耽誤您一些時間嗎？』周湘若露出檢警調人員特有的警戒目光，用十足專業的口氣問道。

§

廖科長跟她科裡的人事專員參觀完周湘若門口那些花海之後，一前一後走進樓梯間。

『哇，在這裡還聞得到花香呢！』科員邊下樓梯、邊吸了口氣艷羨的說。

廖科長抬頭看了階梯最上方那雙跟她們下樓，速率相仿的黑色雕花牛皮皮鞋一眼，眼神閃爍流視了一下。『周湘若門口那些花是誰送的啊？』她看著那雙黑色雕花牛皮皮鞋拔高音調問道。

人事科員奇怪的看了廖科長一眼。『妳不是說是泰扶集團的郭泰星？』

廖科長收回目光。『我看妳待會兒還是提醒一下周湘若，要她把花收進辦公室，我們這邊經常有記者進進出出的，讓他們看到不太好。』

『說的也是。』人事科員點點頭。

黑色雕花牛皮皮鞋的主人放慢下樓的速度。

『還有，』廖科長繼續說道：『周湘若在夜店跳鋼管，所以才認識郭泰星這件事就不要再跟別人說了，這種事傳來傳去的，不管怎麼說，對一個女孩子家總是不太好，萬一又讓記者知道，我們地檢署肯定要上頭版頭條……』

17

周湘若苦著張臉坐在辦公桌前，對著桌上那張根據田文琳口述描繪出的人像素描圖發著呆。素描中的這張臉讓人看過一眼之後通常很難忘得掉。但……林羽馥怎麼會跟這個人扯上關係？他們應該是八竿子也打不到一塊兒的兩個人哪！

周湘若煩躁的抓了抓頭，他們最近正緊鑼密鼓的在追查內湖之星案的意外責任歸屬，怎麼看都沒有餘裕再多管林羽馥的事，但田文琳的證詞跟這張素描圖的出現，又讓她深覺撇下林羽馥的案子不管，良心上會過意不去。

怎麼辦？周湘若矛盾擺盪游移不已。如果她把這件事跟白佐國檢察官報告、而且說服他採取行動，結果最後卻發現是田文琳弄錯了，那麼可以想見，往後白佐國檢察官將對她所報告的事、判斷的結果跟說的話採取七折八扣的懷疑態度，她的專業信用等於破產；但如果這件事不上報，林羽馥又真的死因不單純呢？她要如何對林家兩老交代！

周湘若嘆了口氣，抬頭看了看時鐘，拿起桌上厚厚一疊文件起身往門外走。白佐國檢察官還在他辦公室等她報告內湖之星案的最新調查進度。

周湘若走進檢察官辦公室將手上資料遞交給白佐國。

『先跟我簡報內容。』

『是。我拿到內湖之星大樓當初送審的圖說，也送去土木技師工會請他們以最速件處理了，但鑑定結果需要一些時間。』

『很好，比對過圖說建材內容跟普泰建設進貨的驗收單了嗎？』

『有部分不同，但他們解釋是可替代建材。』

白佐國看了周湘若一眼。『「他們說」妳就信了嗎？把差異清單列出來，去找專家做評估報告。』

『是。』

白佐國一臉嚴肅的低頭繼續翻閱周湘若送來的資料。

『這什麼？』他抽出夾在資料內頁的人像素描圖。

『啊！』周湘若驚呼一聲，她竟恍恍惚惚的把素描圖給夾帶了出來！

『這是刑事局的專家畫的圖吧？妳怎麼會有他的素描？』白佐國質問周湘若。

怎麼這麼糊塗！周湘若咬咬牙，看著白佐國，他精明的緊盯著周湘若，一副沒得到答案不會善罷甘休的模樣。看情形不說都不行了，周湘若洩了口氣，決定豁了出去：『這是根據軒宇資訊柯總的太太田文琳口述畫出來的……』她簡略提及昨天跟田文琳會面的經過。

白佐國聽完後，沒什麼太特別的反應。

『如果牽扯上他，我想林羽馥吸毒的事就說得通了。』周湘若強調。

『那又怎樣？』

『你不覺得林羽馥認得韋克是件很奇怪的事嗎？』

『妳確定她認得韋克？』白佐國反問。

周湘若沒說話，她不能確定，如果照田文琳描述的，林羽馥甚至跟韋克連目光的交集都沒有。

『現在人力吃緊，如果妳想併同林羽馥的案子一起偵查，那就得提出更有力的事證！』白佐國沒將話說死，那讓周湘若眼睛一亮。

『不過，不能影響內湖之星案的偵辦進度。』白佐國補了句。

『是，長官！』周湘若雀躍的行了個童軍禮，這個結果已經出乎她意料的好了！

白佐國看了周湘若一眼，臉上又出現一副要笑不笑的神情。

電話鈴響，白佐國接起桌上的分機。『白佐國，』他看了周湘若一眼，『是，我現在上去。』

白佐國檢察官走進劉建業檢察長辦公室。

『坐。』劉建業抬頭見是他招呼道。

『你知道郭泰星送花給周湘若這件事，在地檢署傳得沸沸揚揚的？』白佐國一坐定，劉建業立刻說道。

『那是郭泰星個人行為，我無權干涉。』

『但如果影響到周湘若偵辦這個案件的客觀獨立性，那就另當別論了。』

白佐國看著劉建業檢察長，謹慎的沒答腔。

『聽說周湘若跟郭泰星是舊識？』劉建業見白佐國沒反應，主動提及。

『這件事周湘若在第一時間就跟我報告過了。郭泰星只在十年前在周湘若打工的地方看過她表演，周湘若甚至不知道有他這個人。』

『打工的地方看表演？哼！』劉建業揚起一絲邪笑，『你是指鋼管秀？』

『不管是什麼秀，都不影響她現在的專業表現。』

劉建業斂起臉。『我要你把周湘若調離，我會再派個更有經驗的檢事官給你。』

『理由呢？』

『行為不檢、與當事人有涉……隨便你寫。』

『那就請政風室調查屬實之後再說。』

劉建業拉下臉，嘴角連抽了兩下。『如果我堅持呢？』他冷冽著一張臉說，這個案子引起媒體不少關注，他可不想因為周湘若過去的荒唐讓地檢署成為媒體訕笑的焦點。

『我的答案還是一樣，不然就連我一起撤換！』

劉建業眼睛射出一道駭人的寒光。

白佐國不為所動的沈著迎視，沒有閃避。

『你最好確定你的決定是對的，這個案子如果出了任何差錯或傳出任何司法醜聞，我會讓你從今以後再也翻不了身！』劉建業冷冷丟下這句話之後，隨即示意白佐國離開。

§

周湘若衝進辦公室，在鈴聲結束前接起桌上的分機話筒。

『喂？』沒有聲音，周湘若將話筒放回話機，鈴聲隨即再度響起。『周湘若。』她接起電話。

『姑娘，聽說妳把我的花原封不動退給花店？』

周湘若斂起笑容，是郭泰星。

『我沒惡意，只是想為那天的事道歉，我沒想到提起以前的事，會讓妳臉臭成那樣。』

那天在偵訊室裡郭泰星西裝筆挺、油腔滑調跟她攀親帶戚的嘴臉浮上腦海，周湘若終於想起她最近究竟在哪裡見過他了。她背脊一陣發涼，難怪她覺得他眼熟！

『還有其他事嗎？』她提起氣，維持語氣的平穩安定，面無表情問道。

『不然……我請妳吃個飯賠罪？』

周湘若冷冷一笑。『你還是把錢省下來吧，等我們起訴你之後，相信我，你會很需要這筆錢的！』她說完後『扣！』地一聲掛了電話。

垃圾！她氣呼呼的坐到椅子上大口喘著氣，滿腦子全是在祇園那天，郭泰星跟一票西裝筆挺的人有說有笑魚貫走進VIP包廂的景象。

18

周湘若處理完白佐國檢察官交代的那些事之後，突然發現暫時沒其他事可做。她將桌子清乾淨，從檔案櫃搬出那箱從林羽馥住處搬回來的紙箱倒到桌上再次一一檢視。

錢包；名片夾、名片簿；有些陳舊的手寫通訊錄；水、電、瓦斯、電話、各項稅款繳費收據；保單；房地契；基金對帳單；銀行存摺……周湘若將東西一一放進紙箱中。

還是跟上次一樣看不出有任何值得注意的地方。周湘若心想。她攤在椅背上望向窗外黝黑的夜色。

林羽馥有什麼樣的機緣跟場合可以認識郭泰邦的貼身保鑣韋克？周湘若想起韋克那雙陰鷙兇狠的眼，忍不住打了個冷顫。還有，賴芊芊最後那通半小時的電話到底跟林羽馥說了什麼？她為什麼一開始否認打了那通電話，後來雖然承認，卻又避重就輕的說沒說什麼？

周湘若抬頭看了時鐘一眼，九點十一分，賴芊芊應該沒那麼早睡，她拿出手機撥了賴芊芊電話。

『我沒有打這通電話。』賴芊芊看著周湘若推到她面前的通聯紀錄說道。

『那妳怎麼解釋林羽馥的手機通聯紀錄上的這筆紀錄？』

『可能是我不小心壓到手機的吧，我常常會忘了把手機按鍵鎖起來。』

周湘若懷疑的看著賴芊芊，她供詞一再反覆。

『還有其他事嗎？明天還要上班，我家裡一堆事情沒做。』

『妳說七月一日那天妳原本要送林羽馥回家，但她說她要回公司開車？』

『是，沒錯。』

『她公司在哪兒？』

『內湖。』

『妳知道確實的地點嗎？』

『不曉得，我只知道她新公司在我公司附近。』

周湘若皺了皺眉，她忽然有種隱隱約約的感覺，覺得自己似乎忽略了某件很重要的事。

『妳知道林羽馥新公司的名稱嗎？』

『不知道，我只知道她在內湖上班，但每次午休要找她出來吃午飯，她都說忙……』

周湘若火速攔了計程車回到辦公室從紙箱翻出林羽馥的錢包、名片夾、名片簿再一次仔細檢視。沒有林羽馥最近這份工作的任何軌跡？周湘若瞇了瞇眼，這很不尋常，好歹總有個名片、薪資單什麼的吧？她看了紙箱一眼，伸手抽出用橡皮筋綑綁的那一疊銀行存摺。

§

周湘若行色匆匆的小跑步進白佐國檢察官辦公室。

『檢察官，你得看看這個！』她將一疊資料放到桌上。『林羽馥離開軒宇資訊之後就到普樂開發上班。』

白佐國低頭看了周湘若送來的資料一眼，資料最上方是林羽馥在普樂開發填的人事資料表，上頭的到職日寫的是二〇〇五年二月十八日。

『我用林羽馥的薪資戶頭查到她生前任職的公司，我想這解釋了她為什麼認得韋克。』周湘若掩不住聲音裡的興奮。『但現在問題來了，林羽馥過去任職的公司幾乎都是百大企業，就算規模最小的軒宇資訊員工也有兩百多人、營收上億，她到人數不滿十人、營收幾近於零的普樂開發做什麼？』

白佐國低頭沈吟不語。半晌後才抬頭問道：『知道林羽馥是透過什麼管道進入普樂開發的？』

周湘若愣了一下。『我馬上去查。』她轉身準備離開。

『等一下，』白佐國叫住周湘若，『去找電信業者用基地台收發紀錄，把林羽馥七月一日當天使用手機時的位置定出來。還有，把禮拜六空出來，我們模擬一遍林羽馥七月一日當天的所有行程。』

『是。』

§

白佐國與周湘若在週六上午十二點二十分左右抵達內湖瑞光路普樂開發公司樓下。

周湘若翻著手上的筆記本。『根據電信業者的定位紀錄，七月一日禮拜六上午，林羽馥十二點二十六分二十七秒在這附近接到田文琳的來電，兩個人講了近十分鐘電話後，在下午一點二十分抵達興隆路的歐風咖啡廳。』她低頭看了看手錶。『十二點二十六分，可以走了。』

白佐國的九〇年式本田雅哥駛抵興隆路四十八號停車格時，約莫是下午一點十分。

停妥車後，白佐國走到四十八號停車格旁的金飾店抬頭看了屋簷的監視錄影器一眼，然後跟著周湘若走到五十公尺外的歐風咖啡店。

『田文琳說林羽馥進咖啡廳前她才剛看了錶一眼，約莫是一點二十分，從錄音筆聽起來，周湘若一直到四十分鐘後，也就是大約兩點前，神智、情緒都還很清晰、安定，所以讓她中毒致死的安非他命，應該是在離開咖啡廳之後才吸食的。』周湘若研判。

白佐國跟周湘若各點了杯咖啡。

『林羽馥在兩點七分四十三秒接到賴芊芊電話，一路講回住處地下室，所以我們可以根據電信公司的基地台定位她七月一日從興隆路四十八號停車格回到中央路住處的路線。』白佐國邊說邊在一張空白紙上畫出路線圖。

『檢察官，我問過普樂開發的人事了，林羽馥是透過他們在人力網站上登錄的職缺，自己寄履歷應徵的，我請資訊組檢查過人事的電腦，林羽馥確實曾經寄過這封應徵e-mail。』

白佐國蹙了蹙眉。換言之，林羽馥在進普樂開發前跟普樂開發並沒有淵源。但就如同周湘若分析的：她進到跟她過往經歷相差十萬八千里的普樂開發做什麼？還有，普樂開發雖然是郭泰邦很早就成立的公司，但最近這幾年營建業不景氣，普樂開發的業務幾乎是處在半停擺的狀態，照道理，普樂開發的員工除非在電梯裡碰到，否則應該是沒什麼機會見到郭泰邦的，更不要說跟郭泰邦身旁的韋克有接觸的機會。那麼，林羽馥是怎麼認識韋克的？她又為了什麼見到韋克那麼倉皇、害怕？

莫非……

白佐國連眨了幾下眼，像突然想起什麼。

『檢察官，時間差不多了。』周湘若提醒白佐國。

白佐國回過神看了看錶。十四點。『走吧。』他說。

等待白佐國開鎖上車的空檔，周湘若問道：『檢察官，林羽馥那天遇到你的時候有說什麼嗎？』

『沒有，她似乎很急著離開，還一直往那個方向看。』

周湘若看了白佐國指的方向一眼，那是田文琳說的，韋克去的方向。

白佐國根據路線圖開到林羽馥中央路住處時約莫十四點二十五分。他將車停在車道入口。周湘若從背包拿出遙控器開了鐵捲門。

白佐國看了她一眼。

『林伯伯交了付鑰匙給我，方便我進出查案。』周湘若聳了聳肩，『如果有需要的話。』

白佐國將車開進地下二樓林羽馥的停車位。

『手機收不到訊號。』周湘若看著手機。『兩點二十八分，賴芊芊那通電話是二點三十二分二十三秒中斷，差了四分鐘，我想應該是檢察官您開得有點快。』

白佐國下車抬頭環顧地下室的監視器分佈。

『妳請警方配合調閱剛剛行經路線沿途七月一日的監視錄影帶，確認林羽馥在抵達家門前，有沒有人曾經跟她接觸過。』他交代周湘若。

這可是個大工程。『是……』周湘若有些不確定的應了聲。

§

調閱監視錄影帶的大動作，引起金浩檢察官的強烈反彈。據收發公文的小李描述，他一出電梯就可以聽到另一頭檢察長辦公室裡金浩的咆哮。周湘若不安的進行著白佐國檢察官要她往普泰建設上游鋼骨、水泥建材供應商的出貨單追查，以確認普泰建設進貨驗收單內容真偽的工作。

如果監視錄影帶清查出來，林羽馥從興隆路回住處一路上都沒人和她接觸過，那就意味著金浩檢察官當初的判斷沒錯；換言之，白佐國檢察官可能就會因為她那些不確定的疑心病而惹上不必要的麻煩，到時候害了白佐國檢察官不說，愛琴海意外的案子能不能繼續偵辦下去，搞不好都有問題。周湘若嘆了口氣，想都不敢想下去，低頭專心比對普泰建設進貨驗收單跟供應商的出貨單。

劉建業檢察長辦公室裡，金浩檢察官拍著桌子對著白佐國檢察官咆哮道：『你以為你什麼東西！地檢署由得你這樣胡搞瞎搞的嗎！』

『重新調查林羽馥死因是基於專業考量。』

『專業個屁！我看你根本就是沒事找事做！』

白佐國看了一直作壁上觀的劉建業檢察長一眼，他面無表情，看不出心裡在想什麼。窗外隱約傳來嘈雜的聲響，是郭泰邦競選市議員的對手帶著內湖之星住戶及媒體到地檢署要求查辦泰扶集團到底的訴願集會。

『你所謂的專業考量指的是什麼？』劉建業問道。

『林羽馥死亡前在普樂開發任職，我有可靠消息來源指出，她在死亡當天下午曾經因為見到郭泰邦的私人保鑣而情緒失控。』

『這理由太過牽強。』劉建業冷冷說道。

『如果再加上林羽馥的未婚夫賴赫哲，是內湖之星大樓的設計建築師之一呢？』

劉建業跟金浩同時睜了睜眼。

白佐國繼續說道：『賴赫哲在內湖之星取得使用執照前夕，從內湖之星十六樓工地墜樓意外身亡。』

劉建業手指在辦公椅扶手上連續敲了幾下。

『還我正義——還我正義！勿枉勿縱——勿枉勿縱！黑心建商——黑心建商！還我血汗——還我血汗！』

地檢署外，內湖之星住戶聲嘶力竭的呼著口號。

金浩咬著牙不發一語。

白佐國將目光定在劉建業臉上。

『黑心建商——黑心建商！還我命來——還我命來！』

劉建業停止敲手指的動作。『金浩，你把林羽馥案的檔案移交給彼特。』他做出裁示。

金浩張了張眼，像是沒料到劉建業會這麼做。

『但是，』劉建業眼中射出一道寒光，『如果證明林羽馥案跟內湖之星案沒關係，』他轉頭看著白佐國，『我要你自動申請轉調，把內湖之星案交給金浩。』

白佐國瞪著劉建業。『這不是選擇題。』他不以為然說道。

劉建業冷哼一聲。『你錯了！』他毫不客氣冷鷺回視，『人生本來就是「選擇」一塊塊架構起來的，你也不例外！』

金浩露出笑容，像洗了三溫暖，依內湖之星案受矚目的程度，一旦他接了這個案子，想必升主任檢察官的日子將指日可待。

19

白佐國走進大溪公園隨處漫走。婚後他陪妻回大溪老家時，晚上總會偕同妻外出散步。

『大溪老街的景致白天跟晚上不太一樣，夜晚的大溪像個大家閨秀，有種特別靜謐詳和的安定感。』

『是嗎，我在大溪長大的，怎麼都沒這種特別的感覺？』

『因為妳就是大溪，當然沒感覺。』

『油腔滑調！』妻斜斜睨了白佐國一眼。白佐國緊握了握妻子的手。『怎麼啦？』妻有些不確定。

『今天我在法庭上差點被被告律師氣到當庭咆哮。』

『為什麼？』

『被告律師暗示我的被害人，既然寄人籬下，就該認分點。』

『就是你之前說的，少年被母親同居人施虐的案子？』白佐國點點頭。妻笑了笑，『法律賦予你當庭咆哮、據理力爭的權利，吼回去就是囉。』她說。

『可是我氣到不知道自己在說什麼。』妻抬頭看著白佐國。『幹嘛？』白佐國粗聲問道。

『你已經辦了一年多的案囉。』『我知道。』白佐國沮喪的說。

妻沒再說話，緊握著白佐國的手走了好長一段路。

白佐國收回思緒在大溪公園裡的鞦韆上坐了下來。

妻後來拉著他跑到附近雜貨店買了半打啤酒跟零嘴到這兒尬酒。事不關己則矣，關心則亂，酒過三巡後，妻微醺的說：『或許……你把自己投射到少年身上了。』

白佐國前後擺盪著鞦韆，想起那晚。

那晚，酒精及妻讓白佐國的思緒馳騁，呱呱呱地說了一整夜的話，不會喝酒的妻最後還吐了他一身。

傻瓜！白佐國想起妻當時酒醉的狼狽模樣忍不住微笑了起來。他喘了口氣抬頭看著滿天璀璨星斗，思緒是久違了的難得清明。

§

門邊一陣腳步聲經過，周湘若抬頭張望了一下，是金浩的檢事官丹尼爾下班提著公事包從她門口經過的聲音，她放下筆起身走到門外探了探白佐國檢察官的辦公室。門是關著的，但裡頭好像透出一絲光線，她快步走過去看了室內一眼，光線是玻璃窗外霓虹燈透進來的光亮。

周湘若低頭踱回座位，在心裡忖度著，白佐國檢察官從劉建業檢察長辦公室回來後，一整個下午不見人影的原因。

20

周湘若最後是在金浩的檢事官丹尼爾抱著林羽馥案的證物箱要交接給她時，才知道白佐國檢察官跟劉建業檢察長所謂交換說的事情。她氣沖沖的直奔白佐國檢察官辦公室劈頭就問這件事是不是真的。

『沒錯。』白佐國面無表情的證實這個消息。

『為什麼？』周湘若氣急敗壞，『我們是就事論事，而且這根本是兩碼子事，金浩的專長是刑案，這個案子交到他手上最後肯定是不了了之，我在女服務生的靈堂上，答應她父母要還他們一個公道，你應該堅持到底的！』

白佐國看著周湘若。『說完了嗎？』

周湘若喘了口大氣。『對不起，我只是……』她恢復理智。『有點驚訝。』

白佐國冷眼看著周湘若。『如果妳不能保持超然客觀，不用等到檢察長把案子從我手上抽走，我就會先把妳從這個案子調離，懂嗎？』他口氣有著無庸置疑的確定。

周湘若緊咬著牙點了點頭。『你怎麼知道賴赫哲是林羽馥的未婚夫？』她提出內心的疑惑。

『林羽馥跟我提過她未婚夫是建築師，在三年前視察工地時意外墜樓死亡。』

難怪！周湘若恍然大悟，這樣所有事就都兜得起來了。『你什麼時候知道賴赫哲是內湖之星大樓建築設計師的事？』

『妳跟我說林羽馥是自己投遞履歷去普樂開發那天。就像妳說的，普樂開發不像是林羽馥會主動應徵的公司，所以當天回來後我特地翻了一下內湖之星大樓的興建資料。』

『這解釋了林羽馥跟普樂開發的淵源，但動機呢？賴赫哲都過世那麼久了。』周湘若還是覺得這其中有許多不合理的地方。

『那就得靠我們把事實真相拼湊出來了。』白佐國說道：『拿到林羽馥案的證物之後，好好檢查電梯監視器那捲錄影帶，看看當天有沒有什麼可疑的人進出。』他明快交代道。

周湘若回到辦公室時，丹尼爾仍在等她簽收林羽馥案的證物箱，她一樣樣清點證物清單上載明的物證。『電梯那捲錄影帶呢？』

『管委會前些日子在討，金浩檢察官說他把錄影帶發還給他們了。』丹尼爾說。

『什麼！』周湘若鐵青著臉簽收了電梯監視錄影帶那欄之外的交接單之後，立刻打電話到林羽馥住處的警衛室。

『電梯監視錄影帶？你們不是拿走了？』值班的管委會總幹事說。

『檢察官沒有發還給你們？』周湘若一臉狐疑。

『應該沒有吧，我們現在是用新的帶子在錄。』周湘若掛了電話立刻起身往金浩辦公室走。

『錄影帶？我結案後就發還給管委會了。』金浩好整以暇說道。

『可是管委會說沒收到。』

『是嗎？管委會通常有很多人，妳是不是問錯人了？』

『我問的是總幹事。』

『那我就不知道了。』金浩嘻皮笑臉說道：『反正那捲帶子也沒什麼好看的，林羽馥吸毒過量致死、沒有他殺嫌疑是事實，妳再看一百遍錄影帶，它還是事實，何必浪費時間？』

『浪不浪費時間是我的事，你到底要不要把錄影帶交出來？』周湘若寒著臉問。

金浩兩手一攤。『我說過了，』他語帶嘲諷，『我把帶子發還給管委會了，妳何不多問幾個人，找他們要去？』

周湘若離開金浩辦公室之後立刻攔了計程車趕抵林羽馥住處找到總幹事，總幹事確定管委會沒有任何一個人曾經收過地檢署的包裹。周湘若不死心，問了總幹事大樓監視設備是什麼機型，但答案讓周湘若沮喪不已，電梯用的是早期監視錄影帶設備，錄影帶只有一捲，被拿走就沒紀錄了。

§

白佐國在回收紙背面整理好萊兒案、內湖之星案跟林羽馥案的時序表之後，站起身走到白板前，將手上的筆記依序抄到白板上。

二〇〇〇・十二　泰扶商業娛樂大樓、內湖之星大樓開工

二〇〇一・十二　萊兒生技成立

二〇〇三・一　賴赫哲遇害

二〇〇三・三・七　內湖之星取得使用執照

二〇〇二・七　泰扶商業娛樂大樓開幕

二〇〇二・十一・十六　萊兒生技匯出六千萬
二〇〇二・十一・十七　泰扶集團跳票新聞
二〇〇三・一・四　普泰建設清算解散
二〇〇五・二・十八　羽普樂開發到職
二〇〇五・五　羽受孕
二〇〇五・七・一　羽墮胎／遇害
二〇〇五・七・十九　愛琴海意外，一死三傷
二〇〇五・七・二十一　搜索普樂開發

白佐國向後退了幾步，若有所思的盯著白板。林羽馥猝死案雖然有部分事實指向泰扶集團，但那只是巧合？還是泰扶集團真與林羽馥的死有關？

白佐國隨意的坐在辦公桌緣，雙手環抱在胸前。如果警方清查監視器的結果證實林羽馥在七月一日到家前沒有被餵毒的跡象，那麼她回家後是怎麼吸食過量安非他命致死的？自行吸食？但吸完安非他命不是應該很HIGH的？怎麼會跑去做泡澡這個放鬆的動作？那不合常理。但，若是有人加工的，在鐵窗環繞、大門由內反鎖的密室裡，下毒的人要如何安然脫身？那又似乎是沒可能的事！白佐國眼球快速左右移動，卻還是找不出頭緒、理出梗概。

問題到底出在哪？還能從哪切入？再找不到新的切入點，這幾個案子恐怕就真的要無疾而終了。

白佐國煩躁的將白板筆擲向白板凹槽，他需要出去走走！

21

警方清查林羽馥當天從興隆路回家途中行經地點沿途監視錄影帶的工作終於告一段落。

經過員警查訪，咖啡廳老闆娘跟當天在場的打工學生都證實，林羽馥在奪門而出前，舉止神態都十分正常。而田文琳跟咖啡廳老闆娘、工讀生也互不認識，因此排除了林羽馥在咖啡廳內被人下毒的可能。

而林羽馥在從咖啡廳奪門而出後，到四十八號停車位這段不到五十公尺的路途，除了人來人往，不太可能在眾目睽睽下下毒之外，警方也查訪了沿途店家的監視錄影，證實林羽馥除了在四十八號車位旁嘔吐時，白佐國檢察官及雞蛋糕老闆娘曾經趨前探問之外，並沒有與其他人有直接或間接的接觸，因此也排除了她在這段路程當中被下毒的可能。

而林羽馥在上車駛離四十八號停車格之後，到回到住處地下停車場停妥車、走到電梯前的這段時間，經過警方清查沿途的監視器，也都沒有發現林羽馥曾經接觸任何一個人。而大樓電梯的監視錄影帶雖然還是沒找到，但根據看過影帶的偵辦員警王凱及大樓總幹事的共同說法，林羽馥七月一日是踏著歪斜的腳步走進空無一人的電梯，而那趟電梯是從地下二樓直抵林羽馥八樓住家樓層，中間沒停過。

換言之，警方整個錄影帶的清查、搜證工作進行得十分完整，也等於間接證實林羽馥應該是在七月一日當天回家後才吸的毒。

『之後呢？』聽完警方的簡報後，周湘若隨即提出自己的看法，『有沒有可能，林羽馥回家後到死亡的這段時間有人造訪？』

『這我就沒辦法確定了，』負責簡報的警官說：『除非找出當天的電梯監視錄影帶。』

除了電梯錄影帶，就沒有其他替代方案了嗎？周湘若不信邪的吸了口氣，暗自決定晚一點要親自走一趟林羽馥住處大樓。

『以上就是今天的簡報重點。』警官看著白佐國。

『鑑識科那邊的進度如何？』白佐國問道。他親自勘驗過林羽馥住處，現場跟發現林羽馥屍體當天並沒有太大差異，灰塵甚至都還停留在原來的地點。林羽馥父母除了拿了些資料給周湘若動過部分地方外，現場並沒有遭到太多的破壞。他唯一不確定的就是，當天他跟周湘若抵達林羽馥住處前，員警處理林羽馥屍體時，可能因為把該案當意外處理而大意破壞現場跡證的可能。

『就我所知，鑑識科已經加班在趕工了，但……』警官搖搖頭，『情況可能不太樂觀，您也知道的，採證當天離案發時已經有段距離，很多跡證都已經被破壞……』

警方的清查監視錄影帶簡報結束後，周湘若立刻驅車趕赴林羽馥住處。

林羽馥住宅社區總共有五棟大樓，大樓與大樓間由地下停車場相連，停車場入口是鐵捲門，雖然沒有警衛看守，但車輛行經後三分鐘內若未按遙控器關門且無其他車輛或人員行經，鐵捲門會自動關閉。因此進入社區的途徑除了鐵捲門之外，就只有一樓警衛室看守的大門。

周湘若走到林羽馥住處所在的E棟大樓樓梯間，由大樓最底層的地下三樓循著階梯往上走，地下三樓一直到一樓的轉角處都有錄影監視器對準路口拍攝，但一樓以上就沒有裝設監視器了，一直到林羽馥住處所在的八樓，由於是頂樓，因此也在樓梯口加裝了一支監視器，監控由頂樓進出的動靜。周湘若研究了一下八樓監視器的畫面。應該照得到從七樓走樓梯上來的人的畫面，她心想，拿出紙筆記下監視器編號，然後游目環顧了一下四周。這棟樓每層只有三戶，算是相當單純的環境。但……還是問一下其他兩家住戶的背景好了，她決定。

周湘若抵達一樓警衞室時，值班的大樓總幹事正在講電話，周湘若無聊的看著總幹事正前方玻璃窗上蓋著管委會戳章的出租廣告。

B3-053平面車位、E棟七樓二房出租，聯絡電話0923765893彭小姐。

『那是我們給住戶一個便民的措施，蓋了管委會戳章後可以在這裡貼一個禮拜。』總幹事掛了電話後主動跟周湘若解釋道。總幹事是個五十幾歲，看起來很熱心的歐吉桑。『貼這邊住戶進出都看得到，車位比較好租出去，不過……』他頓了頓。『我看短期內E棟七樓恐怕很難租得出去了。』

『怎麼說？』

『樓上出了命案啊，我聽屋主彭小姐說，原先的租戶好像就是因為覺得怪怪的所以沒再續租，妳也知道的，房子最怕出命案，我看林小姐那間屋子，以後要賣可能價錢也不會太好。』

『這棟樓有很多出租戶嗎？』

『沒有，只有彭小姐這一戶，她先生調去台南兩年，全家一起跟著搬過去，房子才會出租，多少貼補一下房貸。』

『八樓的住戶呢？住了多久？』

『八樓？喔──很久了，八樓這三戶的住戶都是第一批搬進來的，包括林小姐都是，住了

三、四年有哦。』

『林小姐平常跟鄰居往來情況如何？有沒有跟鄰居起過衝突？』

總幹事搖搖頭。『基本上我們這邊的住戶都還滿單純的，而且林小姐對人都很客氣，我在這邊兩、三年了，沒聽說過她跟誰有衝突。』

『那麼她的往來狀況呢？有沒有比較奇怪一點的訪客進出？』

『沒有，除了她父母，大概就都是些朋友，看起來都很單純。』

『林小姐七月一日回家後有訪客嗎？』

『妳等一下。』總幹事拿出訪客登記簿，用手沾了一下口水翻到七月一日當天。『我這邊沒紀錄。』他說。

『但那不表示她沒訪客吧？我的意思是，她有可能直接幫訪客開了門讓訪客自行上樓？』

『理論上應該不會。』總幹事說：『我們有一位對門禁管理要求很嚴苛的主委，除非我剛好離開座位，否則原則上應該是不會發生妳剛剛說的那種情形。』

『那麼你七月一日下午兩點到七點間，有離開過座位嗎？』

總幹事為難的笑了笑。『檢察官，那已經是好幾個禮拜前的事了，我哪記得，你們不是有我們的電梯監視器錄影畫面嗎？看那個是最準的啊。』

周湘若回到辦公室調閱了Ｅ棟大樓八樓樓梯間七月一日當天中午十二點到晚上九點的錄影監視畫面，畫面顯示那段期間沒有人從七樓上來或頂樓下來。換言之，這段期間若有人曾經進出林羽馥家，唯一的兩條途徑，一是坐電梯，二是由隔壁鄰居家進出；但周湘若已經確認過這兩戶鄰居當天都有人在家，並且一整天沒有訪客，而且一戶是大學教授、一戶是公務人員，交往都極為單純。那麼剩下還不能確定的就只有電梯這條途徑了。周湘若懊惱的心想。繞了一大圈，最後還是指向那捲關鍵的電梯監視錄影帶！

錄影帶在哪兒？老實說，周湘若有很強烈的直覺：金浩根本沒將錄影帶交出去，但她能怎麼做？林羽馥案從頭到尾都沒起訴，金浩沒有依證物保全程序跑流程頂多只能說他行事草率，不能拿行政處分壓迫他交出錄影帶。周湘若攤坐在椅子上思索著各種可行方法卻頹然發現，如果要透過合法管道，幾乎是可以確定拿金浩一點辦法也沒有。她看著桌上的錄音筆，那天那段金浩輕佻的對話派得上用場嗎？機率不大，周湘若迅速判斷情勢，而且沒弄好搞不好惹毛金浩，自己立場上也站不住腳：執法人員知法犯法，恐嚇的對象還是在職檢察官，這麼兩光的事蹟搞不好還會登上各大媒體頭條。周湘若搖了搖頭，拋開這個恐怖的想法。但……除此之外還能怎麼辦？她覺得自己像極了被關在籠子裡的猛獸，走過來、走過去碰到的都是鐵條，眼睜睜看著外面花花綠綠的世界，卻始終找不到缺口跨出去！

§

白佐國檢察官坐在椅子上雙手交疊在腦後抬頭看著牆上的白板。一個念頭閃過他腦海：林羽馥在賴赫哲意外發生三年後才到普樂開發任職，如果這裡頭真的另有隱情，那麼，在她二〇〇五年二月十八日到職前，一定有什麼事件或狀況引發她做這件事的動機。那會是什麼？

22

行進間的黑色凱迪拉克車廂內，穿著深藍色條紋西裝的中年男子嘴裡叼著以強而有力味道著稱的Bolivar Habana雪茄，吐了口煙用低沈沙啞的嗓音問道：『那件Case乾淨俐落吧？』

前座穿黑衣的平頭男子從後視鏡看著條紋西裝中年男子說道：『您放心，處理得就像意外一樣，檔案也全數拿回來了。』

『最好是這樣，』條紋西裝男子面無表情的冷酷說道：『我們現在可禁不起任何一點點差池，特別是無能的人的誤失。』

『我知道，』黑衣平頭男子眼中透出陰沈的兇狠，『我會緊盯著這個Case的後續發展，不會讓它失控的。』

23

白佐國檢察官邊低頭翻閱手上最新出爐的內湖之星大樓住戶及管委會的警方查訪筆錄，邊往辦公室走。筆錄顯示：內湖之星大樓住戶在二〇〇五年初的住戶大會中通過決議，要對興建內湖之星大樓的普泰建設及建築師賴赫哲，提出偷工減料及設計不當的民事告訴。

白佐國走進辦公室將筆錄書放到桌上，站到窗前望向遠處的一〇一大樓。

這應該就是林羽馥去普樂開發任職的原因！原始動機找到了，接下來就是她在普樂開發發生了什麼事？還有，這個不單純的動機又和她的死因有沒有關係？

他轉身拿起話筒撥了內線電話，要周湘若安排查訪普樂開發所有員工的相關事宜。

周湘若帶著白佐國檢察官要她以最速件辦理的普樂開發員工查訪紀錄，走進白佐國辦公室。

『結果怎樣？』

『根據普樂開發管理部經理表示，林羽馥在普樂開發任職期間不但表現相當正常穩定，沒有遲到早退紀錄，也頗獲高階主管喜愛，甚至還被借調去泰扶集團的事業主體泰扶娛樂，協助做經營管理分析跟ＳＯＰ（標準作業流程）建置的工作。』

經營管理分析？那通常是公司中最貼近權力核心的工作。白佐國蹙著眉，眼睛牢牢盯著牆上的白板。他是不是忽略了什麼？確定林羽馥進普樂開發的動機後，他一直有這種類似出門後懷疑自己是不是忘了帶錢包，結果發現是鑰匙沒帶的奇怪感覺。

白佐國收回目光低頭沈吟，到底遺漏了什麼？他餘光瞄到電腦螢幕閃動的畫面回頭看了一眼，是防毒軟體在進行定期掃描的工作，他設定一個星期做一次。

如果林羽馥的NOTEBOOK還在，事情也許好辦得多。白佐國腦中閃過這個念頭。林羽馥的NOTEBOOK？他頓了頓，倏地抬頭看著白板，林羽馥家中遭竊是什麼時候的事？

『SHIT！』他低聲咒罵了聲，不顧一臉驚愕的周湘若，起身抓了車鑰匙匆匆出門。

白佐國直接來到新店分局，找到當初偵辦林羽馥家中遭竊案的員警王凱。

『那個案子，我後來沒再繼續查了。』王凱說。

『為什麼？』

『我們接到林小姐的報案後，就立刻調了他們社區的監視錄影帶過濾可疑對象。』

『結果呢？』

『是有找到一個戴著棒球帽的可疑男子，可是林小姐看過錄影帶之後不曉得為什麼，突然問我可不可以撤銷報案紀錄。』

『為什麼？』

『她說，反正也沒損失什麼東西，還要挪出時間配合我們問話，覺得很麻煩。』

白佐國沈吟了一下。『那個可疑男子長什麼樣子？你這邊有留存紀錄嗎？』

王凱搖搖頭。『那天我們直接在警衛室查看監視錄影紀錄，那個男的從頭到尾都躲躲藏藏的沒露臉，感覺上好像十分清楚監視器的拍攝角度，可是總幹事，就是大樓白天的警衛、還有夜班，甚至是排班警衛，都說不曾見過這個人。』

『林小姐當時有什麼異狀嗎？』

『什麼異狀？』王凱有些不解，『一般獨居女子碰到這種情況都會有的恐懼、害怕算嗎？』他說。『不過……』他似乎想起什麼，『她好像還多了點絕望？』

『絕望？』

王凱聳聳肩。『也許是我想太多，不過我記得當時還奇怪了一下，她看起來不像是會為了被偷的一萬多塊錢而絕望的人，你知道我的意思吧？』

白佐國若有所思的點點頭。『我知道了，謝謝你。』他說。

白佐國離開新店分局後，立刻直奔林羽馥住處。

根據總幹事的說法，林羽馥住處大樓的錄影監視器有兩種機型，一是大樓完工時建商附送的電梯跟社區大門攝影設備，屬於舊式的錄影帶機型，其他的諸如地下室及各樓梯間的監視器因為是後來社區自行添購的，因此是屬於比較新的硬碟儲存機種，兩者都是用循環錄影的方式進行，只是前者的循環時間比較短，大約一週，後者的循環時間較長，大約一個月。

『檢察官，歹勢，林小姐遭竊當時的影像資料已經被覆蓋過去了。』總幹事檢視完硬碟資料後說：『不過我們當時有複製了一張比較清晰的照片，貼在社區公告。』他從抽屜翻找出一張模糊的照片。

白佐國接過照片看了一眼，照片裡的疑犯身形有些粗壯，低著頭用手壓著帽緣閃避監視器的拍攝，身上斜背著的方正背包帶子緊勒住他的肩頭，看起來有些重量。裡頭應該是林羽馥的筆記型電腦，白佐國判斷。『你們那時有查出這個人是怎麼進出社區的嗎？』他抬頭問道。

『有，他跟著一輛車，趁車道鐵捲門還沒關起來的縫隙進來的，出去也是一樣。』

『同一時間有其他住戶遭竊嗎？』

『沒有。』總幹事遲疑了一下。『是有什麼問題嗎？為什麼你們最近三番兩次來找錄影帶？』

白佐國回到地檢署，立刻將周湘若叫進辦公室。

『妳說妳問過賴芊芊，她並不曉得林羽馥去普樂開發上班的事？』

『是啊。』

『其他的呢？她還說了什麼或問了什麼嗎？』

周湘若蹙著眉想了想。『沒……』她搖搖頭，『沒有。』

『她沒有問起愛琴海意外的事？』白佐國追問。

『沒有。』周湘若不解道，隨即眼中閃過一道光，『但她應該要問的，不是嗎？』

白佐國點點頭。

『唉！我怎麼沒想到呢！』周湘若一臉懊惱，拿出手機撥了賴芊芊電話。

賴芊芊遲了將近半小時才抵達跟周湘若約的西雅圖咖啡館。『對不起，上一個約會Delay了。』她解釋道。

『沒關係，』周湘若看著賴芊芊，她臉上有著掩不住的春風得意神采，『這是我上司，也是林羽馥案跟內湖之星意外案的承辦檢察官白佐國，白檢察官。』她介紹道。

賴芊芊斂了斂臉。

『妳需要先去點杯咖啡嗎？』白佐國看著賴芊芊問道，雖然一閃而逝，但他很確定他在她眼中看到些不確定的驚恐。

『我不能喝咖啡。』賴芊芊想也不想就說。

『那我幫妳點杯果汁？』周湘若起身問道。

賴芊芊點點頭。

『方便問一下，妳跟賴赫哲是什麼關係？』周湘若離座後，白佐國問道。

賴芊芊沈默五秒。『賴赫哲是我哥。』她說：『普泰建設的人跟你們說了什麼嗎？』

『妳覺得他們會跟我說些什麼？』白佐國打蛇隨棍上的說道。

賴芊芊咬咬牙沒說話。

『妳說妳不知道林羽馥去普樂開發上班的事？』

『是。』

『那麼……妳知道除了這件事以外的其他事嗎？』

『什麼意思？』賴芊芊警戒道。

『比方說，林羽馥可能為了什麼原因去普樂開發上班？』

賴芊芊吞嚥了一下口水。周湘若端回一杯果汁放到賴芊芊面前，在白佐國檢察官旁邊坐了下來。

『如果妳知道什麼，最好直言不諱，這樣我們才好盡快找到事實真相。』白佐國用懾人的威儀提醒賴芊芊。

賴芊芊拿起果汁灌了一大口。『你們知道我哥是內湖之星的建築師？』

白佐國點點頭。

賴芊芊舔舔唇，繼續說道：『他同時也在內湖之星買了一戶四十幾坪的房子，是準備婚後接我父母一起住的新房。』

『你們後來有搬進去住？』周湘若問。

賴芊芊點點頭。『我們原來的房子是二十幾年的舊公寓，我父親最近這幾年行動一直不太方便，所以我哥過世後，我弟就陪著我父母搬進內湖之星。剛開始住得還不錯，但一年後大樓就開始陸續出現一些問題，漏水、樑柱龜裂……剛開始普泰建設還會派人來補強，但後來他們公司解散後就不太理我們，到最後乾脆兩手一攤，把責任推給我哥，說是他的設計有問題。我父母後來還因為受不了鄰居異樣的眼光，在過年前乾脆搬回老家。我不曉得羽馥去普樂開發上班跟這件事有沒有關係，但在今天之前，我是真的不知道她去普樂開發上班的事。』

『這些事妳為什麼上次都沒說？』周湘若問。『愛琴海意外鬧得這麼大，妳都不會想知道是怎麼回事嗎？』

賴芊芊看著周湘若，『我不想對號入座，』她說：『而且我哥人都走了，不管他做了什麼、或做錯什麼，都不該由我父母承擔。』

『可以說說賴赫哲當年出意外時的情形嗎？』白佐國問。

賴芊芊換了口氣。『內湖之星是我哥第一次獨挑大樑的作品，可能是因為這樣，大樓興建後期，他開始變得有些患得患失，才會在巡視工地時失足從十六樓跌了下來。』

『患得患失？怎麼說？』

『就是情緒不太穩定，聽說他有一次還在總經理辦公室對郭泰邦發飆。』

『郭泰邦？不是郭泰順？』白佐國疑惑的問，賴赫哲任職的普泰建設總經理是郭泰順。

賴芊芊肯定的點點頭。『郭泰順雖然是總經理，但根據我哥的說法，他只是掛名，真正管事的是郭泰邦，我哥是直接對郭泰邦負責，而不是郭泰順。』

白佐國瞇了瞇眼，大溪那晚從林羽馥口中聽來，賴赫哲是個情緒穩定，而且思路十分清晰的人，和賴芊芊現在描述的情況簡直判若兩人。『賴赫哲是個情緒不穩定的人嗎？』他問。

賴芊芊搖搖頭。『在這之前，他一直是我見過的人裡頭ＥＱ最高、最理智的人之一。』

回地檢署路上，白佐國跟周湘若一路沈默到停妥車。拉上手煞車後，白佐國並沒有馬上關掉引擎，周湘若轉頭看了看白佐國，他沈著一張臉，像在思索什麼事。

『檢察官，您想有沒有可能，賴赫哲當年的意外根本不是意外？』猶豫一下，周湘若還是開口問道。

白佐國沒答腔。

周湘若繼續分析道：『如果照賴芊芊說的，賴赫哲對內湖之星這個案子很重視，那麼他很有可能在興建當時，就發現普泰建設的施工有問題。如果是這樣，賴赫哲在辦公室對郭泰邦發飆的事就說得通了。』周湘若偏了偏頭在腦中整理現有的已知時間序，『再者，內湖之星大樓是在二〇〇二年三月取得使用執照開始交屋，而賴赫哲是在二〇〇二年一月從十六樓的工地墜樓身亡，換言之，他墜樓當時，大樓應該已經接近完工，他一個好端端的大人，怎麼會那麼輕易從一個已經完工的大樓掉下來？而且時間點又剛好在建設公司要申請使用執照前夕？』

『土木技師工會的鑑定報告出來了嗎？』白佐國文不對題的問道。

『啊！我正想跟您報告，結果您就先問了賴芊芊的事。』

『結果如何？』

『土木技師工會確定，內湖之星大樓用的並不是普泰建設進貨驗收的那些建材，不但鋼骨強度比結構計算書上載明應使用的等級次了二級，水泥密度也不夠，這也是這次愛琴海咖啡屋意外的肇事主因。』

白佐國皺了皺眉。『我要妳比對普泰建設的進貨驗收單跟上游廠商出貨單的結果出來了嗎？』

『出來了，但奇怪的是兩者吻合。』

『兩者吻合？』

『是，普泰建設訂了結構計算書要求的建材、也做了驗收，但最後使用的卻是次兩級的鋼骨、水泥。』

『那意味著什麼？』白佐國若有所思的喃喃自語道。

『建材供應商有問題？』

白佐國半垂著雙眼，不發一語。周湘若看著他一臉肅穆的思索神情不敢出聲打岔。不一會兒功夫，白佐國眼神重新聚焦，隨即眼睛一亮，然後突然打開車門下車砰砰碰碰地往電梯方向跑。

周湘若一陣錯愕，隨即也慌慌張張地打開車門下車追上白佐國。『檢察官，你車門沒鎖。』她氣喘吁吁的提醒白佐國。

『別理它。』白佐國心不在焉說道，隨即又不耐煩的連按了往上的按鈕幾下，電梯停在二樓不動，白佐國心急的抬頭看著電梯所在的樓層數，五秒後，樓層數字往上跑，白佐國索性轉身走樓梯間。

『檢察官，您想到什麼了？』周湘若跟上白佐國的腳步上氣不接下氣問道。

『如果單單是建材供應商有問題，應該在普泰建設驗收當時就會發現。』白佐國喘著氣說道：『除非……上游建材供應商跟普泰建設有勾結。』

『不……』周湘若加快速度試圖跟上白佐國腳步。他這把年紀的人了，怎麼還能這樣箭步如飛的爬樓梯？她不禁心生佩服。『不太可能，』她喘著氣說道：『普泰建設這批建材上游供貨的供應商都是國內信用良好的龍頭廠商，普泰建設訂購的量，對他們而言只是散客，他們不必、也沒必要冒這個風險。』

『公司本身或許不會，但也有可能是承辦人員私下勾結的個人行為。』白佐國推開樓梯間防火門往辦公室方向走。

『我再去確認。』周湘若從口袋掏出筆記本跟筆，邊走邊歪歪斜斜的記下這件事，等她走進白佐國檢察官辦公室時，白佐國已經從成堆帳冊資料中翻出一份文件，周湘若湊上前去瞄了一眼，是早年普泰建設將泰扶娛樂大樓的起造及擁有權悉數移轉給泰扶集團旗下另一新成立的公司，也就是現在泰扶集團的事業主體泰扶娛樂股份有限公司的移轉文件。

周湘若仔細觀察白佐國檢察官臉上的變化，他眼睛來回掃描過文件後突然露出一絲耐人尋味的微笑。『妳去建管處調出泰扶商業娛樂大樓的所有申請興建資料，越詳細越好。』他交代道。

『泰扶商業娛樂大樓？』

『是，泰扶商業娛樂大樓。』白佐國檢察官再說了一次。

24

周湘若收到刑事局鑑識科的林羽馥住處鑑識報告，第一時間就往白佐國檢察官辦公室送。

『妳看過了嗎？』

『稍微瞄了一下。』周湘若無精打采說道。

白佐國打開報告看了周湘若一眼，她一臉菜色，半瞇的眼睛佈滿了細微的血絲。『妳幾天沒睡了？』他問。

『兩天。』周湘若試圖睜大雙眼。

白佐國忍住笑。『兩天前妳睡了多久？』

『兩個……』周湘若有些不太確定，『一個小時？』

白佐國挑了挑眉，翻開鑑識報告。『今天到這裡為止，妳先回去睡覺吧。』

『可是……』

『這是命令。』白佐國板起臉。『案子沒結束前，我可不希望妳掛點。』

周湘若遲疑的看著白佐國手上的鑑識報告。

白佐國見狀，抬眼看了看牆上的時鐘。『走吧，』他索性闔起鑑識報告，『我送妳回去。』

他起身拿著報告跟車鑰匙，走到門口將手放在電燈開關上。『我要回家休息了，妳走不走？如果妳現在要走我可以順路送妳，現在凌晨兩點，搭我便車會方便點。』

『啊嗯——』周湘若不能自已的打了個大哈欠。

白佐國忍俊不住，『走吧！別再硬ㄍㄧㄥ了。』他笑著說。

送周湘若回家後，白佐國找了間二十四小時營業的永和豆漿店，邊吃宵夜邊翻閱鑑識報告。

鑑識小組在林羽馥住處採集到五組完整的指紋，分別是林羽馥本人及其父母、賴芊芊及一組指紋整合系統比對不出結果的指紋。那表示這組指紋的主人沒有留下犯罪紀錄，換言之，很有可能是不知名的親友，或……闖入她家的竊賊？白佐國覺得後者可能性不大，如果林羽馥的死因真不單純，那表示犯下這些案子的人應該是行家中的行家，行家自然不會做這麼外行的事，更何況這枚指紋還是在臥房床頭板上採集到的？白佐國瞇了瞇眼，看著文件上密密麻麻的鉛字，鑑識小組也在林羽馥臥室垃圾桶邊緣採集到極微量的精液？白佐國繼續往下看，根據鑑識人員研判，這微量的精液應該是丟棄保險套或衛生紙時沾到的。

精液是誰的？七月一日拿掉孩子的爸？白佐國隨即順手抽了張桌上的點菜單在背面寫上備忘事項：確認林羽馥近半年的訪客名單。他記得總幹事提過，林羽馥近半年來過著近乎隱居的生活，或許查訪出訪客名單，有助於找到這枚神秘指紋跟精液的主人。他心想。

白佐國翻到報告下一頁，鑑識小組同時也對屋內各處做了安非他命的毒物測試，有安非他命殘餘反應的有兩個地方，一是臥室的垃圾桶及化妝台抽屜。那並不奇怪，白佐國檢察官研判。警方在林羽馥住處搜出的唯一一包安非他命就是在臥室垃圾桶找到的，如果林羽馥確定是被下毒，那麼很有可能她根本不知道那是安非他命，因此在抽屜發現這包不明物體後就順手將它丟進垃圾桶裡。如果是這樣，那麼這包安非他命很有可能是有心人士故意放置栽贓的，而最有可能的人選就是那個闖空門、搬走林羽馥筆記型電腦的竊賊。

白佐國繼續往下看，另外一個有安非他命殘餘反應的就是浴室，白佐國仔細端詳鑑識報告內容，皺了皺眉，如果根據鑑識報告上描述的：浴室內，包括四面牆壁、浴缸內外、馬桶內外及垃圾桶內外，都檢測出微量安非他命反應，那表示浴室就是第一現場沒錯，也就是說，林羽馥確實是在浴室裡吸食過量安非他命致死。但……白佐國不解的摸了摸下巴，一般安非他命的吸食途徑不外乎研磨成粉狀，直接由鼻子吸入或直接吞食或注射，但這些途徑照道理都不會在浴室牆上留下鑑識報告書上所載的這些情形，浴室四周會有這樣均勻的微量分佈反應，只有一種可能，就是林羽馥是用燃燒安非他命的方式吸入毒物，但若要達到可以讓鑑識小組在牆上、馬桶內外……等處都可以檢測到安非他命反應，並且讓林羽馥中毒身亡的濃度，那表示林羽馥燃燒的安非他命劑量不少。如果林羽馥的目的只是吸毒，何必多此一舉？從吸毒者角度來看，這是浪費，有違常理。

再者，鑑識報告中並沒有提到馬桶或垃圾桶內，有檢測出高於其他地方的安非他命劑量反應，那表示林羽馥吸完毒後的包裝並沒有丟進馬桶沖掉、也沒在垃圾桶裡，那麼用完的包裝跑哪兒去了？人間蒸發？最重要的是，白佐國記得他那天進浴室時並沒看見裡頭有打火機或火柴這些點燃器，鑑識報告也未提及，那麼，林羽馥是用什麼方式燃燒安非他命？

白佐國煩躁的抓了抓頭，一切跡象都顯示現場可能有其他人，但林羽馥死亡當時，大門是由內反鎖的，四周窗戶跟陽台又都安裝了封閉式的鐵窗，如果真有餵毒的人，他要如何離開現場？

白佐國轉頭望著店外微微發亮的天際，這似乎又是另一種模式的死胡同，有線索比沒線索還更教人不安跟不甘！他懊惱的心想。

25

周湘若查訪了當年經辦普泰建設採購鋼骨、水泥的上游供應商經辦人員，也核對了當年上游供應商的整筆出貨流程、紀錄以及相關人員。『所以我幾乎可以確定，您所說的：「承辦人員私下勾結的個人行為」的假設是不成立的。』周湘若跟白佐國簡報查訪經過後，做出結論。

白佐國沒答腔，走到門邊關了燈之後，回到原位，抬頭看著牆上白板由電腦投影出、他事先建立好的萊兒生技案、內湖之星案跟林羽馥案的三合一時序表。

二〇〇〇・十二　泰扶商業娛樂大樓、內湖之星大樓開工

二〇〇一・六　泰扶建設（泰扶娛樂前身）成立，泰扶娛樂大樓由普泰建設移轉至泰扶建設

二〇〇一・八　網路搜尋到第一則泰扶集團財務困難新聞

二〇〇一・十二　萊兒生技成立

二〇〇二・一　賴赫哲遇害

二〇〇二・三・七　內湖之星取得使用執照

二〇〇二・五・十　泰扶商業娛樂大樓取得使用執照

二〇〇二・七　泰扶商業娛樂大樓開幕

二〇〇二・十一・十六　萊兒生技匯出六千萬

二〇〇二・十一・十七　泰扶集團跳票新聞
二〇〇三・一・四　普泰建設清算解散
二〇〇五・一　內湖之星住戶決議對普泰建設及賴赫哲提出告訴
二〇〇五・二・十八　羽普樂開發到職
二〇〇五・五　羽受孕
二〇〇五・六・二十四　羽報案闖空門
二〇〇五・七・一　羽墮胎／遇害
〇九：〇〇　芊至羽家會合
十一：〇〇　動完手術，與芊分手
十一：十三：四十六　賴芊芊來電
十二：二十六：二十七　田文琳來電
十三：〇〇　赴田文琳約
十三：二十七　興隆路停車紀錄
十四：〇〇　取車／車旁嘔吐
十四：〇七：四十三　芊來電
十四：三十二：二十三　芊來電中斷
十四：三十五　回家電梯錄影
十五：〇〇—十九：〇〇　法醫推估死亡時間

『看出什麼了嗎？』白佐國問道。

周湘若遲疑了一下，黑暗中，白佐國眼睛發出閃耀的光芒。檢察官是在考她嗎？她嚥了嚥口水。『泰扶娛樂大樓跟內湖之星大樓，開工跟完工取得使用執照的時間很接近？』她有些不確定的說道。

『然後呢？』白佐國沒有駁斥周湘若的話，那讓周湘若像吃了顆定心丸。『泰扶建設跟萊兒生技成立的時間點，看起來有點怪怪的。』她放下心提出更大膽的看法。

『怎麼說？』

周湘若思忖了一下。『根據我過去在業界的經驗，一家公司財務有危機，通常新聞是不會馬上報出來的，』她說：『消息會公開曝光，往往是在坊間流傳過一段時間之後，媒體深入追查才會見報。當然，以內線交易為前提的操作不算。換言之，二〇〇一年七月或更早之前，泰扶集團的財務應該就開始出現問題，而泰扶建設跟萊兒生技是在他們財務出現危機之後才一一成立。前者大費周章做移轉，那是個大工程，為什麼不乾脆等工程完工驗收後再進行轉移？那樣會省事得多。而後者照我們現在手頭上的資料看起來，根本就是個不折不扣的空頭公司，這麼惡劣的行徑，我甚至想在目前罪證不足的狀況下，就以詐欺罪嫌起訴相關人等——如果您同意！』

白佐國笑了出來。『息怒！』他難得幽默的玩笑道：『除此之外，妳有什麼想法？』

『搜索泰扶娛樂公司？』周湘若試探性問道。

白佐國沈吟了一下，先前搜索普樂開發，已經引得一些民意代表頻頻對他及劉建業檢察長提出『嚴重關切』。

『時機還沒到。』他決定。『泰扶娛樂是上市公司，在沒有更確切的把握前不宜躁動，以免打草驚蛇、引起不必要的騷動。』

周湘若同意的點點頭，有了搜索普樂開發的前車之鑑，她也覺得檢察官的顧慮是對的。
『妳有拿到泰扶娛樂大樓的建築圖說嗎？』白佐國問道。
『有。』
『那麼先比對泰扶娛樂跟內湖之星的相同跟相異之處。』
周湘若困惑的偏了偏頭。『您要找的是？』
白佐國聳聳肩。『我也不曉得，總之妳先看過再說，如果看不懂就找專家。』
『是。』周湘若低頭在筆記本上記下白佐國的要求。
電話鈴響，白佐國接起電話。『檢察長？』周湘若抬頭看了白佐國一眼。『是，我現在上去。』
『檢察長找您？』白佐國掛了電話後周湘若問道，她有一種說不上來的不祥預感。
白佐國走到門邊打開燈。『妳檢查一下這張時序表有沒有遺漏什麼，我去去就回來。』他交代道。

白佐國進到劉建業檢察長辦公室時，金浩已經帶著胸有成竹的笑容坐在會客椅上，嘲弄的看著剛進門的他。『坐。』劉建業招呼道，自己也在會客椅坐了下來。『我聽說林羽馥陳屍現場的鑑識報告出來了？』
『是。』
『結果如何？』
『我還是認為有他殺嫌疑。』
『證據呢？』

『還在搜集。』

『他殺方式？』

『不確定。』

『哼！』一直沒說話的金浩譏諷的笑了出來。『你是在糊弄我們嗎？』

白佐國抬頭迎視金浩。『如果你能盡早把林羽馥住處的電梯監視錄影帶交出來，或許可以加快我們找到事實真相的腳步。』他冷冷拋了記回馬槍。

『什麼電梯錄影帶？』劉建業問道。

白佐國看著金浩沒說話。金浩攤了攤手，『我的檢事官丹尼爾，把林羽馥住處的電梯監視錄影帶弄丟了。』

『怎麼可能。』

金浩無奈的聳聳肩。『因為沒有他殺嫌疑，我在結案後要丹尼爾把帶子交還給大樓總幹事，他交了，但對方說沒收到，所以……』他兩手一攤。

『因為錄影帶遺失，我要求更多時間。』白佐國沒有商榷餘地的接口。

『你知道，你這是在浪費時間？』劉建業不屑道。白佐國看著劉建業沒回話，眼光炙人。劉建業怔了怔。『好吧，』他說：『你有一個禮拜的時間，到時如果沒有可以起訴的兇手，就照我們當初的約定，把案子交出來、你主動申請調職。』

白佐國回到辦公室時，周湘若正再一次翻閱林羽馥陳屍現場的鑑識報告。『怎麼樣？檢察長有刁難你嗎？』她抬頭見到白佐國走進門劈頭就問。

『我們有一個禮拜的時間。』

『啊？』周湘若臉垮下來。『只有一個禮拜？那怎麼夠！』

『如果林羽馥真是被殺害的，一個禮拜就綽綽有餘。』白佐國面無表情說道：『妳那邊有什麼發現？』

周湘若搖搖頭。『這怎麼看都像是個密室殺人案件。』

『密室殺人案件？』

周湘若點點頭，『有一陣子英國跟日本的推理小說家很喜歡寫這一類的故事，就是關於如何營造密閉空間殺人於無形的詭計。因為現場是由被害人生前自行製造的密閉空間，所以往往也成為兇嫌最好的不在場證明。就因為這樣，這其中的矛盾懸疑就成為小說家或劇作家創作所需的最佳背景。』一說到推理小說周湘若精神就來了。『不過，就是因為太複雜，所以要寫好密室殺人的推理小說不是件容易的事，那往往需要更多的創意，還有知識跟經驗。』

『知識跟經驗？』

『那當然，要費盡心思、這麼複雜的殺一個人，一定要有很強烈的動機跟意圖，所以得事先佈局。而殺人要殺得巧妙、無形更需要運用一些對空間、物理、化學……或甚至人性之類的知識或經驗才能安排合理、精巧的密閉空間或看似密閉空間的空間……』周湘若滔滔不絕說道。

密閉空間或看似密閉空間的空間？靈光一閃而逝，但白佐國來不及捕捉，他扼腕的陷入沈思。

或許……他真的忽略了什麼？

26

玻璃帷幕落地窗前，叼著Bolivar Habana雪茄的中年男子站在窗前望向窗外。

『就我所知，他們到現在還是沒有頭緒。』後方坐在黑色牛肩頸頂級牛皮沙發上的另一個壯碩中年男子油裡油氣說道，手上一樣拿了支Bolivar Habana雪茄。

黑衣平頭男子隱身在角落黑暗處，雙手交疊在鼠蹊部前，不發一語的看著偌大辦公室裡的兩個人。

『安啦！』壯碩男子語帶不屑，『我看依他們的程度是查不出什麼鍋碗瓢盆的，你放心。』

『我可沒辦法像你這麼樂觀。』窗前中年男子眼睛射出一道寒光，低沈的說道。

壯碩男子咬了咬牙。

『情況已經失控了，』窗前中年男子轉身走回角落吧台倒了杯紅酒。『該怎麼處理就怎麼處理吧！』他看著黑衣平頭男子冷冷的說道。

27

經過林羽馥住處大樓總幹事清查警衛室近半年來的訪客登記簿，白佐國發現，林羽馥近半年來的生活正如總幹事形容的，是近乎隱居式的生活——完全沒有訪客登錄的紀錄。

『但如果是住戶自己親自帶進門的訪客，就不會登記吧？』白佐國再次確認。

『是的，但這半年來，林小姐的確沒有帶男性友人回家過，至少在我當班的時候。』總幹事斬釘截鐵說道：『當然，她如果帶人由車道進出，我也不會看見。』他補了句。

『你可以問一下其他人嗎？』

『為什麼這麼麻煩？管區不是說林小姐的案子已經結案了嗎？還是你們後來又發現什麼？』總幹事奇怪的追問。

『沒什麼，只是例行的查訪。』白佐國沒有透露太多細節，只要求總幹事有空幫忙詢問其他住戶，最近半年是否曾經見過林羽馥帶男性友人回家。

§

周湘若從台大建築系館出來時，外頭是萬里無雲的燦爛好天氣，她仰著頭讓陽光曝曬兩秒後，拉了拉提包肩帶往新生南路方向的台大側門走去。

雖然不曉得白佐國想找什麼，周湘若還是拿了內湖之星大樓跟泰扶娛樂大樓的所有建築圖說，請台大建築系教授做分析。她走出台大側門，在新生南路上的紅綠燈前停了下來，教授說最快七天、最慢十天才能給她分析報告。

七天，如果林羽馥案沒有重大突破，那麼七天後這份報告就算有什麼蛛絲馬跡或斬獲，對她或白佐國檢察官來說都沒有用了！周湘若抬頭看著對面的紅燈無奈地心想。

接近中午用餐時間，新生南路上人潮、車潮眾多，特別是公車，一輛接著一輛在人行道前呼嘯而過。四周等紅綠燈的人潮逐漸聚集，周湘若感覺背後一陣溫熱的接觸，然後下一秒就被推飛出人行道，整個人趴倒在公車疾行的外側車道上，人行道傳來此起彼落的尖叫，周湘若還沒反應過來怎麼回事時就見到眼前一輛公車伴隨著緊急煞車聲向自己疾駛而來，她下意識做出判斷，將身體蜷曲成一團往人行道方向滾。

『嘎——』一輛同樣疾駛的摩托車閃避不及，以電影上常見的特技表演方式打滑，側倒在柏油路面上發出刺耳的刮嘎巨響並衝撞到周湘若。周湘若一陣巨痛，感覺五臟六腑似乎全被撞飛原位，糊成一團稀泥。

『啊——啊——』周湘若聽到人行道上一連串驚聲尖叫後，隨即眼前一黑，失去了意識。

警方根據周湘若手機上的最近已撥電話，找到白佐國檢察官之後，白佐國以最快的速度趕抵醫院。

『副檢座真是命大，被150c.c.的重型摩托車先撞再壓，只斷了條腿，跟受了些皮肉傷，真是不幸中的大幸。不過醫生說怕她會有腦震盪現象，所以要留院觀察一天，明天如果沒問題就可以出院了。』負責做筆錄的員警詳細說明道。

白佐國鬆了口氣。『我現在可以進去看她嗎？』

『可以是可以，』員警說：『不過副檢座受到極大的驚嚇，剛剛醫生幫她打了一針，現在應該在睡覺了，需要我通知她的家屬嗎？』

白佐國猶豫了一下。『不用，』末了他說：『她家屬都在外地，我來處理就可以。』

白佐國走進病房時，雖然早就已經有了心理準備，但周湘若半邊臉腫脹得像豬頭，手、腳大片面積擦傷流血，右腳裹著石膏的悽慘模樣，還是嚇了他一跳。如果照經辦員警說的，她只傷成這樣算是走運的，那麼可以想見車禍當時的狀況有多麼驚險。

白佐國走到病床邊坐了下來。周湘若緊鎖著眉頭，看起來似乎睡得並不安穩。是太累閃神了吧！白佐國暗忖，否則怎麼會自己摸倒到車道上？他闔上員警做的現場目擊者筆錄報告，低頭疲累的揉了揉眉心。愛琴海意外後這一個多月，周湘若跟他幾乎都沒怎麼睡過，他這個一八〇的壯漢都快受不了了，更何況周湘若這個看起來瘦不拉嘰的小女孩？屋漏偏逢連夜雨，他只剩一個禮拜的時間找出真相，但……也不能就這樣累垮了這孩子。

『檢察官？』病床上傳出微弱的聲響。

白佐國抬頭看著周湘若，她腫成兩條香腸的嘴囁嚅地掀了掀，說了幾句含糊不清的話，白佐國移動身體將耳朵貼近周湘若嘴邊。

『我沒事，休息一下就可以出院了。』周湘若說。

白佐國苦笑著搖搖頭。『醫生說妳至少要觀察二十四小時，明天出院後，妳給我在家休息幾天再回來上班。』

『我沒事，』周湘若牽了牽沒腫的半邊臉，『只是覺得骨頭好像散在房間四個角落，撿回來就好。』她氣若游絲的玩笑道。

白佐國笑了出來，還能開玩笑，那表示傷得沒有想像中嚴重，那讓他稍稍放下心來。『怎麼那麼不小心？』他問。

周湘若只剩一條縫的眼睛，透出一絲困惑。

『怎麼？』白佐國基於職業敏感問道。

周湘若困惑更深，『我不曉得，感覺好像有人推了我一把。』

白佐國皺了皺眉。

周湘若不以為意的聳聳肩，『嘶。』她痛得縮了縮脖子。『應該純粹只是倒楣吧，』她說。『不過運氣不好，該去行天宮收收驚、改改運倒是真的。』她玩笑道。

白佐國再次笑了笑。『需要我幫妳通知什麼人嗎？』

周湘若遲疑了一下，來地檢署報到前，她才跟交往五年的男友協議分開一段時間，給彼此空間冷靜一下，這段時間她發現自己跟他似乎更適合當朋友。周湘若咬了咬下唇、搖搖頭，『我可以自己處理。』她比了比身旁的手機。

『那好吧，』白佐國站起身，『好好休息，我明天再來接妳出院。』

『檢察官，您不用麻煩了，我可以找朋友……』

白佐國看了周湘若一眼，『別擔心，』他露出一個惡作劇的笑容，『我只是要確定妳會乖乖回家休息，一點也「不麻煩」。』

28

白佐國第二天中午抵達醫院時，周湘若已經打包好隨身行李坐在床沿。她臉上的紅腫略為消退，但看起來仍是不忍卒睹的慘況。

『過兩天會更慘。』周湘若睜著仍是一條細縫的眼說道：『醫生說到時紅腫的地方會慢慢變成藏青色，那個時候看起來會更恐怖，我同學已經排好班，一天派一個人來幫我照相，然後做成一部「瘀青的一生」紀錄片，Post在網路上。』

白佐國忍俊不住，咧嘴笑了開來，現在年輕人苦中作樂的幽默跟創意，還真教人忍不住噴飯。他將眼光下移，周湘若打著白色石膏的右腳上，佈滿了五顏六色、大大小小的簽名。

『看起來妳昨天晚上很忙嘛！』他打趣的說，昨晚他來醫院看她時，她房裡有幾個訪客，說是她高中同學。

周湘若咯咯笑了起來。『是啊，「瘀青的一生」未演先轟動，』她用下巴比了比石膏，『那上頭的簽名，就是友情贊助這部片的所有醫護人員，我的主治醫師還怪我沒早點說，不然他就會交代幫我打石膏的人，打完石膏後要記得拋光再做造型。』

一個綁著馬尾、穿著休閒時髦的年輕女性，手上拿著一疊文件走進病房，好奇的盯著正咧嘴笑的白佐國瞧。

『莎莎，我老闆白佐國檢察官；檢察官，我國中同學張莎莎，繪本畫家，白天她最有空，所以抓她出公差幫我辦出院手續。』周湘若介紹道。

『你好。』張莎莎笑容詭異的跟白佐國打過招呼後，轉頭用唇語對周湘若『哇哦！』了一句。白佐國不解的挑了挑眉，周湘若尷尬低調的揮了揮手，示意張莎莎閉嘴。

『怎麼啦？』白佐國問道。

周湘若揮手的動作更大。

張莎莎故意不看周湘若。『你跟小湘形容的不太一樣。』她顯得有些幸災樂禍。

慘了！周湘若支著頭低聲哀鳴了聲。

『哦？』這引起白佐國好奇，『怎麼說？』

『她說你有股隨性的深沈氣息，你知道的，』她爽朗的擺了擺手掌，皺了皺鼻子，『那聽起來就像是個歷經滄桑、邋遢又嚴肅的老頭子。』

『閉嘴！』周湘若拿起床上的枕頭丟向張莎莎。

張莎莎靈巧的接住周湘若的攻擊。

白佐國忍住笑，隨性的深沈氣息？虧她想得出來，他哭笑不得的搖搖頭轉移話題：『好了嗎？好了就走吧！』

白佐國拎著周湘若的隨身行李，跟在攙扶著周湘若的張莎莎身後，走進大門環顧了一下。周湘若住處室內面積約莫十坪左右，雖然不大，但佈置得相當明亮溫馨。

『檢察官您要喝點什麼？有嗆冷汽水、梅子醋跟養樂多。』張莎莎打開冰箱拿出一罐嗆冷汽水邊喝邊問。

『不用，謝謝。』白佐國放下行李，他剛在醫院忘了先上廁所。『借一下廁所？』他問。

『這裡。』周湘若一拐一拐的引領白佐國到廁所門口並打開燈。

白佐國打開廁所門，被迎面而來的一股尿騷味嗆得連咳了兩聲，他下意識關上門喘了口大氣。

又來了？周湘若懊惱的嗅了嗅。『那是樓下的味道，他們好像沒習慣沖馬桶。』她打開風扇開關難為情的解釋道：『還是您稍等一下，抽風機在抽，很快的，這樣味道比較不會那麼重。』

『沒關係。』白佐國再次打開門走進去。

『怎麼了？』張莎莎問道。

『還不就我那衛生習慣不太好的寶貝鄰居。』周湘若折回客廳沙發無奈說道。

『喔。』張莎莎會意過來。『最近有什麼新發現嗎？』她問。

『我發現他可能筋骨不太好。』

『怎麼說？』

『我每天晚上大概十一點過後就會聞到一股很重的跌打推拿藥膏薄荷味，所以我推測，他應該是洗完澡之後，順便擦了藥才出來。』

張莎莎表情有些怪。『這下可好，樓上住了個有職業病的檢事官，他可是一點隱私都沒了。』她同情道。

『喂，我才是那個倒楣的受害者好不好，妳以為我喜歡啊。』周湘若沒好氣抗議道。

『咦？』張莎莎看了廁所一眼。『妳那「隨性的深沈氣息」老闆怎麼一點動靜都沒有？該不會在裡頭被薰昏了吧？』

『不無可能。』周湘若露出緊張的神色，撐著沙發站起身拄著楞杖一拐一拐的走到廁所門前敲了敲門：『檢察官，你還好吧？』

沒有動靜。周湘若跟張莎莎對看一眼，再敲了次門：『檢察官，你再不出聲我們要破門而入囉。』還是沒動靜。周湘若猶豫了一下，將耳朵貼在門上聽了一會兒。

『怎樣？』

『完全沒動靜，連「水聲」都沒有。』周湘若說。

『哎呀，我來。』張莎莎也急了，上前轉動門把往裡推，門鎖適時『啪！』地一聲打開，張莎莎跟周湘若止不住勢的往前傾，幸好白佐國及時撐住了門，兩人才沒跌進廁所裡。

『林羽馥家的鑰匙還在妳這裡嗎？』白佐國沒問她倆鬼鬼祟祟的在幹什麼，反而劈頭就問。

『呃……』周湘若在先站穩身的張莎莎協助下試圖站直身。

『還在嗎？』白佐國急切的追問。

周湘若站穩身奇怪的看著白佐國，他的急躁看起來似乎還混雜著些許……興奮？『在啊，在……』

白佐國打斷周湘若，『鑰匙給我，我現在得立刻趕去現場。』

在周湘若堅持下，白佐國帶著周湘若一起抵達林羽馥住處。白佐國一進林羽馥住處大門立刻直奔廁所。

『喔！』周湘若拄著楞杖還沒走到廁所門口，就聞到裡頭的屍臭味。『怎麼還是這麼臭？』她站在門口掩著鼻子問道。

白佐國沒答腔，站在廁所裡若有所思的看看這兒、看看那兒，臉上的專注嚴肅讓周湘若不敢再出聲打擾他。他在廁所內待了將近五分鐘之後，突然轉身伸出手在廁所門外的開關上『啪答啪答』的來回按了幾次。『妳有聽到什麼聲音嗎？』他問門外的周湘若。

周湘若湊上前去用枴杖支撐重量，將上半身探進廁所裡，屏住氣息專注的聆聽了五秒。『沒有。』她肯定說道，但臉上表情卻顯得有些困惑，像是不明白白佐國問這問題用意何在。

白佐國沒理會周湘若，自顧自地回身抬頭看著天花板上的排氣孔。

周湘若順著白佐國目光望去，下意識低喃了句：『風扇壞掉了？』

『中央排氣管、壞掉的風扇、密室……』白佐國若有所思的轉頭問周湘若，『這讓妳聯想到什麼？』

『中央排氣管？壞掉的風扇？密室？』周湘若跟著複述了次，『咻！』她倒抽了口氣。

『沒錯，』白佐國終於露出些許笑容。『這解釋了為什麼廁所內沒有打火機、安非他命燃燒殘餘物及空包裝，也沒有加害者痕跡這兩件事。』

『因為這裡根本不是燃燒安非他命的第一現場！』周湘若忍不住驚呼。『但……』她隨即不解的偏了偏頭，『還是有些地方說不通。』

『譬如？』

『這裡是八樓，也是頂樓，那表示兇嫌最有可能是七樓的住戶，但七樓底下還有六樓，通風涵管應該整棟是通的，他要怎麼確保他在七樓燃燒的安非他命不會流竄到八樓以外的其他樓層？』

『燃燒的安非他命是熱空氣，如果再加上煙囪效應，理論上應該是會往上飄。再者，如果這是件設計精密的密室謀殺案，兇嫌應該會設法排除任何可能影響的變數。』

『而兇嫌佈置命案現場時必須考量的變數有二，』周湘若接口，『一是燃燒的安非他命氣體不會跑到不該去的樓層；二是燃燒後的「兇器」必須在極短的時間內準確到達命案現場，這樣才能積聚足夠濃度達到目的。』

白佐國跟周湘若同時抬頭看著風扇口。

『所以抽風機是被破壞的？而七樓才是我們的犯罪現場？』周湘若結論道。

『如果我們方才的推論沒錯的話。』白佐國保守附和道：『妳打電話給鑑識科請他們派人過來，針對七、八樓的通風管道間做徹底的搜證，特別指名需要一位微物跡證專家，如果有對建築結構專精的鑑識員就更好了。』

『是。』周湘若俐落的從口袋掏出手機撥了電話。掛掉電話後，她像突然想起什麼轉身匆匆忙忙往門外走。

『妳去哪？』白佐國喊住周湘若。

『警衛室，要七樓房東的電話跟鑰匙。』周湘若聲音漸行漸遠，『她那位覺得住命案現場樓下怪怪的前任房客，很可能就是本案的頭號嫌疑犯！』

29

刑事局鑑識科在八樓林羽馥陳屍處的浴室通風管上方，找到一片用來阻斷通風管通風功能的厚紙板，同時也在七樓浴室通風管下方發現一些微物跡證，經過檢驗，鑑識人員確定七樓浴室通風管下方，也曾經被和八樓浴室通風管的厚紙板同來源的另一厚紙板阻斷通風路線。

換言之，六樓以下住戶浴室風扇抽出的氣體，在抵達七樓通風管前就被阻斷，無法再上升；而七樓浴室風扇抽出的氣體則在八樓浴室通風管上方被阻斷，無法再上升至屋頂排放、流通，亦即七、八樓的通風管道間是密閉的相互流通空間。

同時，鑑識小組也在七樓浴室風扇上及通風孔周緣、七樓通往八樓的通風管道間，採集到與林羽馥住處搜出同一成分的高濃度安非他命結晶，證實林羽馥陳屍處的安非他命，是來自於七樓通風孔往上送的燃燒氣體。但可惜的是，兩個現場都沒有採集到可供辨識的指紋。

周湘若坐在白佐國辦公桌前的會客椅上翻閱鑑識報告，她臉上的瘀傷消腫了些，但顏色轉為黑青色，一如醫師預期的，看起來比剛出車禍時還嚴重。她低頭看著鑑識報告，一手翻頁，一手拿著筆搓石膏邊緣癢得教人受不了的肌膚。

白佐國看了周湘若一眼。『要不要我的筆借妳？這枝比較長。』他從筆桶抓了枝全新的雄獅鉛筆遞給周湘若。

『謝謝。』周湘若接過手試了試。『嗯，好多了。』她滿意的說：『工具痕跡很新。』

『是啊，我今天才去總務科領回來的。』白佐國隨口應了聲。

周湘若抬頭看了白佐國一眼，笑出聲來：『我是指鑑識報告上說的浴室通風管的厚紙片。』

白佐國抬起頭。『喔。』他忍住笑，力持鎮定，『然後呢？』

周湘若咯咯笑了兩聲後正色說道：『那表示厚紙板應該是在上次林羽馥住處遭竊時被裝上去的，顯然這個竊賊也同時破壞了林羽馥浴室的風扇。』周湘若像想起什麼，『難怪我第一次去找賴芊芊問話時，她說林羽馥出事前很喜歡跑廁所。』她得出結論：『所以兇嫌應該試了不止一次，但每次都因為安非他命濃度不夠沒有成功，而這也解釋了為什麼，林羽馥生前會有那些吸食安非他命的徵狀。』她恍然大悟，『這樣一來，林羽馥的死看起來就更像是吸毒過量的意外。而兇嫌在成功謀殺林羽馥之後，就把七樓工具現場還原，至於重回命案現場還原的工作因為有風險，而且曝光機率不大，因此他就選擇棄而不顧。但我唯一不解的是：兇嫌怎麼知道林羽馥什麼時候會進浴室？』

『顯然他對林羽馥的作息習慣十分清楚。』白佐國打開一罐藍山咖啡對口牛飲。

『認識的人？』

『有可能，又或者，兇嫌根本就監視她好一陣子了。』

周湘若點頭同意：『的確，我們受訓時講師曾經提過，現在的科技甚至精細到可以監聽一百公尺內特定人士吃東西的聲音。』

白佐國拿起桌上的三明治狼吞虎嚥。

周湘若抬頭看了看牆上的時鐘，下午四點五十五分。『檢察官，這該不會是你的午餐吧？』她好奇問道。

白佐國點點頭。

周湘若露出不以為然的神情。『「呷飯皇帝大」，下次我訂便當的時候順便幫你訂一個？』

『不用，便當冷掉更難吃。』白佐國抹掉嘴角的美乃滋。『七樓屋主聯絡上了嗎？』

『聯絡上了，不過這條線可能沒什麼幫助。』

『怎麼說？』

『屋主彭小姐只知道跟她租房子的是一位姓蘇的小姐。』

『她沒見過她？』

周湘若點點頭。『照屋主的說法，蘇小姐很客氣而且有禮貌，自稱是附近一家知名上市公司的秘書，說是急著幫公司一個外籍主管找短期住所，而且一次就匯了半年的租金跟兩個月押金，錢都收到了，又是知名上市公司應該不會有什麼問題，所以屋主就沒要求對方打合約。』

白佐國奇怪的皺了皺眉。『那鑰匙呢？她總該交鑰匙給對方吧？』

『屋主說她趕著下台南，所以後來鑰匙是用寄的交給對方，不過她寄交的地址是個郵政信箱，我請管區查過，信箱租用者是萬華地區一個四十八歲的流浪漢，他說他的身分證已經不見很多年了，根據員警的查訪，他在林羽馥死亡當天有很明確的不在場證明，所以身分證被盜用的可能性極高。』

『那社區警衛呢？有人對這位神秘的租戶有印象嗎？』

周湘若搖搖頭。『這位蘇小姐同時也租了車位，所以這位神秘租戶進出都是從地下停車場，不會經過警衛室。總幹事雖然對這位神秘租戶的車號有印象，不過經過管區員警清查，是輛報失半年的贓車。』她翻出新買的PDA，『不過八樓王教授讀警大的兒子提過，他曾經在地下室牽摩托車時，看過那輛贓車裡坐了個理平頭、國字臉的人，那人看到他在看他，因為心虛的低了低頭引起他的注意，不過因為擋風玻璃反光嚴重，再加上時間也有點久，所以他沒辦法進一步具體描繪這個神秘房客的樣貌。』

『這下可好，』白佐國顯得有些煩躁，『監視錄影帶又不見蹤影，我們連嫌犯長什麼樣都不曉得，要去哪翻出這個安非他命兇手？』

周湘若沒說話，如果林羽馥案是設計如此精密的謀殺案，那表示背後得有夠強烈的動機支撐，而目前看起來最有可能讓林羽馥喪命的動機，很可能是她在普樂開發取得了些不該取得的資料；換言之，闖林羽馥家空門的竊賊跟謀害林羽馥的兇手應該是同一幫人，只要能找到其中之一，這個案子應該就能破。但闖空門破案率不高是眾所周知的事，他們雖然有張模糊的疑犯翻拍照片，要在茫茫人海中比對到這個嫌犯的真實身分，恐怕還是得碰點運氣才行。

『妳請鑑識組試看看，能不能分析出七樓租戶用來阻斷通風涵管的厚紙片來源，如果它夠特殊，或許我們能從這條線追到兇嫌。』白佐國恢復平時的沈著鎮定。

『是。』

『今天就到這裡吧。』白佐國揉揉眉心說道：『回去好好休息，星期一我們針對林羽馥案、萊兒案、內湖之星案做總整理。』

30

深夜，建國高架橋下停車場裡，一輛黑色凱迪拉克車裡閃進一個壯碩的中年男子。

『情況已經失控，他們發現了。』他慌張地說道。

手上叼著Bolivar Habana雪茄的中年男子吐了口煙。『東西銷毀了嗎？』他不疾不徐問道。

『銷……銷毀了。』

叼雪茄的中年男子看了壯碩中年男子一眼，壯碩男子肩膀下垂、蹙著眉、眼神渙散，和先前意氣風發、油裡油氣的模樣簡直判若兩人。

『振作點！』雪茄男子安撫壯碩男子。『只要東西銷毀了，他們就找不到我們身上。』

『是嗎？先前你們也說這案子會處理得不露痕跡的，結果呢？』壯碩男子質疑。

『問題是出在你們身上！』雪茄男子冷冷提醒道，語氣裡的寒意讓壯碩男子不禁打了個冷顫。

壯碩男子摸了摸鼻子。『我想……我們近期內最好還是不要碰面比較保險。』

『嗯。』雪茄男子在鼻孔裡悶哼了聲。『有什麼狀況隨時讓我知道，你知道怎麼聯絡我。』

『是，我知道。』

31

白佐國眼睛盯著電腦螢幕上的萊兒生技、內湖之星、林羽馥案的三合一時序表，手指在桌面上『喀』、『喀』地規律敲著。

從時間序上來看，這三個案子似乎多少都有關聯：泰扶集團在二〇〇一年八月間傳出財務困難新聞前後，將原本屬同一建設公司興建的泰扶娛樂大樓跟內湖之星分割，又成立空殼公司萊兒生技，這些動作應該都是出自於財務考量。萊兒生技可以幫泰扶集團募集資金週轉，這白佐國可以理解，但，泰扶娛樂跟內湖之星的分割又是為了什麼？

白佐國將身體躺靠在主管椅背上，兩手支著後腦勺，整理這前後的因果。

是因為郭泰邦在當時就知道內湖之星大樓早晚會出問題吧？他大膽假設，所以才會將泰扶娛樂大樓移轉給新成立的泰扶建設，也就是現今泰扶娛樂公司的前身；而興建內湖之星的普泰建設則在二〇〇三年一月辦理清算解散。如此一來，即便日後內湖之星大樓出問題，也都是普泰建設的事，頂多牽扯到普樂開發，不會影響到泰扶娛樂公司的正常營運。

只是林羽馥未婚夫賴赫哲的死又是怎麼回事？真是意外？照大溪那晚林羽馥的說法，賴赫哲是從十六樓的鷹架跌落地面摔死，建築師視察有必要事必躬親到親自爬到鷹架上？那似乎有違常理。但若不是意外，就是他殺，他殺原因？發現內湖之星大樓偷工減料的事實？

白佐國瞇了瞇眼，這個發現顯然足以令他招致殺身之禍，但事情發生那麼久了，要翻案恐怕不是件容易的事。除非，林羽馥因為內湖之星住戶要控告賴赫哲而想辦法進到普樂開發，並且也在普樂開發找到什麼足以證實賴赫哲死因不單純的證據，比方內湖之星偷工減料的帳冊單據？若真是如此，那麼這也解釋了大多數的問題，包括她見到郭泰邦保鑣韋克會那麼恐懼、慌張這件事。白佐國提起筆在桌上的備忘錄上寫下：查訪賴赫哲當年意外情形，接著吁了口長氣。這三個案子盤根錯節、脈絡交錯綿密，他的假設或許邏輯上說得通，但，假設需要事實佐證，而他現在最欠缺的，就是證實這三個案子相關的直接證據。

手機鈴響，白佐國接起電話，是他嬸嬸打來的，他抬頭看了牆上時鐘一眼。七點四十七分。

『Shit！』他低聲唸了句，今天他大伯娶媳婦，他嬸嬸一個月前就提醒他要把今晚空出來參加婚禮。『阿嬸，我知道了，在陽明山上的青石餐廳是吧？我現在就過去。』他掛了電話後，立刻起身關燈、鎖門走向停車場。青石餐廳位在竹子湖附近一個半山腰上，白佐國這輛十幾年的本田雅哥老爺車在仰德大道上爬得有些吃力，他連換幾次排檔好不容易才上了一個爬坡，到平面路段後他刻意往山壁靠了靠，想讓後面的車超越，以免他的『龜速』影響到交通，但他正後方的黑色休旅車並不領情，反倒是黑色休旅車後的車輛一輛跟著一輛從他車旁呼嘯而去。

白佐國在黑暗中找到外甥先前跟他報的要右轉的小路後，隨即轉動方向盤轉入剛好只夠兩輛車擦身而過的岔路，岔路開沒多久隨即是陡坡，白佐國踩了踩煞車放慢速度，說時遲、那時快，就聽到後方傳來一聲碰撞的轟然巨響，白佐國身體整個往前傾，卻還是下意識踩緊了煞車，但後方的推力似乎有增無減，他感覺自己的本田雅哥像個遙控玩具車般不受控制的直往陡坡衝，慌亂中，他看了後視鏡一眼，後方推擠他的，正是方才緊跟在他後面的黑色休旅車。

怎麼回事？白佐國還來不及反應，車子就以極快的速度衝下陡坡，他緊抓著方向盤，但方向盤卻像失去控制的不聽使喚，沒多久，白佐國聞到一股橡膠燒融的焦味，車速隨即像沒有抗阻的加速度快了起來。煞車燒壞了？他下意識反應，連踩了幾下煞車，沒有作用！白佐國一顆心快跳到嘴邊。別慌！他深吸了口氣提醒自己，看了看左手邊山路外黑濛濛的山谷，這條路他是第一次走，不曉得山谷有多深，所以絕不能掉下山谷，他第一意識判斷，於是更緊握住方向盤，試圖將車轉往右邊山壁。

『砰！』黑色休旅車從後方再次狠狠撞擊了他的本田雅哥一次，本田雅哥順勢往左邊山崖衝，眼看著車子就要衝出路面。『啊！』白佐國大叫一聲，使盡吃奶的力氣用力將方向盤往右方轉，本田雅哥隨即『轟』的一聲以極快的速度撞到山壁，然後以一個超過一百八十度的大甩尾停了下來，白佐國整個人往前衝，前額先重擊在擋風玻璃上，緊接著整個人被飛　撞上車頂，再重重落回駕駛座後，隨即眼前一黑，整個人倒臥在方向盤上。

白佐國再次恢復意識時，人已經被拉出車外，身旁還多了個要叫他表哥還堂哥之類的親戚。他看了後方的銀色房車一眼。『你有看到車號嗎？』他感覺自己頭頂流下一道溫熱的液體。

『什麼車號？』表弟還堂弟之類的親戚一臉茫然，『我才剛轉到這條路上就聽到很大一聲撞擊巨響，我到的時候只看到你這輛車。』

白佐國閉上左眼阻隔溫熱液體的流入，轉頭往另一個方向看，黑色休旅車揚長而去的漫天塵埃還飄散在半空中沒落定。

『你在流血耶，我打電話叫救護車。』

白佐國掙扎著從口袋摸出手機也撥了電話，通令警網追緝方才那輛顯然試圖想致他於死的黑色休旅車。掛了電話後，他又昏厥了過去。

32

周湘若星期一一早到地檢署，聽到白佐國出車禍的消息後立刻趕到醫院。白佐國運氣極好的，只有頭頂撞裂了一個洞，縫了六針，以及胸部有些挫傷，除了有些暈眩之外，其他地方並無大礙，醫生一如往例的要他留院觀察二十四小時，確定沒有腦震盪再出院。周湘若抵達病房時，待在病房看顧白佐國的是一個六十開外、有些微胖，但看起慈眉善目的歐巴桑，她們寒暄了兩句，周湘若知道白佐國昨晚打了一夜電話，剛剛才睡著，然後歐巴桑的手機就響了起來。電話聽起來像是歐巴桑的媳婦打來的，說是歐巴桑的孫子在幼稚園裡吵鬧不休。

『現在？』歐巴桑為難的看了床上的白佐國一眼。『妳甘不能請假？』

周湘若看了歐巴桑一眼，示意自己可以留下來幫忙看顧白佐國。

歐巴桑離開後，周湘若拄著枴杖搬了把椅子在病床邊坐了下來。沈睡中的白佐國少了平常帶點距離的防備、深沈，看起來有些不太一樣，嘴角甚至還揚著抹頑皮的純真笑容，和他臉上的皺紋形成一種衝突卻迷人的對比，周湘若忍不住伸手順了順他額前的一綹髮絲。白佐國瞇了瞇眼，隨即醒了過來。周湘若慌張地縮回手。『呃……檢察官，您母親剛走。』

『我母親？』白佐國愣了一下。『那是我阿嬸，』他隨即反應過來，『我父母在我很小的時候就車禍過世了。』

『喔。』周湘若有些尷尬，『對不起。』

『沒關係，我阿嬸對我來說也跟母親沒兩樣。』白佐國示意周湘若將病床搖成坐式。

『要喝水嗎？我幫你倒。』

『別忙。』白佐國示意周湘若坐下。『妳說妳車禍那天被人推了一把？』

『感覺上是，但……誰會這麼惡質？這弄不好會出人命的。』周湘若有些不確定。

白佐國看著周湘若臉上還沒褪色消腫的瘀傷，心底隱隱泛起一股寒意。

白佐國臉上的表情讓周湘若抽了口氣。『檢察官，您現在想的該不會跟我想的一樣吧？』她腳底一陣發麻。

『我很肯定我昨晚出的車禍不是意外。』

周湘若心臟猛力跳了起來，那表示自己的意外也很有可能並非意外。

『往好處看，那表示我們偵查的方向沒錯，所以對方才會不擇手段的亂了手腳。』

『所以……』周湘若接口。

『妳回去把這幾個案子的檔案資料整理好交出來，我再另外指派案子給妳。』

周湘若錯愕的張了張嘴。

『這是命令。』

『不合理的命令。』周湘若隨即回嘴。『這幾個案子錯綜複雜，除了你之外，我是最清楚的人，現在換手只會讓親者痛、仇者快。』

『我沒有要換手。』

『沒有換手？』周湘若聽懂白佐國意思。『那就更不可行了。』她吃下定心丸。『你需要幫手，拖得越久只是讓對方更有餘裕湮滅證據。』

『妳不怕嗎？』

周湘若揚了揚下巴。『怕就不做檢事官了。』

白佐國揚了揚嘴角，未置可否。

『我們需要搜索泰扶娛樂公司的好理由，你想從哪邊開始？』周湘若主動提問。

白佐國無可奈何的笑了笑。『台大建築教授的專家報告出來了嗎？』

『還沒，最快後天才能拿到，不過……』周湘若頑皮的眨了眨眼。『如果我親自在旁邊盯著，或許能快一點？』她拄著枴杖起身問道：『你自己一個人沒問題吧？』

白佐國苦笑著搖搖頭。『小心點，還有，去問問賴芊芊，賴赫哲當年意外的詳細情形。』

『Yes，Sir！』周湘若應了句，轉身一拐一拐的走出病房。

周湘若在台大建築系館耗到晚上十點多才回到地檢署。教授同意今晚加班趕工，明天給她分析報告。經過白佐國檢察官辦公室時，周湘若下意識看了一眼，燈是暗的。啊！還沒打電話給賴芊芊，她想起離開醫院時白佐國交辦的事。賴芊芊的電話響了很久都沒人接聽，周湘若掛掉電話，攤在椅子上盤算著還能做什麼時，角落一箱錄影帶吸引了她的注意。她忍不住又想起林羽馥住處電梯那捲監視錄影帶。她老覺得錄影帶其實還在金浩手上沒搞丟，他只是想惡整她及白佐國檢察官。人死為大，確定林羽馥死因是他殺而非意外後，或許金浩現在願意將錄影帶交出來，只要給他好台階下。但……他看起來又不像會吃這套的人？周湘若在心裡思忖、游移著，方才經過金浩檢察官辦公室時，他燈還亮著。

管他的，死馬當活馬醫！周湘若心想。一旦下定決心，她立刻起身往金浩辦公室走。

周湘若在金浩辦公室門前輕敲了兩下，沒回應，她在門外等了五秒，裡頭似乎傳出些人聲。是『請進』吧？周湘若懷疑了一下，隨即轉開門把走進去。

『啊！』周湘若及金浩同時驚呼。跨坐在金浩身上，下半身赤裸的人事室廖科長回頭看到瞠目結舌的周湘若時，更是驚恐的張大了嘴，『呀、呀』的發不出一點聲響。

金浩慌張的要將廖科長推離、抽身，卻未料可能是太過緊張，兩人赤裸的下半身反倒卡得更緊、抽不出身來，試了幾次未果後，金浩臉色一變，轉而面目猙獰的抬頭對周湘若說道：『妳什麼都沒看見，如果這件事傳了出去，我會讓妳沒辦法在司法界立足！』

惡人先告狀？周湘若一陣說不上來的反感，隨即從口袋裡掏出兩百萬畫素的照相手機，對著金浩及廖科長連拍了幾張，還照了張兩人交媾的特寫鏡頭。『很好，』周湘若揚了揚手上的照相手機。『罪證確鑿，我一向吃軟不吃硬，現在倒要看看是誰沒辦法在司法界立足！』

『妳想幹嘛？』廖科長幾乎是哭號道。

『我進來只是想問，金浩是不是可以把林羽馥案的電梯監視錄影帶交出來。』

廖科長回頭看著金浩。金浩臉上變換著陰沈不定的陰影，那讓周湘若禁不住提起氣，殷切的看著金浩。

一陣尷尬已極的靜默。

『我說過影帶不見了。』半晌後，金浩開口說道。

周湘若肩膀垂了下來，這種情況下金浩說監視影帶不見了，應該就是不見了。她嘆了口氣。

『把衣服穿上吧，』她好言相勸，『你們倆都是有家有室的人，以後別再幹這種傷人又害己的事了吧……』

33

白佐國因為持續暈眩及腦部發現一個不明的小血塊，醫院要他繼續留院觀察。周湘若在收到台大教授的專家報告後，第一時間立刻攔了輛計程車直奔醫院。

『你確定不用再休息一段時間？』

周湘若在病房門口聽到劉建業檢察長詢問白佐國，立刻一拐一拐的走進病房。白佐國抬頭看了她一眼，她跟劉建業頷首打了招呼後，一臉警戒的將手上的文件夾放到一旁的看護床上，然後轉身盯著白佐國等他答案。

白佐國忍住笑。『不用，我這把老骨頭還撐得住。』他答道。

『那妳呢？』劉建業回頭看了看周湘若。

『不用、不用，我也很好。』周湘若忙不迭揮手。

劉建業看了看周湘若滿臉瘀青及腳上簽字筆畫得花花綠綠的石膏、再看看白佐國頭頂帶血的紗布，哭笑不得的搖了搖頭：『你們這「傷兵二人組」還真是絕配。』他深看了白佐國一眼，『既然如此我就不堅持了，你們自己好好保重！』他隨即站起身。『我待會兒有個會要開，先回地檢署。』

『你跟檢察長說了？』檢察長前腳剛走，周湘若立刻抬頭問白佐國。

『說什麼？』

『我們的「意外」不是意外的事。』

白佐國細微的停頓了一下。『我沒說。』他語帶保留。

周湘若不以為意『哦』了聲。『對了，你聽到剛剛檢察長說的嗎？「傷兵二人組」耶。』她做了個頑皮的鬼臉稀奇地說道：『真想不到他也有幽默感。』

白佐國笑了笑。『妳想不到他的，可多了。』

『您跟劉建業檢察長很熟？』

『算熟的吧，他是我的老長官，我跟他認識快二十年了。』白佐國眼睛看著看護床上的文件夾，『專家報告帶來了嗎？結果怎樣？』

『好到讓您意想不到。』周湘若話鋒一轉，抽出專家報告遞給白佐國檢察官。『教授說，泰扶娛樂大樓跟內湖之星大樓，無論在建地面積、樓層數、施工法、施工建材的規劃上，都有極其相似之處。』她興奮得聲音有些發顫，『那意味什麼？』

『意味著內湖之星大樓跟泰扶娛樂大樓的建材，可以交互使用？』白佐國低頭翻著報告不疾不徐說道。

白佐國的冷反應，讓周湘若有些失望：『你早就知道了？』

『只是「猜測」。』白佐國闔上專家報告。『現在，我可以簽發搜索票了！』他說。

§

泰扶娛樂大樓在檢、警、調搜索前夕，正好發生一場火災，而這場火災又正好發生在泰扶娛樂公司財務部的檔案室；換言之，二〇〇四年以前的帳簿憑證全被燒個精光，只留下一堆灰燼。

白佐國得知這個消息後臉色鐵青，久久不發一語；周湘若更是氣到腦門充血，覺得自己就快中風。

『檢察官，就這樣放過他們嗎？』周湘若坐在看護椅上，氣憤不平的嘟著嘴不停碎碎唸道。

白佐國站在窗前望向窗外不發一語，他已經這樣站了將近半小時。

『哪有這樣巧的事情，才剛發出搜索令就發生火災，難不成他們真請了鐵卜神算？』

『妳去調泰扶娛樂公司簽證會計師最近五年的工作底稿。』沈默半小時後，白佐國終於開口說道。

周湘若不解的看了白佐國一眼，會計師的工作底稿通常只會抽取一、兩筆，或者三、四筆完整單據做樣本附在工作底稿上，因此在工作底稿裡找到可供他們起訴之用證據的機率並不高。但……除此之外，他們還能做什麼？所有她所謂的『證據』全讓一把火燒個精光。

聊勝於無，她轉念一想，應了聲：『是。』然後拿出PDA。

『妳問過賴芊芊，賴赫哲意外當時的細節了嗎？』

『啊！』周湘若停下手上工作，難為情的驚呼了聲。『我那天打電話給她，但一直沒接通，後來忙專家報告跟搜索的事就忘了。』

『沒關係，找到她之後，特別問她記不記得當初承辦員警的姓名。』

『是。』周湘若在PDA上一一輸入白佐國交辦的重點事項。

34

凌晨，賴芊芊坐在客廳等待晚歸的李全禮。『喀嚓！』賴芊芊聽到大門外鑰匙碰撞的聲響，立刻躡著手腳走到客廳開關旁將燈關掉。李全禮打開門看到一片漆黑，先是愣了愣，但隨即燈一亮，賴芊芊站在客廳電燈開關旁笑得一臉燦爛。李全禮蹙了蹙眉，客廳好像有些不太一樣？他花了兩秒才看出差異。『這是？』

『你要做爸爸了！』賴芊芊興奮的宣佈，為了迎接這個即將報到的小生命，她將整個房子牆面空白的地方全部貼滿了可愛寶寶的大頭照。『怎麼樣，這些寶寶很可愛吧？』她雀躍的比了比四周，『每本媽媽寶寶手冊都說，一發現懷孕就要開始進行胎教，這樣寶寶才會頭好壯壯……』

『搞什麼？』李全禮打斷賴芊芊的喃喃絮語。『這是惡作劇吧？今天又不是愚人節！』他放下公事包老大不高興說道。

賴芊芊收起笑容。『我看起來像在開玩笑嗎？』她摸著肚子反問。

『像！』李全禮臭著張臉走進臥室，將身上的西裝脫下丟在床上。賴芊芊追到臥室。『那麼我現在很認真的告訴你，我——懷——孕——了。』她一字一句清晰說道。

李全禮冷漠的看了她一眼。『幾個月？』

『快兩個月。』賴芊芊臉色稍緩。

『拿掉他！』李全禮想也不想就說。

賴芊芊突然覺得胃部一陣劇烈抽痛。『你說什麼？』她不確定的問了句。

『我說拿掉他！』李全禮毫不猶豫再說了次。

『可是……』

『沒有可是，這是我跟妳在一起的條件：不結婚、不生小孩。妳應該一開始就很清楚的。』

賴芊芊怔了怔。『可是那天你不是還要我把婚禮辦一辦？』

『不生小孩辦什麼婚禮？妳用點腦袋好不好！』

『但現在有了小孩……』

『所以我說拿掉他，妳聽不懂人話嗎！』

『可是我們都在一起十年了，我以為……』

『妳以為？』李全禮臉上現出輕蔑，『所以妳故意設計我？』

賴芊芊『唰』的一下失去身上所有溫度，她的確是算錯了時間，但她以為這不管對她或李全禮都會是個美麗的錯誤。

『跟醫生約時間吧，』李全禮放緩口氣，『如果有需要，我可以陪妳去。』

『不，』賴芊芊揚聲說道：『我不會把孩子拿掉的，死也不會！』

李全禮拉下臉，『妳到底有什麼毛病？』

『有毛病的是你！』

李全禮臉上一陣青、一陣白。『Fine！』他狠狠撂下話，『要生可以，自己負責！』然後拿起西裝外套，頭也不回的轉身離開。賴芊芊站在原地動也不動，直到客廳傳來『砰』的一聲轟然關門巨響，才危危顫顫的沿著牆面蹲到地上掩面痛哭。

35

周湘若臉色鐵青的走進白佐國辦公室。白佐國因為頭頂的傷，出院後上了趟理髮店，將原本一頭及肩的邦喬飛式中長髮修剪成俐落的短髮。

『哇哦——』周湘若眼睛一亮。

『怎麼？』

『沒什麼，』周湘若賊賊笑了笑，『你剪頭髮了？』

『這樣比較好上藥。』白佐國有些不習慣的摸了摸空盪盪的後頸。

『剪得不錯，』周湘若讚賞的點點頭，『雖然少了那股「隨性的深沈氣息」，不過看起來神清氣爽，挺好的。』

白佐國照例忍住笑。『妳來找我，不會只是要說我這顆頭剪得還不錯吧？』

『喔！』周湘若想起自己此行的目的，斂起臉。『我問過賴芊芊，當初處理賴赫哲案的管區員警是誰了。』

白佐國看著周湘若。『是妳認識的人？怎麼臉色這麼難看？』

周湘若沒答腔，直接將手上當年的事故處理報告遞給白佐國。

白佐國奇怪的接過手翻了翻，原本輕鬆的神情轉為凝重。

『這是巧合吧？』周湘若像在說服自己。『這個案子已經夠複雜的了，別再又搞個案外案了。』她呻吟道。

白佐國沒答腔，沈吟了將近一刻鐘才開口對周湘若交代道：『這件事暫時別說。』他特別強調，『誰都別說。』

『是。』周湘若一臉肅穆應允。『您打算怎麼做？』

白佐國遲疑了一下。『我不曉得。』他坦白承認。『我需要點時間想想。』

周湘若沒說話。

『除了這個之外，還有其他嗎？』

周湘若搖搖頭，她依白佐國指示將手頭上現有的資料全部重新檢視過一次，卻還是沒有任何新的發現。

辦公室裡陷入一片低壓的氛圍。

『不能用現有的證據起訴郭泰邦嗎？』周湘若煩躁的追問。『他為了讓集團度過財務危機，不顧公眾安全，在興建內湖之星大樓時偷工減料釀成意外是事實；成立空殼公司萊兒生技詐欺投資大眾也是事實。不是嗎？』

『擒賊先擒王，現在貿然起訴，逮到的只是代罪羔羊，逮不到郭泰邦的。』白佐國口氣意外的平靜。

周湘若洩氣的在椅子上坐了下來，她這三天只睡了六小時，白佐國更慘，幾乎沒闔過眼。

『回家休息一下吧。』白佐國揉揉眉心交代道：『睡起來把會計師的工作底稿翻一翻，妳還沒看吧？』

周湘若點點頭，工作底稿剛剛才送來，她還沒時間翻它。

周湘若離開後，白佐國糾著一張臉盯著桌上的賴赫哲事故報告，思緒有如狂風驟雨般翻騰。

『有種就連你那「情同父子」的岳父一起辦！』他想起當年蔡伯顏說這話時極盡嘲諷之能事的輕蔑眼神。

白佐國伸手搓了搓太陽穴。蔡伯顏貪瀆案查到最後，他赫然發現自己的岳父竟然也是關係人之一，他不但涉嫌行賄蔡伯顏變更一個都市計畫專案，還在他承辦蔡伯顏貪瀆案後當起司法黃牛，聲稱可以讓這個案子『大事化小，小事化無』。

『原來妳爸從頭到尾，就只是在操弄、利用我！』得知岳父涉案當天回家後，白佐國還因此對妻發了頓脾氣。妻沒回話，只是一如往常替他泡了熱茶、放了熱水，他只能從她緊繃的娟秀下顎察覺她的不平靜。

『值得嗎？』妻的告別式結束後，岳母問他。那是他最後一次見到岳母，半年後他就輾轉聽說岳母罹癌去世的消息。

值得嗎？白佐國將視線移回桌上的報告。這些年來他一直避想這個問題。多想無益，就算有了答案，日子也回不去他最想回去的時刻……

白佐國躺靠在椅背上，思緒跟著沈重的眼皮一起墜入無盡的深黑。

36

周湘若回家略事梳洗又狠狠睡上一覺後，精神抖擻的回到地檢署。經過白佐國檢察官辦公室時，周湘若特地看了一眼，門是關著、裡頭暗暗的。他應該也回家休息了吧。周湘若暗忖。

回到辦公室後，周湘若看著地上滿滿六大箱會計師的工作底稿盤算了一下，決定先從二〇〇一年泰扶娛樂大樓還在興建的時期先下手。她蹲下身拆掉第一箱的封條，將工作底稿搬到桌上一本本仔細翻閱。

白佐國抵達林羽馥住處社區時，總幹事正站在社區大門內對著外頭張望。

『檢察官，您來啦！』他一見到白佐國，立刻打開社區大門熱情的招呼道。

『你說事情有一些新的進展是怎麼回事？』

總幹事一臉神秘的將白佐國引領進警衛室，警衛室中坐了個二十出頭的年輕人。

『這是林羽馥隔壁鄰居王教授的兒子王明杰，現在就讀警大四年級。您上次不是要我問社區住戶有沒有人看過林羽馥帶男性訪客回家的嗎？我可是很認真的執行這項命令，雖然可能沒有警官那樣專業，不過王明杰跟我提到的這件事我覺得有點奇怪，所以就把您找來了。』總幹事一口氣將前因後果說完。

白佐國想了起來，他先前的確有請總幹事查訪社區鄰居——因為鑑識小組在林羽馥房間採集到的那半枚神秘指紋跟精液，後來因為林羽馥謀殺案似乎跟桃色糾紛沒有關係，他就沒再積極追查這條線索。白佐國轉頭看著王明杰，他有雙炯炯有神的單眼皮。『我是承辦林羽馥案的白佐國檢察官。』他遞上名片。

『我知道。』

白佐國瞇了瞇眼。

王明杰聳聳肩。『這宗安非他命殺人案雖然還沒逮到兇手，不過因為犯案手法太過精細、離奇而且……有創意——我們教授形容的，所以我們這些警大的學生大概都知道你。』

白佐國眨了眨眼，他已經很久沒有站在鎂光燈下的感覺了。『那麼你發現什麼？』他問道。

『我不曉得這有沒有幫助，我雖然沒有親眼看過林小姐帶異性訪客回家，但在社區外那個十字路口，曾經看到一個男人似乎在監視林小姐。』

監視林羽馥的男人？白佐國心跳加快了些。『那是什麼時候的事？』

『今年二、三月吧，我記得當時放完寒假剛要開學。』

林羽馥那時才剛進普樂開發，從時間點上看，應該不是殺害林羽馥的兇嫌。白佐國有些失望。

『外面那個路口車流很大，轉角又剛好是手機行，經常有人會將車停在路口看手機，你為什麼會覺得那個人是在監視林小姐？』他提出疑問。

『因為當時我跟同學約在手機行前碰面，等紅綠燈的時候，我看了停在手機行前的車輛一眼，我同學還沒到，而當時停在手機行前唯一一輛車的駕駛卻往下縮了縮。從我受的訓練來看，這舉動有點奇怪，所以我特別再看了他一眼，發現他似乎是在閃躲站在我斜前方的林小姐。等我再回頭看他時，他就已經以表演特技的角度跟速度，從外側車道直接切入內側車道慌張的高速駛離，引起附近路人跟駕駛的側目，當然還包括林小姐。我記得我當時還特別看了林小姐一眼，她看起來有些無奈，感覺上好像認識那個人。』王明杰條理清晰的解釋道。

『你記得那個人的長相嗎？』白佐國進一步追問。

『八個車道的距離耶，你覺得我看得清楚嗎？』王明杰揶揄道。

白佐國『想也是』的苦笑了笑，四、五個月前的事了，車號就更不用問了；換言之，這條線索等於也是白搭。他不自覺露出失望的神情。

『不過我記得那是輛INFINITI FX35 Premium的白色休旅車，車號開頭是六六八八，有錢人的號碼，所以我印象特別深刻。至於後面那兩個英文字母我只記得是二〇〇四年式D開頭的車號，另一個就不記得了。』王明杰繼續酷酷的說道。

『這樣就夠了！』白佐國喜出望外的一一記下王明杰所說的細節，這些資料已經足以找出這個王明杰口中，監視林羽馥的神秘男子究竟是誰了！

周湘若抬起頭揉了揉痠澀的眼睛，二〇〇一年的工作底稿就剩最後一本了，但她截至目前為止還沒發現什麼讓她眼睛一亮的資訊。她轉了轉僵硬的脖子，拿起最後一本工作底稿隨手翻了翻，她停頓了一下，往回翻到其中一頁拷貝的單據，是泰扶娛樂公司二〇〇一年的進貨驗收單，周湘若將眼睛湊近進貨驗收單上的主管簽名欄看個仔細，她蹙著眉不解的偏了偏頭，然後慌張急促的站起身走向角落的紙箱翻箱倒櫃。

『檢察官！』周湘若三步併作兩步衝進白佐國辦公室時，白佐國正在傳真機前接收傳真。

『逮到他們了！』周湘若將手上的兩張影印單據遞到白佐國面前。『看出什麼了嗎？』

白佐國接過手疑惑的看看右手的進貨驗收單，再看看左手的進貨驗收單。『這是同一張單據？』他反問周湘若。

『賓果！』周湘若興奮得兩頰泛紅。

『到底是怎麼回事？』白佐國沒好氣的追問。

『你右手邊的，是我們在郭泰順家搜到的普泰建設興建內湖之星大樓的進貨驗收單；你左手邊的，則是我在泰扶娛樂公司簽證會計師的工作底稿裡找到的，當年泰扶建設興建泰扶娛樂大樓的進貨驗收單。兩張進貨驗收單除了抬頭不一樣，分別署名「普泰建設」及「泰扶建設」之外，其他的完全一模一樣！特別是主管簽名欄上印章墨水太多、渲染開來像小熊維尼的那個墨水漬，兩張單據暈得一模一樣的機率應該接近零。所以我很肯定這兩張是同一張進貨驗收單！』

白佐國低頭再仔細看了看，周湘若說的沒錯，兩張單據主管簽名欄上的墨水污漬看起來的確是一模一樣，如果這是兩張不同的單據，發生的機率應該微乎其微。

『妳把這兩張單據送鑑識科比對了嗎？』

『還沒。』周湘若機伶的說。

『很好，暫時先別送。還有……』

『我知道，「偵查不公開」。』

『沒錯。』

『接下去呢？』

白佐國盤算了一下。『準備準備，』他拿起傳真機上的車籍資料，眼中閃露許久未見的光芒。『是時候，再次拜訪我們的老朋友Tony了。』他說。

柯總見到白佐國及周湘若時顯得有些吃驚，周湘若因此不動聲色、心虛的往白佐國身後挪了一下位置。『Full的案子什麼時候變成重大案件，得勞動檢察官親自辦案？』柯總招呼白佐國跟周湘若坐下後，酸了白佐國一下。

白佐國挑了挑眉。

柯總攤了攤手承認：『總管理處副總是我的老朋友，也是執業律師，我問過他，他說你們這樣的舉動不太尋常。』

『那麼你要請他進來嗎？』白佐國問道。

『有這個必要嗎？』柯總反問。

『那要視你的態度而定。』白佐國簡短說明林羽馥案後來的發展。

柯總聽完後許久沒說話。周湘若從他臉上看不出情緒。

『如果你認為有必要請律師進來，我們可以等，沒關係。』白佐國說。

『你的意思是……羽馥的死是謀殺，不是意外？』柯總答非所問。

『是的。』

『而我是疑犯？』

『那就得由你來告訴我們了。』

柯總沈吟了一下。『你們想知道什麼？』

『不用找律師進來？』

『沒必要。』柯總面無表情說道：『這是我跟Full的私事，沒必要弄得人盡皆知。』

『既然如此，可以告訴我，你七月一日當天的行程嗎？』

『我假日通常都在公司加班。』

白佐國抬眼看著柯總。『我需要更確切的答案。』他說。

『什麼更確切的答案？』

『有人可以證明你當天在辦公室加班？』

柯總咬了咬牙，下顎繃出一道明顯的線條。周湘若瞇了瞇眼，腦中沒來由的浮現那片暈入衣服纖維的咖啡漬，她記得軒宇資訊是月初發薪。『那天除了你之外，還有誰在公司？』她插嘴問道。

『我不曉得，辦公室這麼大，我不會刻意去看誰有來加班。』柯總移開目光，煩躁的拿起一根煙叼在嘴上。

白佐國跟周湘若對看一眼。『你那天幾點離開公司？』白佐國繼續問道。

『三點半左右，我女兒那天有個表演，我得回家接我女兒跟太太去國父紀念館彩排。』柯總像想起什麼，『我那天開車離開的時候，大樓警衞正在巡邏，他有看到我。』

『所以三點半之後，你就都跟你太太及女兒在一起？』

『你問這個幹什麼？』柯總露出戒備的神情。

『你跟林羽馥有性關係嗎？』白佐國單刀直入問道。

柯總凌厲的看了白佐國一眼。

『我們只是想排除你的嫌疑。』白佐國解釋。

『沒有。』柯總回答得十分乾脆。

『那麼你進去過林羽馥的住處嗎?』

『也沒有。』

白佐國低頭翻了翻手上的資料。『你開的是INFINITI FX35 Premium的白色休旅車,車號六六八八—DP?』

『那是我的車沒錯,你怎麼知道?』

白佐國將資料往茶几一丟。『那你得先解釋,為什麼你的車在今年二、三月間,經常出現在林羽馥住處附近?』

柯總像玩『一二三木頭人』似的僵了僵。

『為什麼?』

『我有我私人的原因。』

『什麼私人的原因?』

柯總沈默不語。

白佐國嘆了氣。『我方便取得你的DNA樣本嗎?』

『為什麼?』

『排除你的嫌疑。』

『排除我的嫌疑?哼!』柯總冷哼了聲。『你們在Full房間找到什麼?』

白佐國瞇了瞇眼。『你覺得我們會找到什麼?』

柯總眼中射出一道冷冽的寒光。『我只是想讓自己重溫內心有漣漪的感覺,這樣有錯嗎?』

他突然激動起來，『我佈局佈了那麼久，她卻頭也不回的轉身說走就走，她寧可……』他止住口，臉脹成豬肝色。

『寧可什麼？』白佐國像嗅到腐肉的禿鷹，目光炯炯的向前傾。『你知道或看到什麼？』

『沒什麼。』柯總恢復原本沒有表情的表情，『到此為止』的態勢十分明顯。

周湘若奇怪的看著柯總三角眼中隱約變幻不定的色彩。

周湘若一路無語的跟著白佐國走到他新買的七代雅哥停車處。

『檢察官，你該不會真懷疑柯總是我們的安非他命兇手吧？』

『有何不可？』白佐國打開車門坐進駕駛座。

周湘若坐進助手座綁上安全帶。『但我覺得柯總七月一日當天應該是在公司沒錯。』

『我知道。』

『你知道？那你為什麼……』

白佐國牽了牽嘴角。『這隻老狐狸如果不先給他點壓力，從他口中是問不出東西的。』

原來如此！周湘若點點頭。

白佐國看了周湘若一眼。『還有問題？』

『沒什麼，只是有點搞不懂他在想什麼而已。』周湘若簡短提及柯總將軒宇資訊登錄興櫃的日期，訂在林羽馥生日當天的事。『如果我是林羽馥，應該只覺得諷刺，而非感動吧？』

白佐國苦笑了笑。『沒什麼好不懂的，』他發動引擎。『那不過是「我」要什麼的問題而已，跟「妳」或「她」……沒有關係！』

37

壯碩男子閃進黑色凱迪拉克車裡。

『你不是說，近期不要碰面比較保險？』雪茄男子冷冷問道。

壯碩男子好整以暇斟了杯ＸＯ啜飲。

『狀況怎麼樣？』

壯碩男子一派輕鬆攤了攤手。『看起來他們似乎江郎才盡，將目標轉向不相干的人身上。』

『還是不能掉以輕心』

壯碩男子沒答腔。

雪茄男子眼中閃過道不確定的寒光。『有狀況，你會隨時回報吧？』

『我最近出了點小麻煩。』

雪茄男子瞟了壯碩男子一眼，抬頭呼了口長煙。

壯碩男子看著雪茄男子。『你不問我什麼麻煩嗎？』

『什麼麻煩。』

『我在濟州島小欠了些錢。』

『多少？』

壯碩男子伸手比了個『２』。

『兩百萬？那容易！』
『是兩千萬。』
雪茄男子斂起臉。
『你知道這個案子我承擔不少風險，再者，如果上頭知道我在濟州島豪賭欠了這麼多錢，以後就算我想，恐怕也幫不了你。』
雪茄男子叼著煙沒說話。
『明眼人不說瞎話，兩千萬跟判刑定讞比起來只能算九牛一毛，我想你應該明白這裡頭的輕重。』
雪茄男沈吟好一陣子。『我知道了，』他捻熄雪茄，手背上浮凸著青筋，『這事兒我會幫你處理。』
『很好。』壯碩男子露出勝利的微笑。現在，只要再解決一件事就功德圓滿了！他眼中露出志得意滿的陰冷光影。

38

周湘若拿著柯總的DNA比對鑑識報告，走進白佐國檢察官辦公室。白佐國若有所思的抬頭看了她一眼。

『不符合，精液不是他的，指紋也不是。』周湘若宣佈。

白佐國漫不經心的移開眼，像是DNA比對結果如何他一點也不在意。

『就這樣？』周湘若有些丈二金鋼摸不著頭腦的，看著白佐國手上的矽膠手套。

『妳知道這個男人是誰嗎？』白佐國從桌上拿了疊封裝入透明證物袋的八乘十的照片遞給周湘若。

『這是？』周湘若看了一眼，驚訝的張了張眼。照片是林羽馥跟不知名男性，進出知名時尚賓館的偷拍畫面。照片下方標示的日期是二〇〇五年六月二十日。

『匿名線報。』白佐國將已經封裝入透明證物袋的牛皮紙袋，推到周湘若面前。

周湘若看了看，上頭只有雷射印表機列印的收件人姓名、地址，沒有寄件人姓名、地址。她瞇了瞇眼，腦中閃過那天離開軒宇資訊前，柯總三角眼中隱約的變幻不定色彩。『我想……』她說：『我大概知道寄件人是誰。』

白佐國露出一個詭異的笑容。

我們想的是同一個人，周湘若確定。『要我拿去鑑識科鑑識嗎？』她抬頭看著白佐國。

白佐國思忖了一下。『不用，我會處理。』他說，在弄清楚照片裡這個神秘男子的身分之前，他決定採取最審慎的態度，以免重蹈打草驚蛇的覆轍。

周湘若低頭重新再翻了次照片，林羽馥及這個不知名男性是搭乘計程車直接抵達賓館，離開時也是一起搭計程車離開。

『相片看起來很專業，卻沒拍到可供辨識男子身分的後續發展，這要不是我們的匿名線民留了一手，就是他找錯了徵信社。』周湘若分析道：『你想……這個神秘男子跟林羽馥的死，會有關聯嗎？』

『很難說。』白佐國保守說道：『但無論如何總是條線索。妳把這個不知名男子的獨照翻拍下來，拿去問賴芊芊，也許她知道一些林羽馥交往的對象。』

周湘若不確定的遲疑了一下。

『怎麼？』

周湘若轉述賴芊芊當初跟她說的，林羽馥自賴赫哲過世後，感情世界有如冰封的極地，雜草都長不出一棵的說法。

白佐國移開眼，拿起筆在桌上規律的翻轉點擊。周湘若看著他的動作若有所思的眨了眨眼。半晌後，白佐國停下翻轉點擊的動作，開口說道：『照片還是拿去給賴芊芊指認，也許那是她們共同的朋友。』

『嗯。』

『還有其他事嗎？』

周湘若抿了抿嘴，欲言又止。

白佐國看了她一眼。『說吧！』

周湘若提起氣。『我不是在質疑您的決定，但……您確定這個偵查方向對嗎？我以為我們都有共識——林羽馥的死因，應該跟她遺失的電腦及光碟有關，而非桃色糾紛……』

『妳那麼肯定，林羽馥遺失的光碟內容跟桃色糾紛沒有關係？』白佐國打斷周湘若的話反問道。

周湘若張了張嘴，啞口無言。電腦跟光碟被偷，是因為裡頭有泰扶集團不法證據的猜測也只是推論。

『我們該做的是找出真相，而非羅織罪名。』

周湘若咬咬牙，沒再回話。

『還有問題嗎？』

周湘若拿起桌上的照片起身。『這個神秘男子看起來西裝筆挺的，也可能是林羽馥的同事或前同事，我會一併找關係人指認。』

『很好，』白佐國提醒道：『小心點。』

『我知道。』

周湘若回到辦公室用電腦裁截神秘男子的獨照列印後，立刻直奔賴芊芊公司。

『我們進會議室談吧。』賴芊芊說。

她是變胖了，還只是水腫？周湘若跟在賴芊芊身後心裡頭奇怪著。

『妳……還好吧？』進會議室坐定後，周湘若首先問道，賴芊芊一臉醬黃，氣色看起來有些糟。

『沒什麼，只是沒睡好。』賴芊芊輕描淡寫回道：『妳說有張照片要給我指認？』

『是。』周湘若從公事包拿出照片推到賴芊芊面前。

賴芊芊看了一眼。『這是？』她面無表情抬頭看著周湘若。

『只是例行性的查訪，妳認識或見過這個人嗎？』

賴芊芊搖搖頭，將照片推回周湘若面前。

周湘若洩了口氣。

『你們是從哪兒拿到這張照片的？』

周湘若頓了一下。

『我只是好奇。』賴芊芊漫不經心解釋道。

周湘若將照片收進公事包，眼神左右游移了一下。『我們在林小姐家中找到的。』

『是嗎？』賴芊芊若有所思地垂下眼瞼，伸手抓了抓左手臂。『我怎麼沒看過？』

周湘若停下手上的動作，直愣愣的盯著賴芊芊左手臂上被她不經意抓出的四道滲血的紅絲。

她認識他！周湘若行色匆匆地走出賴芊芊公司所在的辦公大樓，在人行道邊緣停了下來。人死為大——特別是賴芊芊，又聲稱自己是林羽馥最要好的朋友。如果這項猜測屬實，那麼，賴芊芊在遮掩什麼？

周湘若焦躁地張望過往的計程車輛、揮手攔盪。

這整件事越來越詭異了！幾輛呼嘯而去的計程車上都坐了人。

那麼，該從哪裡下手？賴芊芊的交往狀況？周湘若記得賴芊芊還沒結婚，但，應該有交往對象吧？她放下久舉發痠的手臂甩了甩，突然感覺耳邊一陣疾風，緊接著肩頭一鬆。

搶劫？周湘若心念一閃，隨即下意識勾住肩包提帶不放，然後一陣劇烈拉扯後，整個人就撲倒在地上，隨著疾行的摩托車被往前拖行了數十公尺。

『快放手！』

周湘若身後不知何時竄出一個中年男子追趕、喝令道。

不行，我的PDA！周湘若反手將提帶抓得更緊，感覺腳上的石膏在一陣與柏油路面的摩擦後裂成碎片，隨即膝部一陣灼熱。摩托車上雙貼後座、戴全罩式安全帽的男子回頭看了她一眼，陰狠的用力一扯，周湘若感覺左手臂一陣劇痛，一鬆手，肩包提帶隨即脫離她的手臂，摩托車立刻揚長而去。

周湘若趴在柏油路面上，痛得眼淚直流。

『妳沒事吧？』

周湘若聽到方才在她身後要她放手的中年男子聲音，出現在耳際。『我的手。』她哀號道。

中年男子扶起周湘若動作俐落的檢視她的手臂。『左手臂脫臼，妳忍一忍。』他說，隨即沒有預警的用力一推。

『啊！』周湘若痛得號啕大哭。

中年男子沒理會她，自顧自的上下掃視了一遍。『膝蓋跟手臂挫傷，我看妳需要去醫院清洗、包紮。』

『等等。』周湘若拉住中年男子。『先送我去警局備案。』

『不差那一時半刻吧！』中年男子有些啼笑皆非。『妳的挫傷很嚴重。』

『我知道。』周湘若哭了出來。『但我的PDA在包包裡頭，那更重要。』

中年男子嘆了口氣。『我先送妳去醫院，然後在路上通知白佐國檢察官，這樣總可以了吧？』

白佐國檢察官？周湘若忍住痛，張口結舌的瞪著眼前這個理著超短小平頭，有些發福的中年男子。

白佐國抵達急診室時，周湘若正好做完檢查、上好藥。

『你這個助理是怎麼回事？為了一個PDA連命都不要！』送周湘若到醫院的中年男子一見到白佐國立刻抱怨道。

『PDA裡有這個案子的所有偵辦進度跟細節，你不幫我把PDA追回來就算了，還在後面拚命叫我放手，你還敢說！』周湘若不服氣的嘟囔道。白佐國到院前她已經把中年男子的身分拷問清楚。這個白佐國口中的麥可是白佐國舊識、前國安局幹員，兩個月前才辦了優退，白佐國基於懷疑地檢署有內賊，為免打草驚蛇，決定對外一律對遇襲的事噤口，但又不放心周湘若，因而情商麥可在這段時間暗中保護周湘若安全。

白佐國無奈的苦笑了笑。『麥可說的沒錯，妳的小命比較重要。』

周湘若一臉『大驚小怪！』的扁了扁嘴。

『唉！這死德行怎麼跟你年輕的時候一模一樣！』麥可對著白佐國搖搖頭。他們當年是因為醉漢開車衝撞麥可母親致死的案件而認識，醉漢因為是將門之後，白佐國承辦這個案件受到不少壓力，醉漢判刑確立後，兩人便一直維持君子之交淡如水的情誼到現在。

『檢察官年輕的時候？』周湘若眼睛一亮，『是什麼樣子？』

『閉嘴！』白佐國跟麥可同時喊道。

周湘若一臉無辜的閉上嘴。

『待會兒……』麥可看了周湘若一眼，護士正在為她包紮，她咬牙切齒的忍住痛，好強的不發出一丁點聲響。

『我會送她回去，你先回去休息吧。』

麥可點點頭。『對了，另外那件事……』

『還是繼續進行，沒問題吧？』

『一句話！』

『謝了。』

『別跟我客套。』麥可豪爽的拍了白佐國一下。『喂，小不點，』他轉向周湘若，『明天見。』

『明天見！』周湘若豪邁的揮了揮只受點擦傷的右手。

『明天見？』白佐國皺了皺眉。『你們什麼時候變得這麼「麻吉」？』

『你不是叫他保護我？』周湘若咧嘴笑了開來，『這個歐吉桑挺有趣的。』

『歐吉桑？』白佐國粗聲粗氣說道：『他才四十五，還比我小一歲！』

周湘若吐了吐舌頭。

『好了，明天晚上記得回來換藥。』護士收拾好醫藥器材交代道。

『她的腳不用再打石膏嗎？』白佐國問道。

『她的膝蓋有擦傷，不適合打石膏，而且醫生檢查過，原來的骨折已經復元得差不多了，只要小心最近不要再有劇烈的碰撞或活動，應該沒什麼太大的問題。』

護士離開後，白佐國掏出車鑰匙，『我送妳回去休息。』

『回去？』

『妳傷成這樣還想「回去」上班嗎？』白佐國又是好氣又是好笑。

『可是……』周湘若簡略說明方才跟賴芊芊會面的情形。『所以從賴芊芊下手，應該可以查到神秘男子的身分。』

『我讓偵查員去查，妳不用操心。』

『可是……』

白佐國低頭盯著周湘若，『妳要我召警把妳架回去嗎？』

周湘若感覺額頭一陣溫熱的氣息。『不……不用。』她囁嚅道，臉頰不自覺飄過一朵紅暈。

『我自己會走。』她避開白佐國帶著笑意的褐色雙瞳，慌慌張張跳下病床一拐拐的走出急診室大門。

白佐國跟周湘若一出電梯，就見到半掩的大門上被徹底破壞的那個鎖。周湘若跟白佐國對看一眼，立刻焦急的往前衝，白佐國拉住周湘若，示意她站到身後，自己則先一步走到門外對著屋內張望，確定套房內沒人後才推開大門。

『SHIT！』周湘若見到屋內有如戰後廢墟般的情景，咒罵了聲。

闖入周湘若住處的侵入者，在套房內翻箱倒櫃搞得一團亂之後，只搬了台電腦主機及一盒使用過的光碟片離開。

『你會不會覺得這情節有些似曾相識？』周湘若一股莫名的寒意。

『妳覺得他們在找什麼？』

『我不知道。』周湘若拿起茶几上，她前一天提出來要繳保險費的三萬元現金。『肯定不是錢。』她說。

『那堆相片有什麼特別的嗎？』白佐國視線停在床邊散落一地、顯然被粗暴翻過的相片、相本問道。

周湘若搖搖頭。『沒什麼，都是些普通的生活照。』

『妳電腦裡有什麼重要資料？』

『重要資料都在PDA，還有NOTEBOOK裡頭。PDA剛剛被搶了，NOTEBOOK在辦公室沒帶出來……』周湘若停頓了一下，抬頭看著白佐國，兩人很有默契的同時轉身往外走。

周湘若回到辦公室時，並沒有見到原本放在桌上的NOTEBOOK。

『我們社區因為很多套房產品，進出人員本來就複雜、難管理，大門被撬開沒人發現也就算了，但地檢署一樓入口，不但有警衛還有刷卡管制；二樓以上每個檢察官跟檢事官的辦公室，也都要自己的員工卡才能刷卡進入各自的辦公室。竊賊是怎麼做到神不知鬼不覺、進入我的辦公室偷走電腦的？』周湘若氣急敗壞說道。

『有遺失其他東西嗎？』

『應該沒有，相關證物我都依證物保全程序繳回保管，其他重要資料會鎖進資料櫃裡，剛一來我就看過了，資料櫃完好如初，其他這些在外面的資料都不是原始檔案，偷了也沒用。』

白佐國沈吟了一下。『竊賊顯然很瞭解我們內部作業程序，但還是冒險侵入妳的辦公室，顯見一定有特定目標。妳仔細想想，有什麼東西可能是他們要的？』

『我只是你的助手，如果是我們現在在辦的案子，首選目標應該是你而不是我，有什麼是我有、但你沒有的——』周湘若停止條理式的分析，眼球左右快速來回移動了幾次後定了下來。

『咻！』她倒抽一口氣。

『妳想到什麼？』

周湘若看了辦公室裡採集指紋的鑑識人員一眼，將白佐國拉到走廊角落。

『所以他拿到他要的東西了？』聽完周湘若的低聲陳述後白佐國問道。

周湘若點點頭。『我壓根沒想過要用它，所以一直放著沒動過。』她說：『那現在怎麼辦？』她憂心道：『PDA跟NOTEBOOK雖然都有設定加密，但解碼並非難事，只是早晚的問題，裡頭的資料一曝光，我們還有必要繼續裝聾作啞嗎？』

白佐國緊咬了咬牙。依目前掌握的罪證，就算現在採取行動也一樣沒把握定得了這幫人的罪。他乏力的望向窗外深黑的夜色不發一語。

39

周湘若盥洗完走出書房準備到廚房倒水喝時，發現白佐國還盤腿坐在客廳茶几前上網。

『還沒睡？』她順了順頭髮問道。鑑識科的採證工作一直進行到深夜，白佐國不放心她自己住在還沒換鎖的套房，堅持要她到自己的住處暫住一晚。『我要倒水喝，你要嗎？』她問道。

『妳行動不便，還是我來吧！』白佐國站起身。『喝什麼？茶？咖啡？』

『茶。』周湘若扶著沙發、行動緩慢的在茶几旁席地坐了下來。『在找什麼？』她接過白佐國遞來的水杯問道。

『沒什麼，睡不著，隨便看看。』

『哦。』

白佐國坐下來看了她一眼。『妳呢？還不睡？』

『一樣，也睡不著。』

一陣靜默。

周湘若偷瞄了白佐國一眼，他眼睛盯著電腦螢幕無聊的伸手按了按滑鼠。周湘若吸了口氣，打破沈默：『檢察官，可以問你一個問題嗎？』

『什麼問題？』

『您跟林羽馥是怎麼認識的？』

白佐國頓了一下。

『這是私事，如果您不想回答可以不用回答，我只是……有點好奇。』

白佐國將目光抽離螢幕抬眼看著周湘若，穿著休閒服、素顏的她看起來更顯孩子氣。

『我們在STARBUCKS認識的，店裡客滿，她問我可不可以跟我一起坐。』他抽回握著滑鼠的手，一派輕鬆的倚靠在身後的沙發上說道。

『然後呢？』

『然後我們就聊了起來。』

『她是個好聊天對象嗎？』

白佐國點點頭。

『那種感覺一定很不一樣吧？有時候最深沈的情緒，反而只有在既陌生又接得上頻率的人面前才說得出口。』

白佐國瞇了瞇眼。

周湘若心虛的笑了笑。『前些日子，我在您桌底下撿到一張署名林羽馥寫的字紙。』她坦白招認。

白佐國看起來有些愕然，但似乎並沒有不悅的神情。

『林羽馥P.S.寫的那兩句話，指的是您當年偵辦前都發局局長蔡伯顏貪瀆案，最後還是決定大義滅親，起訴您岳父這件事吧？』

白佐國僵了一下。『妳知道這麼多，應該也知道當時有些人認為我是在沽名釣譽吧？』他諷刺的笑了笑。

『所以你選擇放逐自己？「檢察署最懶散的檢察官」？』

白佐國愣了一下。『妳知道妳的考績是我打的吧？』他雙手環抱到胸前說道。

『反正這又不是我第一次衝撞你。』周湘若無所謂的聳了聳肩。

白佐國笑了出來。

『是這樣嗎？』

『怎樣？』

『當年的事影響了你後來的選擇？』

白佐國沒說話。

大溪那晚他和林羽馥聊了許多，包括當年起訴岳父、具體求刑並且定讞，以及妻是如何被家族孤立、唾棄，最後留下一張『人都是孤獨的』的字條後割腕自殺……的往事。但，他並未提及當年起訴岳父的真正原因。

白佐國從茶几拿了根煙點燃。

妻是獨生女，跟岳父一向不親，從法律系先斬後奏轉到中文系之後，兩人關係更是降至冰點。

人的關係是架構在相互利用的價值上，你得建立自己被利用的價值才能成為贏家。岳父曾經告誡他——以父對子、男人對男人的口吻。白佐國記得，當時他還忍不住挺了挺腰桿，刻意忽略妻眼中一閃即逝的痛楚傷害。白佐國後來發現，起訴岳父其實並不是個太困難的決定，那只要一點公報私仇的怒氣就夠，比較困難的反倒是，說服自己抬頭挺胸面對那些將他視為公理正義化身的崇敬目光。

差不多也就是從那個時候開始，他就鮮少正視妻的眼了吧？白佐國捻熄手上的煙。起訴岳父的事，白佐國事前、事後都沒跟妻提過，妻也始終沒問過他，就好像他辦的是尋常的一般案件。事件過後，他和妻就這樣維持了很長一段時間的恐怖平衡。那段時間妻雖然沒說什麼，但他老覺得妻眼中的沈靜似乎總多了份嘲弄，讓他下意識避離。白佐國因此花了更多時間待在辦公室，沒多久，妻就開始出現一些幻聽、幻覺的徵兆。妻發病最嚴重的時候曾經把整間屋子漆成徹頭徹尾的灰色。

『我沒辦法呼吸，因為屋子裡有隻會吐灰色氣體的怪獸，我把自己漆成灰色，這樣灰色的孤單就找不到我了。』她說。

周湘若看著白佐國的動作。『檢察官？』她有些不確定的連喚了幾聲，『檢察官？』

白佐國回過神，發現自己還在擠壓早已捻熄的煙蒂。

『你一口煙都沒抽。』周湘若說。

白佐國苦笑了笑，重新取了根煙點燃。

妻是在除夕夜割腕自殺的，那時她的憂鬱症，在她出版社同事定期陪同回診下狀況改善許多。白佐國還記得那天半夜他打開家門時，看到的是燈火通明、窗明几淨、滿室花香及應景財福喜童熱鬧圖飾的客廳，以及滿桌豐盛但一口都沒動的年夜飯。年節的溫暖氣氛恍若又回到未起訴岳父前的場景。

周湘若研究著白佐國，他臉上又現出已經有一段時間沒怎麼見過的那股『深沈的氣息』。

『是因為您太太吧？』周湘若問道。

一陣靜默。

『「道德正確」還是「情感正確」？這是兩難的抉擇，你太苛責自己了！』

白佐國沒說話，捻熄煙，重新再取了根煙。周湘若看著煙灰缸裡白佐國剛捻熄、還剩一大截的煙蒂。『你這樣有點浪費。』她說：『為什麼不乾脆把煙戒了？』

『那剩下的怎麼辦？』白佐國揚揚手上的一包煙。

這什麼歪理！周湘若笑了出來。屋外傳來幾聲公雞的啼叫，白佐國跟周湘若同時抬頭看了看牆上的時鐘。兩點二十八分。『這下可好，給牠一叫，我現在睡意全消了。』白佐國嘟囔了句。

『呵！我也是。』周湘若附和道。

白佐國看著周湘若，揚起嘴角。『折騰了一天，還是早點睡吧！』

周湘若打了個哈欠，點點頭。

『檢察官，你會起訴泰扶集團那夥人吧？』起身前周湘若問道。

『為什麼這麼問？』

周湘若猶豫了一下。

『有什麼話直說無妨。』

『有件事……』周湘若咬咬牙。『我想你應該知道一下比較好……』

劉建業檢察長、金浩檢察官跟郭泰星有說有笑的，連袂走進高檔懷石料理餐廳『祇園』的VIP包廂？而且還是在劉建業檢察長指派他偵查郭泰邦疑涉萊兒吸金案之後！

周湘若回房休息後，白佐國面無表情的瞪著桌上的電腦，睡意真的全消了！

40

白佐國一早進辦公室，接到劉建業檢察長打來的電話，就到他辦公室去了。

『查到什麼了嗎？』

『昨晚鑑識科才剛搜完證。』白佐國說。

『是嗎？』劉建業寒著張臉。『有最新的進展隨時跟我報告，我倒要看看是誰這麼大的膽子，竟然敢在太歲爺頭上動土！』白佐國沒說話。『檢事官的電腦，竟然被人從戒備森嚴的辦公室堂而皇之搬走。』這件事的確讓地檢署顏面盡失。

『這件事別讓媒體知道。』劉建業交代。白佐國抬眼看著劉建業。『如果……我是說「如果」一清查出來，發現這件事是內賊所為，該怎麼處理？』

『內賊？』劉建業拉下臉。『你為什麼會這麼認為？』

『只是合理的假設，我得知道你的態度，才曉得後面該怎麼處理。』

『這不像你的作風。』劉建業拿了根雪茄叼在嘴巴上。

『或許……我只是想試著更「合群」一點？』

『是嗎？』劉建業挑了挑眉，拿起打火機點燃雪茄。

『你怎麼說？』

劉建業吐了口煙。『我不回答假設性的問題，』他冷冷回道：『等你真的查到再說吧！』

41

『濟州島的事……』
『我知道，賭場已經通知我了。』
『那麼……』
『你投我一桃、我報你一李。他們現在在清查這個人的身分。』
『你確定！』
『怎麼？』
『沒什麼。找到你要的東西了嗎？』
『什麼？』
『哼！』
『你……』
『照片很精采。』
『你怎麼……』
『你該擔心的不是這個。』
『你想怎樣！』
『沒什麼，只是加買個保險而已。』

『什麼意思？』

『就我所知，你在濟州島沒欠那麼多錢。』

『你的意思是？』

『還需要我明說嗎？』

『我明白了。』

『還有，從現在開始我們是同一條船上的人了，這你同意吧？』

『……』

『有人應該很有興趣知道，是誰膽子大到敢到地檢署「搬」東西……』

『行了！』

『很好，這表示我們終於有共識了？』

『嗯。』

『PDA跟NOTEBOOK裡有什麼？』

『還在解密。』

『那麼，有最新消息記得跟我回報。』

『是。』

42

賴芊芊下班回到家時，李全禮正在臥房收拾行李。

『你在做什麼！』

『我得離開一陣子。』

『為什麼？』

李全禮將他最鍾愛的阿曼尼西裝，胡亂地塞進行李箱裡。

『沒把話說清楚之前，你哪兒也不能去！』賴芊芊抓狂的將李全禮的阿曼尼從行李箱中撈出來丟到床上。

『別鬧了，我趕時間。』李全禮煩躁的將阿曼尼胡亂地再次塞進行李箱中，轉身從床頭櫃拿出護照放到隨身包中。

『不准走、不准走、不准走！』賴芊芊歇斯底里的將李全禮的行李箱翻倒，行李箱中的衣物散落一地。

『妳瘋了嗎？』李全禮推開賴芊芊，倉皇地將行李箱翻正，火速的將散落一地的衣物全部塞進行李箱闔上蓋子。

賴芊芊踉蹌地從地上支起身，撲倒在李全禮行李箱上。『我保證孩子不會給你添麻煩，婚也不用結了，你別走，好嗎？』

『唉！妳要我說幾次？我趕時間，讓開！』李全禮低吼道，用力拉扯行李箱把手。

『不要，我死也不放手！』賴芊芊死命抱住行李箱不放。

『妳這瘋女人！』李全禮脹紅了臉，使盡力氣往後一拉，行李箱順勢被他拉了出來，隨即頭也不回的轉身離開。

賴芊芊跌落到床底下，感覺下腹一陣刺痛。『別走，』她摀住肚子，並用手將自己拖到床邊靠在床緣上哭喊道：『別走……』

43

周湘若推開門，乒乒乓乓地直接衝到白佐國辦公桌前。

白佐國錯愕的抬頭看著周湘若，她一臉汗水、披頭散髮的脹紅著臉、喘著氣，狼狽得像剛被人追殺。

『怎麼了？』他倏地站起身，起身到周湘若面前，警戒的望向門外。

『沒事、沒事。』周湘若揮揮手。『電梯太慢，我爬樓梯上來的。』她慌亂的低頭在公事包中翻找。

『怎麼回事？』

『照片那個神秘男子的身分查出來了，是賴芊芊的同居男友——李全禮！』

白佐國張了張眼。

『有了！』周湘若抽出一份卷宗『啪』的一聲放到白佐國眼前。『猜猜看他另一個身分是什麼？』

『是什麼？』白佐國拿起卷宗。

『達生生技總經理。』

『達生？』

『沒錯，根據經濟部商業司的資料，這間公司在二〇〇五年七月四日辦理設立登記，董事長是劉芳梅。』
『劉芳梅？』
『很耳熟，是吧？』周湘若喘了口大氣，『劉芳梅是郭泰邦的老婆劉芳蘭的妹妹。你知道這代表什麼？』
『代表所有的一切都串連起來了！』白佐國提起氣，難掩興奮之情的隱隱飄著抖音接口道。

§

白佐國發出傳票約談李全禮的同一時間，警方也在北投山區的偏僻處，發現李全禮陳屍在自己的轎車裡。
『根據法醫推估，李全禮死亡時間應該不會超過二十四小時，死因是窒息，他用粗水管將汽車排放的廢氣導入車內後，又吞服了大量安眠藥，看起來似乎死意甚堅。幾乎同一時間賴芊芊也報案住家遭竊，損失了些財物。』周湘若將手上的筆往桌上一丟。『為什麼他們總是快我們一步？』她臉色鐵青的說道。
『動機呢？』白佐國臉色也好不到哪兒去。『李全禮有自殺的動機嗎？』
『賴芊芊說她已懷了三個月身孕，李全禮不想要孩子，他離開前他們才為這事大吵了一架。』
『這理由有些薄弱。』
『此外李全禮似乎有些財務問題。』周湘若低頭翻了翻手上的文件。『他在二〇〇四年間因為炒作期貨虧了些錢。』

『多少？』

『一千三百多萬，但這些債務在今年六月間就解決了，同一時間他也獲聘擔任達生生技的總經理，年薪有將近三百萬，財務狀況看起來是漸入佳境，應該也不會是他輕生的原因。』

白佐國撫著下巴，沈吟不語。

『妳在業界待過，就妳所知李全禮這個年薪合理嗎？』他問道。

周湘若愣了一下。這是個好問題。『以中小企業來看，這應該是天價了。』她想也不想就說。

『林羽馥房間採集到的精液跟指紋比對過了嗎？』

『比對過了，只有精液是李全禮的。』

白佐國再次沈吟不語。

『林羽馥是什麼時候受孕的？』

周湘若翻出她的隨身筆記本。『林羽馥是在七月一日到診所墮胎，根據求診紀錄，當時她已經懷了將近兩個月的身孕，所以反推回去，她應該是在五月初左右受的孕。』

『五月初？』白佐國轉頭盯著電腦螢幕自言自語道：『林羽馥在今年二月八日到普樂開發任職，五月初受孕，六月二十四日報案被闖空門，七月一日墮完胎後遇害。而李全禮在六月二十日被拍到與林羽馥進出賓館的照片，同一時間解決一千三百萬的債務，還獲聘到七月四日才新開立的達生生技擔任天價職位，然後在我們開始清查他的身分之後，在九月二十二日遇害、並且家中遭竊？』

『我去查李全禮一千三百萬是怎麼還的，還有他的專業背景、工作經歷以及達生生技的運作情形。』周湘若機伶的記下待查事項。

白佐國蹙了蹙眉。『我記得妳說過，賴芊芊並不知道林羽馥拿掉的孩子是誰的？』

『沒錯。』周湘若回憶道：『賴芊芊甚至不認為林羽馥有交往的對象。』

你結婚了嗎？白佐國想起大溪那晚林羽馥問這話時的鄭重表情。『聽起來林羽馥似乎是個很有原則的人。』他喃喃低語道。

『應該是，根據賴芊芊的說法，林羽馥甚至有點精神潔癖。』周湘若附議。

『但她卻跟自己最要好的朋友的未婚夫在一起？』

周湘若眼睛亮了一下。『雖然我不認識林羽馥，但看起來這的確不像她在正常情況下會做的事情。』

『除非……』白佐國接口道：『她有什麼把柄落在李全禮手上。』

『而這個把柄，也為她自己跟李全禮引來殺身之禍？』

『不無可能。』白佐國同意。『賴芊芊對林羽馥及李全禮的事，真的毫不知情？』

『很難說，』周湘若有些不確定，『至少在今天之前我沒懷疑過她。但如果是這樣的狀況……老實說，身為女人，我不認為她會一無所悉。』

白佐國思忖了一下。『妳去調兩組人，』他低頭簽發搜索票，『抵達目的地前，別讓人知道要去哪裡、做什麼。』他將搜索票交給周湘若明快交代道。

周湘若帶著警調人員抵達李全禮住處時，被開門的賴芊芊灰暗憔悴的臉色嚇了一跳。

『怎麼了？』賴芊芊撫著肚子，看著周湘若身後兩名彪形大漢警戒道。

『我們可以進去再談嗎？』周湘若亮出搜索票。
賴芊芊遲疑了一下。
『這是搜索票。』周湘若提醒賴芊芊。
賴芊芊咬咬下唇，側身讓出通道。
『每個房間都要搜，重點是電腦、PDA、光碟這些電子產品，還有財務、帳冊等書面文件資料，不管內容是什麼，全部打包封箱。』周湘若指示道。
『哼！』
周湘若轉頭看著身後發出冷笑聲的賴芊芊。
『沒有用的，全被偷光了！』賴芊芊一臉漠然。
『妳知道什麼？』周湘若直覺。
賴芊芊沒說話，撐著腰身走到沙發上坐了下來。
周湘若回頭示意幹員繼續搜索行動。
周湘若繞過沙發坐下來看著賴芊芊。『妳知道妳先生任職的公司是泰扶集團的關係企業？』
賴芊芊睜了睜眼，抬眼瞪著周湘若。
『妳不知道？』
賴芊芊搖搖頭。『我不知道，我只知道他這個工作是朋友介紹的。』
『妳都沒有懷疑嗎？』周湘若忍不住提高聲調，『李全禮在去達生生技之前只是一家小機械公司的業務經理，突然有人高薪禮聘他去擔任一家生技公司的總經理，妳都不覺得奇怪、不會問的嗎？』

『妳的意思是，去質疑他沒有這個能力得到這樣的職位？』賴芊芊諷刺的笑了笑。『周小姐，妳交往過幾個男朋友？妳認為有幾個男人受得了女人這樣的質疑不會翻臉？』

周湘若蹙了蹙眉。『那麼妳認識他這個朋友嗎？』

『他不喜歡我出席他朋友間的聚會，也不喜歡我問太多。』

『所以妳對他的事一無所悉？』

『我知道他喜歡叫青椒牛肉炒飯，但會把青椒挑出來不吃；睡前習慣喝紅酒，而且習慣睡右邊，這樣算一無所悉嗎？』賴芊芊惱怒的瞪著周湘若。

『所以妳知道他們在找什麼？』

賴芊芊沈默不語。

『妳心裡應該也很清楚，妳先生的死因不單純吧？』

賴芊芊緊捏了捏衣角。

『如果妳可以把妳知道的事告訴我，或許我們可以盡快找到事實真相，還妳先生一個公道。』

賴芊芊淒楚的笑了笑。『他有什麼公道好還的呢？』她沈默半晌後反問周湘若。

§

盛夏，馬路邊上垃圾遺留的水漬，在針扎似的烈日照射下揮發成酸臭腐敗的味道，散入濃稠的空氣中。

『好臭！』一走出北新路上的林婦產科，賴芊芊就不由自主地皺緊了眉。『這一定是海鮮，』她一口斷定，『夏天垃圾不能放，尤其是海鮮……』

林羽馥沒意識的跟著賴芊芊走到馬路邊上攔計程車，為了避開令人作嘔的惡臭，她們沿著馬路邊往垃圾車行駛的另一個方向走。

『……全禮不喜歡剝蝦殼，又嫌外面賣的蝦仁不夠新鮮，所以我通常都會買活蝦回來把蝦殼剝掉後再炒，有一次偷懶兩天沒倒垃圾，結果蝦殼發臭引來一堆嗡嗡作響的大頭蒼蠅，為了這件事，全禮還發了好一頓脾氣……』

一輛白色休旅車很沒禮貌的從她們身邊呼嘯而過揚起漫天灰塵，站外面的林羽馥被疾駛的白色休旅車嚇了一跳，回過神來下意識用手掩住口鼻暫停呼吸以避開漫天塵埃及刺鼻的惡臭。她轉頭看了芊芊一眼，她似乎不怎麼在意這漫天的塵埃跟惡臭，這也難怪，芊芊和全禮預計年底就要結婚，雖然芊芊老早搬去全禮新買的公寓一起生活，也和全禮達成共識不生小孩，但芊芊還是堅持要有個儀式。結了婚感覺總是踏實些。她說。林羽馥看了看車行的方向，連續幾輛計程車駛過，車上都有乘客，烈日照射下，林羽馥突然覺得一陣昏眩。

『……他就是這樣，這個臭脾氣還真不知道除了我有誰受得了！不過話說回來，男人就是這樣，有時候就像個大孩子，忍一忍、讓一讓他就……』

『芊芊，』林羽馥抓住賴芊芊的手臂穩住身軀，力道之大讓賴芊芊不自覺痛得縮了縮手。『今天的事……』林羽馥斟酌了一下用語，『……就我們兩個知道就好，好嗎？』

賴芊芊怔了怔，隨即反應過來。『我知道，我連全禮都不會說。』她跟林羽馥保證。

林羽馥放心的鬆開手，兩人陷入一陣尷尬的靜默，不約而同望向空盪盪的馬路。終於，一輛空的計程車在林羽馥及賴芊芊面前停下，司機吃力地側身打開後座車門。
『上車吧，我陪妳回去。』
林羽馥遲疑了一下。
『怎麼啦？』
『妳先回去吧，我……還有事。』
『什麼事？』賴芊芊瞇了瞇眼。
『沒什麼，我車停在公司，想開回來。』
『我送妳。』
『不用了，我想走走。』
『可是……』
『放心，我自己有分寸。』林羽馥的口氣有著無庸置疑的堅持。
『那……』賴芊芊猶豫了一下。『好吧，我手機開著，有問題立刻打電話給我。』
林羽馥點點頭。『芊芊，』她像突然想起什麼，拉住賴芊芊正要關上的車門，『謝謝妳。』
車門關上前林羽馥的這句話，真誠得讓賴芊芊差一點就要以為自己錯怪了這個她曾經自以為是最要好的朋友。
聽到手術進行得十分順利，賴芊芊心中久懸的那塊大石終於放了下來。
計程車遇紅燈停了下來。
『小姐，』司機看著後視鏡中的賴芊芊，『妳朋友還好吧？她看起來臉色好像不太對耶。』
賴芊芊想起上車前林羽馥那張沒有血色的臉，下意識回頭探了探。一輛計程車停在林羽馥面前，但林羽馥似乎在發呆沒有上車。

羽馥是真的要回公司開車的吧？賴芊芊暗忖。剛剛被羽馥抓的地方仍隱約傳來陣陣刺痛。賴芊芊低頭檢視，手臂內側四條紅色的指印仍然清晰，而且看情形應該過不久就會轉為瘀青。賴芊芊想起小時候有一次打雷，因為害怕，所以死命抓著剛好在她身旁、小她一歲妹妹的手臂不放，妹妹痛得大叫，她卻沒有因此受到任何懲罰（在打雷之前，她才因為不滿妹妹老是搶走原本屬於她的東西，所以狠K妹妹一頓而被修理）。事後回想起來賴芊芊發現，其實打雷當時她好像也沒那麼害怕，尤有甚者，當她後來看到妹妹手臂上清晰的藏青色指印時，心中還會升起一股莫名的快感。

紅燈轉綠，計程車起動右轉至民權路。賴芊芊再回頭已看不到林羽馥的身影。從手術室出來時，林羽馥臉上幾近漠然的傷痛是賴芊芊不曾見過的，那讓賴芊芊忍不住一陣心虛。林羽馥幾乎是被她押著上手術台的。孩子的爸是誰？先前不管她如何追問，林羽馥就是死也不肯說。這也難怪，賴芊芊心想，於是她便以好朋友的立場，替她分析了所有孩子不能留下來的理由、說服她拿掉了孩子。只是……這整件事情中到底誰才是真正的受害者？賴芊芊緊捏著手上的提袋，忽然覺得有些可笑——為自己方才有如小丑般滔滔不絕的喃喃自語。為什麼這一切都得由她獨自承擔？這段時日來被潛抑的屈辱化成一股熱氣從腳底直升頭頂。她伸手進提袋摸索出手機，撥了電話給羽馥。

『那有什麼問題！等我走馬上任之後還要仰仗大哥您多多幫忙唄……』

賴芊芊回到家打開大門時，意外的發現李全禮竟然在家。

『好說，好說，』李全禮左手插在褲子口袋裡，揮舞右手昂著頭在客廳踱著方步用掛在耳上最新型的藍芽手機講電話，『我這個總經理既然是您引薦的，「投桃報李」也是應該的嘛……』他看了剛進門的賴芊芊一眼，君臨城下的霸氣，讓芊芊聯想起Discovery頻道上睥睨非洲草原的獅王。

賴芊芊走進臥室打開皮包，將皮包裡的東西全數倒在床上。她在計程車上撥給羽馥的那通電話最後終究什麼也沒說。要說什麼呢？所有兩性節目裡的專家一致同意：除非捨得壯士斷腕，否則別把事實攤在陽光下檢視，那是最具毀滅性的作法，幾無挽回的可能，而她還沒打算放棄全禮，所以只得像在下水道討生活的老鼠，偷偷摸摸的隱匿在黑暗髒污處，獨自低鳴著被最心愛男人及最要好朋友聯手背叛的怨懟？賴芊芊從攤了一床的零散東西中找出止痛藥，隨手剝了幾顆走進廚房倒了杯水喝。

『是是是！自己人總是安心些，我一上任就會發佈人事命令，那麼就這麼說定囉！』李全禮掛掉電話後直接走進廚房。『「總經理」夫人！』他語帶炫耀地稱呼芊芊，他最近透過朋友引薦得到一個集團企業轉投資生技公司總經理的工作。賴芊芊吞下止痛藥冷冷地看了他一眼沒答腔。

『妳今天不是約了羽馥逛街？』

『沒什麼好逛的。』

『怎麼會沒什麼好逛的，妳現在身分不一樣了，別再買那些廉價的地攤貨，去百貨公司逛逛，看到什麼喜歡的儘管刷，我現在是「總經理」，面子可得給我顧到……』李全禮打開烘碗機遍尋不著馬克杯，表情顯得有些不耐。賴芊芊看了他一眼什麼也沒說，逕自打開水龍頭從水槽挑了個杯子洗乾淨、擦乾，然後倒了水遞給他。『對了，怎麼沒找羽馥回來吃飯，好像好久沒看到她了，下禮拜找一天一起去法樂琪慶祝吧，她還不知道本人榮任總經……』

『不必了，她最近很忙。』賴芊芊將茶杯往水槽一放，轉身走出廚房。

賴芊芊拿了換洗衣物進浴室前看了書房一眼，李全禮照例又坐在電腦前上網。她脫了衣服打開水龍頭試了一下熱水，水一樣是冷的。她先前催了李全禮好幾次檢查熱水器是不是壞了？需不需要找人修？但因為李全禮不洗熱水，所以每次不是藉口看完新聞再去，不然就是臭著一張臉盯著電腦螢幕當沒聽見。賴芊芊關掉水龍頭，憋著一肚子蓄勢待發的怒氣，披了條大浴巾走出浴室，今天她無論如何、說什麼也不能再洗冷水澡了！

『水不熱，你可以看一下熱水器嗎？』

李全禮被身後突然出聲的賴芊芊嚇了一跳。

『水是冷的。』

李全禮回過神，『喔。』他應了聲，但屁股仍緊黏在椅子上，似乎沒有要動作的意思。

賴芊芊將手往胸前一叉，歪著頭，冷冷地看著李全禮。

李全禮抿了抿嘴，起身回頭不著痕跡地關閉信箱後走到陽台。

『是電池沒電。』他在陽台對著屋內吼道，然後走回室內拿新電池替換。

『可以了嗎？』他換好電池後回到屋內站在浴室門口問道。

『嗯。』賴芊芊不情不願含糊的在口裡應了聲。

李全禮等芊芊確定摸到熱水後才又坐回書桌。芊芊該不會是發現什麼了吧？他一面重新打開電腦，一面在心中忖度著，芊芊進浴室前的眼神讓他有些不安，那裡頭似乎有些輕蔑、怨懟……一些他幾乎不曾見過的情緒？

賴芊芊洗完澡走出浴室時，屋子裡是一片寂靜。她沒聽錯吧？李全禮竟然要她看個日子把婚事辦一辦！先前她只要一提到結婚的事，全禮就會拉下臉來教訓她：『又不生小孩，要那張紙幹嘛？』

賴芊芊走到客廳再繞到書房巡了一下，全禮已經出門，說是跟未來的老闆約了吃午飯。她停在書房門口，想起剛才她叫全禮幫她看熱水器時，他太過殷勤的反常回應及回過頭後鬼鬼祟祟關閉電子信箱的舉動。

『我的電腦妳不要亂動！』她想起幾年前有一次未先問過全禮就擅用他的電腦後，全禮激烈的反應。

『裡頭都是重要資料！』後來他似乎也察覺自己的反應太過激動，所以附註解釋道。

那次芊芊其實也不是真的要用電腦，只是那段時間他老是表情豐富的掛在電腦前面，沒多久就開始出現些讓她不安的春風得意神情。因此她才會懷疑電腦裡是不是藏了什麼她不知道的秘密，而隨口編了個理由開他電腦。芊芊一向是出了名的電腦白癡，那一次雖然開了電腦但根本不知從何下手，因此最後還是一無所獲，後來她也就沒再動過他電腦。但這一次……芊芊盯著電腦螢幕怔怔的發著愣，這裡頭一定有鬼！直覺告訴她，她將手放在電腦主機電源開關上猶豫著。連絡？都說些什麼？她心裡一堆問號。全禮先前那些小花邊其實她都心知肚明，剛開始她還會氣極敗壞地質問他，但全禮不但一概否認，還怪她吃飽沒事想太多。經過幾次這樣沒有交集的來回攻防後，她只好試著說服自己妥協：男人在外面免不了逢場作戲，只要別玩出問題、知道要回來，就學著睜隻眼閉隻眼算了。但……這一次她還能這麼做嗎？遲疑片刻，賴芊芊終於還是決定按下電源開關。

十秒後，電腦螢幕停在『輸入您的密碼』畫面上。賴芊芊皺了皺眉，拉出椅子坐了下來。花了將近半小時、試盡各種可能的文、數字組合後，芊芊終於破解全禮的密碼進入WINDOWS畫面，她打開OUTLOOK EXPRESS，收件匣中似乎有幾百封信，芊芊屏氣凝神耐住性子轉動捲軸，從其中挑了些常常出現、寄件人又是女性的可疑信件逐一檢視。

不知盯著電腦螢幕看了多久，賴芊芊吐了口氣移開視線攤在椅子上。這些郵件看起來似乎都很正常，不是業務聯絡的信件，就是些有的沒的垃圾郵件……

『這位大姐，妳的信箱偶爾也整理一下好不好，不用的就把它刪除，要用的就把它分類存到資料夾裡頭……』

『什麼資料夾？』

賴芊芊突然靈光一現。前些日子因為公司電腦出了問題，她找了資訊室小陳幫她看是怎麼回事時，小陳教了她一招，她才知道原來e-mail也可以分類存檔。她倏地張開眼、坐直身子，伸出手握住滑鼠，點選了『收件匣』前的十字符號。

怎麼會這樣！

客廳傳來『啾啾啾』的鳥叫門鈴聲，賴芊芊攤坐在椅子上盯著電腦螢幕恍若未聞。

『怎麼這麼久才開門？』賴芊芊精神恍惚的開了門之後，葉采菁問道。采菁跟芊芊還有羽馥是事務所同事，那時她們都剛從大學畢業，是同期的LEVEL 1，感情特別好，情誼也就一直延續到了現在。

賴芊芊沒有回答，蒼白著臉像個遊魂似的轉身走進臥室，攤趴在散落著手機、雜物的床上。牆上的時鐘指向兩點零七分。

『妳還好吧？』葉采菁跟著賴芊芊走進臥室。

『羽馥懷孕了，孩子是全禮的，她以為我不知道這件事，還在猶豫著要不要把孩子生下來，但我怎麼可能讓她這麼做！他們怎麼可以這樣對我？全禮電腦裡，甚至還有他們在她家亂搞的不堪入目畫面……』

§

『所以妳跟這位葉小姐的所有對話，林羽馥透過那通誤撥電話全聽見了？』周湘若問道，照時間推斷，這應該就是林羽馥手機最後那通半小時的電話，當時她正在從興隆路返回住處的路上。

『應該是吧，如果她當時在開車，車用系統會自動接通手機來電。』

難怪林羽馥遇害當天會踏著歪斜的腳步走進電梯！周湘若恍然大悟，在那之前，她恐怕還一直認為賴芊芊是個處處為她設想的『超級好朋友』吧？但這能全怪賴芊芊嗎？周湘若同情的看著賴芊芊，她掩著口、佝僂著身，看起來似乎很不舒服。周湘若嘆了口氣，伸手倒了杯水遞給賴芊芊，賴芊芊接過水杯一飲而盡，然後失神的盯著手上的空杯，不發一語。

『妳說李全禮電腦裡除了那些性愛畫面，還有林羽馥的私人檔案？』周湘若放輕語調問道，雖然不忍，但職責所在，有些問題她還是得釐清。

『是。』

『什麼樣的私人檔案？』

『一些e-mail往來信件跟報稅資料。』

報稅資料？周湘若瞇了瞇眼。『妳是指所得稅的二維條碼資料？』

『沒錯。』

『今年的嗎？』

賴芊芊疲累的點點頭。『還有去年跟前年的。』

『這些都是很私人的東西，李全禮怎麼會有？』

『我也想知道，』賴芊芊酸澀的說道：『我甚至一直以為羽馥不太喜歡全禮，沒想到他們倆竟然這麼好！』

『怎麼說林羽馥不喜歡李全禮？』

『羽馥一直覺得全禮太浮誇，不夠腳踏實地，所以對他的態度始終十分冷淡。』賴芊芊諷刺的笑了笑。『至少在我面前看起來是這樣。』

『嗯。』

『妳說李全禮電腦裡那些性愛畫面是在林羽馥房間拍的？』

『是自拍畫面？』

『請解釋何謂「自拍畫面」？』

『他們有對著鏡頭做表情嗎？』

『沒有。』

『鏡頭有移動嗎？』

『沒有。』

周湘若思忖了一下。『這麼說好了，妳覺得林羽馥知道自己上了鏡頭嗎？』

賴芊芊嘴角不由自主抽動了一下。

周湘若嘆了口氣。『這些妳怎麼一開始都不說？』

『說什麼？』賴芊芊淒楚的笑了笑。『我大學一畢業就認識李全禮，今年都三十三了，妳認為我還有幾個十年的青春可耗？』

44

周湘若回到地檢署時，負責領隊搜索達生生技的白佐國已經收隊回到辦公室。

『有什麼收穫？』

周湘若轉述賴芊芊的說辭。

『所以賴芊芊認為竊賊的目標，是那些性愛光碟？』

『嗯。』

白佐國支著下巴來回踱步。『這說不通，性愛畫面的兩個當事人都已經死亡，理論上來說，這些畫面已經失去了威脅性，一個沒有威脅性的錄影內容何必勞師動眾闖空門搜括？』

『我也覺得，除非，他們在找的是其他東西。』

白佐國同意的點點頭。『問題是，他們在找什麼？』

周湘若蹙了蹙眉，沒接話，這個問題她剛剛在回地檢署的路上就仔細想過了，沒有答案。

『妳說賴芊芊看過李全禮的電腦？』

『是，電腦裡有林羽馥跟一些朋友的e-mail往來信件，以及所得稅的報稅資料。』

『就這樣？』

『她只記得這兩樣，她說她當時心煩意亂得快氣瘋了，根本不知道自己在幹什麼。』

白佐國沒說話，這個理由他可以接受。

『李全禮是怎麼得到達生生技工作的？』他緊接著問道。

『賴芊芊只知道是朋友介紹，至於是誰介紹的，她並不清楚。』

『李全禮跟泰扶集團有淵源嗎？』

『唯一的交集是在賴赫哲墜樓身亡後，他跟賴芊芊交往近十年，賴赫哲的事他應該多少知道一些。』

『李全禮跟林羽馥親密嗎？』

『根據賴芊芊的說法，林羽馥其實一直不太喜歡李全禮，如果李全禮不是賴芊芊男朋友的話，他們倆根本不會有交集。』

『妳說那些性愛畫面是針孔拍的？』

『那是根據賴芊芊的描述判斷的。』

『既然如此，』白佐國拿起電話，『我們去林羽馥的住處，看看房間裡有些什麼吧！』

也許那裡頭有闖空門竊賊的大頭照或其他什麼的蛛絲馬跡。白佐國暗自期望。

白佐國召來鑑識人員在林羽馥房間的偵煙器裡取出針孔攝影鏡頭。

『這是內建無線發送器的偽裝式攝影機。』鑑識人員初步判定。

『無線發送？』

『是的，這裡只有鏡頭跟發射器組成的子機，子機會將拍攝下來的影像轉成無線電波傳送給主機，再由主機的接收器轉換成影像呈現在顯示器上。』

『你的意思是？』

『您想檢視的偷拍內容在主機裡，而主機不在這裡。』

白佐國皺了皺眉。『那麼你可以從發射器傳出的訊號，偵測到主機現在的位置嗎？』

『如果主機現在有開機，而且在附近就可以，但我不認為我們現在偵測得到。』鑑識員揚揚手上的發射器，『電池沒電，它應該有一段時間沒運作了。』

白佐國看了周湘若一眼。

周湘若搖搖頭，她在李全禮家沒搜到任何電子產品。

白佐國低垂下眼，他在達生生技也沒搜到可用的物證。

周湘若看著白佐國，他臉上若有所思的疲態讓她有些擔心。

白佐國吐了口大氣。『你們繼續採證，找不到主機，就清查當初可能協助裝機的人員或店家，有什麼發現直接向我報告。』他交代鑑識員之後隨即轉身離開。

45

『你這麼急著找我有什麼事？』

『林羽馥臥室被人裝了針孔攝影機，你知道嗎？』

『我知道，主機已經在我手上了。』

『你確定沒有副本？』

『什麼副本？』

『我聽說李全禮之前將主機送回廠商修理時，忘了把硬碟裡的畫面先清除，結果裡頭的「精采」畫面被修理的技工翻拍轉拷成光碟片，他們現在在追那張光碟，聽說光碟最後有照到闖空門竊賊的畫面，是這樣嗎？』

『……』

『你臉色怎麼那麼難看？主機裡有什麼？』

『你想得到的都有了，你也知道李全禮是用什麼方法控制林羽馥的，他們一辦完事就吵架，吵架內容已經足以做好一份完整的筆錄書，如果這張光碟被搜到，你、我全脫不了干係！』

『全脫不了干係？那現在怎麼辦！PDA跟NOTEBOOK裡有些資料，看起來他們似乎也早就在懷疑我了，怎麼辦？怎麼辦！』

『怎麼辦？有沒有搞錯！你是檢察官，該你來告訴我怎麼辦吧？』

46

周湘若氣沖沖的走進白佐國辦公室時，白佐國正揪著臉低頭翻閱手上的傳真紙。

『檢察官，我們是一個團隊嗎？』周湘若高分貝質問白佐國。

白佐國抬頭看著周湘若。『怎麼了？』

『修理技師翻拍李全禮主機畫面的光碟不管內容是什麼，都是重要物證，為什麼我還得從別人口中才知道這件事？』

『因為這張光碟根本不存在！』白佐國臉一沈，將手上的傳真遞給周湘若。

周湘若接過手在椅子上坐下來迅速瀏覽過一遍。『這是？』

『郭泰邦跟金浩的監聽紀錄。』

『這是什麼時候的對話？』

『一個小時前。』

周湘若愣了一下，隨即反應過來。『所以有光碟的消息只是煙幕彈，目的是要讓他們自亂陣腳？』

白佐國點點頭。

周湘若興奮的放下傳真，俐落的拿起電話：『我來安排搜索事宜。』

白佐國沒吭聲。

周湘若拿著話筒的手懸在半空。

白佐國皺著臉，兩手交握在桌上旋繞左右兩隻拇指，出神的盯著前方的傳真紀錄。

周湘若放下電話。『檢察官，您得開搜索票。』她提醒白佐國，『他們現在有可能正在湮滅僅存的證據。』

白佐國沒說話。

『檢察官！』周湘若急了。

『妳知道妳自己現在在做什麼嗎？』

周湘若愣了愣。

『妳確定妳準備好面對了？』

周湘若聽懂白佐國的意思，沈默了一下。

『這是條不歸路，不做不對、做了也不對。』

『我知道。』周湘若接口道，辦公室裡彌漫著股詭異的低氣壓。『但如果你要問我，我會說能夠面對自己比較重要。』

白佐國蹙了蹙眉。

『我母親剛過世那段時間，我身上總有些很奇怪的傷。』周湘若吸了口氣說道：『剛開始還有人以為是中邪，後來才發現原來是我自己在沒有意識的狀況下用指甲抓傷自己，手臂、大腿這些看得見的地方幾乎無一倖免。』

白佐國沈靜聽著，沒插話。

『那天我原本早該回家的，但因為不想那麼早回去面對我母親整天愁雲慘霧的情緒，所以回家前還特地繞了個彎，去附近便利商店翻了一下雜誌才拖著沈重的腳步踱回家。』周湘若頓了頓。『我母親比我還高大，那天我費了些力氣才把她從繩索上放了下來、打電話求救，送到醫院急救兩個小時之後，醫生出來告訴我：「如果早點發現也許還有得救。」』她咬咬牙，嚐到口裡一絲血腥味。『如果「早點」發現。』她說。

白佐國眨了下眼。『那不是妳的錯。』他嚴正說道。

『我知道，』周湘若苦笑了笑，『如果我能真的這麼說服自己就好了。』她伸手抹掉眼角積聚的淚水。『你知道我後來發現什麼？』

『什麼？』

『人唯一不能面對的只有自己，一旦能面對自己了，其他的一切就都不重要了。』

白佐國沒說話。

『我來地檢署不是為了交朋友。』周湘若看著白佐國。

白佐國笑了笑。

『笑什麼？』她問。

『我剛進地檢署的時候，我太太也經常跟我這麼說。』

周湘若偏了偏頭。

『不管願不願意，有些人跟事就總是能在不經心的時候，影響你做的每一個決定。』白佐國把玩著桌上的打火機悠悠說道。

周湘若想起那些有關白佐國起訴岳父後，太太吵鬧不休、最後更以死相逼的種種傳聞。『所以？』

『所以，』白佐國伸手看了看錶，『特偵組現在應該已經分頭抵達郭泰邦跟金浩住處，進行搜索了。』

『啊？』

『妳看起來有些意外？』

『我以為您太太的事……』

『真相有時並不如表象那樣單純。』

周湘若瞇了瞇眼。

『起訴我岳父的事，我太太從頭到尾都沒有表達過意見。』

周湘若驚訝得張了張眼。『那為什麼……』

白佐國苦笑了笑。『要承認自己沒有別人說的那麼好，不是件容易的事。』

『怎麼說？』

『我起訴我岳父不是因為外傳的「大義滅親」。』話一出口，白佐國肩頸一鬆，突然有種泡完滾燙熱水後的釋然感覺。

周湘若愣了愣。『不然是為了什麼？』她不解道。

『我把他當親生父親曲意承歡，但他卻從頭到尾利用、操弄我的這番心意。』白佐國平靜說道。

周湘若愣了一下，聽懂這當中的差異。『你太太知道這件事嗎？』

『應該知道。』

『但她卻什麼也沒說？』

『什麼都沒說。』

周湘若喘了口大氣。『你太太那段時間一定承受不少壓力。』她同情的說：『你有陪著她吧？』

白佐國沒說話。

『為什麼？』

白佐國嘆了口氣。『人總有沒辦法面對自己的時候。』他說。

一陣靜默。

我們交換了太多彼此的秘密，或許不見面是最好的選擇。周湘若想起林羽馥那張紙條上寫的。『這就是你跟林羽馥交換的秘密？』她睜了睜眼，脫口而出。

白佐國怔了一下，苦澀的笑了笑，沒說話。

『原來……』周湘若吁了口氣，『每個人心中都有不能、不敢，或者說不出口的秘密。』

『或許這就是我太太所謂的「灰色的孤單」吧。』白佐國接口。

灰色的孤單？

周湘若理解的笑了笑，然後兩人陷入一片無話可說的沈默。

47

白佐國走進劉建業檢察長辦公室時，劉建業正頹靡著肩、站在窗前望向窗外的夜色。

『檢察長？』白佐國走近劉建業出聲道。

劉建業轉過身。『坐。』他用比平常更低沈的音量說道，顴骨邊上一片黑褐色的老人斑，隨著緊繃的肌肉線條擴張、緊縮。

白佐國依言坐下，他從前怎麼一直都沒發現劉建業臉上有片這麼明顯的老人斑？

劉建業坐下後沒說話，空氣中有股山雨欲來的緊張氛圍。

『我簽發了金浩住處的搜索票，現在特偵組正在作業。』白佐國簡報道。

『啪！』劉建業狠拍了桌子一下。『你好大膽子！竟然跳過我直接搜索其他檢察官的住處，你眼裡還有我這個檢察長嗎？』

白佐國看著劉建業。『我不想讓你難做。』他說。

劉建業凌厲的抬眼看著白佐國。

『你是故意做球，讓我殺的吧？』白佐國問道。

劉建業瞳孔瞬間放大一秒。

『從一開始調我回台北、安排我接手萊兒生技案……這一切都在你的計畫內吧？』

劉建業沒答腔，一段極長時間的靜默。

『為什麼？』白佐國不解道，他過去認識的劉建業是個擇善固執、極富正義感的人。接手萊兒生技案之後，白佐國雖然幾次跟劉建業僵持不下、偶有衝突爭執，但他一直當那是因為劉建業求好心切，又肩負地檢署管理責任，立場不同，所以考量、著眼的方向跟重點也有差異的緣故。

『為什麼？』白佐國再問了次。

劉建業露出一個疲困的笑容，『我欠郭泰邦一個人情。』

白佐國眨了下眼。

『三年前我小女兒檢查出患了血癌，經過脊髓資料庫的比對有符合移植的對象，但術前、術後整個費用要幾百萬，我的儲蓄全讓我老婆玩股票賠光了，一時間根本籌不到這麼多錢，郭泰邦就在那時幫了我一把。』

『透過金浩？』

劉建業點點頭。

『但……你怎麼能確定我會怎麼做？』

『萊兒案死了兩個人，都是畢生積蓄被騙個精光還借貸投資，走投無路下自行了斷生命。我女兒命雖然救回來了，但從那個時候開始，我就必須靠安眠藥才睡得著覺。』劉建業吁了口長氣說道。

白佐國眼中閃過一道光。『所以……你把決定權交給我？』

『沒錯，』劉建業從雪茄盒中抽出根雪茄點燃，『不管你最後選擇怎麼做，都會是我要的結果。』

白佐國張了張嘴。『呵！』他無奈的搖搖頭笑了出來。

『你什麼時候發現的？』劉建業問。

『我請花蓮的同事幫我鑑識寄林羽馥跟李全禮偷拍照片來的牛皮紙袋，他們在牛皮紙袋裡發現一絲Romeoy Julieta Habana Belicoso的微物跡證。』白佐國眼睛盯著劉建業手上叼著的雪茄，『如果我沒看錯，那正好和你現在手上拿的這支是同一款。』

劉建業磨磨牙，沒說話。

『所以……』白佐國撿起劉建業方才剪掉的雪茄頭在手上把玩。『我從你桌上拿了些樣本，寄去花蓮刑事局比對，比對結果確定牛皮紙袋裡的菸草絲跟你手上拿的這支是同一批出產的雪茄，因此我幾乎可以確定那是你裝照片時不小心掉進牛皮紙袋裡的。』白佐國頓了頓。『你怎麼會有這些照片？』他單刀直入問道。

劉建業沈默了一下。『林羽馥六月中時曾經透過關係找到我，問我如果她有可以證明泰扶集團不法的證據，地檢署能不能起訴郭泰邦。』他呼了口煙開口說道。

白佐國睜了睜眼。『你把這件事告訴郭泰邦了？』

『沒有，我只找了人調查林羽馥的背景。』

『結果呢？』

劉建業低頭撢掉雪茄灰，不語。

白佐國瞇了瞇眼，恍然大悟：『所以你才安排我接手萊兒案？』

劉建業沒否認。

白佐國精神為之一振。『你看過林羽馥手上的證據？』

劉建業搖搖頭。『林羽馥是個很小心的人。』

『你還知道什麼？』

『不多，我只對金浩做的事睜一隻眼、閉一隻眼，其他的幾乎一無所悉。』

『所以賴赫哲跟林羽馥這兩個案子，金浩草草以意外結案是你默許的？』白佐國問道。

『是。』

『去年初，內湖之星住戶控告泰扶集團偷工減料妨礙公共安全案，金浩以不起訴結案，你也知道？』

『沒錯。』

白佐國嘆了口氣。『你應該知道我繼續辦下去的結果吧？』

『你現在手上的資料，定得了郭泰邦的罪嗎？』

『還不知道，要看這次搜索的結果。』

劉建業木然地盯著桌角。『那麼，』他吐了口氣。『該怎麼辦就放手去辦吧！』他說。

48

特偵組在金浩住處及辦公室，分別搜到周湘若的照相手機、PDA、NOTEBOOK及所有遭竊的光碟。白佐國隨即約談金浩到案說明，但金浩卻從此不知去向。

『您派去監聽金浩的調查員，也不知道他何時離開的？』

『那不是調查員。』

『不是調查員？』周湘若露出驚訝的神色。

『是麥可的朋友。』白佐國解釋道。

『國安局的人？』

白佐國點點頭。『嚴格說起來是「退休」幹員，那天金浩接到他太太電話通知，有人到他家搜索後就匆匆趕回家，麥可的人跟他到家後，我就要他們收隊了。』

周湘若恍然大悟。『但……』她轉而擔心道：『金浩行蹤不明會不會有「意外」？』

白佐國面色轉趨凝重，周湘若的顧忌不無可能，這個案子牽扯太多條人命。『金浩家中有搜到什麼新物證嗎？』他問道。

周湘若搖搖頭。『除了我被偷、被搶的那些電子產品之外，唯一比較奇怪的是，最近金浩戶頭裡有幾筆上千萬的異常資金進出，除此之外，什麼都沒發現。』

『泰扶集團辦公室跟郭泰邦住處呢？』

『也沒有太大斬獲，而且郭泰邦的律師剛剛已經向地方法院合議庭提起羈押即時抗告，如果我們不能提出更具體、有力的事證，恐怕二十四小時後就得放人。』

白佐國臉揪成一團。『有發現妳拍的那幾張金浩跟廖科長的照片嗎？』

『你的意思是？』

『根據監聽紀錄，郭泰邦手上應該保留了一份用來控制金浩的照片副本。』

周湘若慧黠的瞇了瞇眼。『你的意思是，有另外收藏這些敏感資料的地方？』這個推論讓周湘若更沮喪了，『但那可能是任何處所、甚至只是某一家提供個人網頁服務的ISP業者的伺服器。如果我們沒有特定的目標，那根本跟大海撈針沒兩樣！』

白佐國雙手扠在腋下，低頭沈吟好一會兒。泰扶集團辦公室跟郭泰邦家族的住處，特偵組幾乎全搜遍了，除了這些地方，郭泰邦還有可能將這些機密資料放在哪兒？又或者，他根本已經將這些敏感物證全數銷毀？

白佐國緊繃住臉，如果真是這樣，那意味著他得盡快找到金浩，否則他很可能是郭泰邦下一個目標。

『檢察官，』周湘若出聲道：『我有個你可能會覺得有點奇怪的想法。』

『什麼想法？』

『金浩是透過郭泰邦找人搶奪我的皮包跟侵入我的住處及辦公室嗎？否則他是怎麼先金浩一步拿到我被搶的照相手機裡的照片？』

白佐國眼睛亮了一下。

周湘若繼續說道：『如果如我們所研判的，從賴赫哲、林羽馥、李全禮這一連串的命案到我們兩個分別在路上遇襲，甚至是住家、辦公室被強行侵入都跟郭泰邦有關，那麼……是誰在幫郭泰邦執行這些見不得人的事？』

白佐國看著周湘若。『一個他信得過又有黑道資源的人。』他接口道。

周湘若露出一個默契的笑容：『我想我們想的是同一個人。』她說。

白佐國彈了下手指。『雖然有些冒險，不過我想值得一試！』他半走半跑的回到座位，簽發了郭泰邦貼身保鑣韋克住處的搜索票。

幸運之神這次終於眷顧了白佐國。檢警人員抵達韋克住處時，韋克正載著一車子電腦硬碟及光碟片離開，經過一陣瘋狂追逐及你來我往的槍戰後，韋克的車撞毀在建國北路高架橋的橋墩而停了下來，白佐國隨即下令將車子拖回警局。

經過漏夜清查，調查人員在韋克車上那一堆光碟片裡找到幾張林羽馥出國旅遊時拍的風景照光碟，及一張由周湘若手機轉拷成光碟的金浩跟廖科長的親密照。

『其他的呢？車上不是還有好幾顆硬碟？』聽完調查員的簡報後，白佐國心急的追問。

『所有硬碟都被重新格式化、清除裡頭的內容……』

『我們不是有軟體可以恢復？』

『試過了，但找不到任何資料，顯然嫌犯已經用清除軟體反覆覆寫磁碟，裡頭全是無用的亂碼，有幾台甚至還有鐵槌敲打過的痕跡，裡面的磁碟盤都碎了。』

白佐國鐵青著臉，半晌不說一句話。

『還有其他方法可試嗎？』周湘若接口道。

資訊調查員搖搖頭。

周湘若咬了咬牙，感覺像從天堂掉到谷底。這些資訊調查員都是國內最頂尖的資訊專家，如果他們說沒救了，應該就真的是沒救了。

『往好處看，至少我們可以確定韋克，就是闖入林羽馥住處跟搶奪我皮包的幕後主使者。』資訊調查員離開後，周湘若安慰白佐國。

『但我們還是在原地踏步。幾乎！』

周湘若沒說話。承辦這個案子之後，她也從來沒有像現在這樣感到如此絕望過。她跟白佐國就這樣各自坐在原地，誰也沒再多說一句話。

§

韋克因為車禍撞擊傷勢嚴重，到院當晚就被宣佈急救無效死亡。

由於幾個關鍵當事人的相繼死亡或失蹤，及缺乏指證郭泰邦涉案的直接證據，郭泰邦的案子陷入有史以來最大的瓶頸，白佐國跟周湘若因此先行協助政風處調查金浩的貪瀆案。

經過清查金浩的銀行往來帳戶，發現金浩早在二〇〇二年初開始，帳戶就經常有不明來源的鉅額款項匯入，其中最大的一筆是最近由韓國濟州島一家賭場匯入的三千萬，但沒多久就又轉出兩千萬。

『賴赫哲是二〇〇二年一月遇害，跟不明匯款開始的時間點吻合；三千萬跟兩千萬的進出，也跟監聽紀錄中金浩暗示索賄及郭泰邦取得金浩照片反恐嚇的時間點相符，所以事證相當明確，他們是透過濟州島的賭場洗錢。』周湘若做出總結。

『這些跟我們搜到的泰扶集團任一本帳戶對得起來嗎？』

周湘若搖搖頭。

『那表示還有其他我們不曉得的戶頭。』

『我知道。』周湘若聽懂白佐國的意思。如果照他們推論的，萊兒案跟內湖之星案的動機，都是為解決泰扶集團的財務危機而發生的，那麼，串連這三者之間的關鍵物證就是三者間資金往來的帳戶明細，但那有可能是任何人的戶頭。

周湘若揑了揑後頸，嘆口氣。『我需要杯超濃的ESPRESSO，你要嗎？』

『謝謝。』

§

周湘若走進茶水間拿出法式咖啡壺加了兩倍的咖啡粉在濾壺裡。身後傳來腳步聲，她轉頭看了一眼，是金浩的檢事官丹尼爾，他唇上、下巴、兩顎有些剛冒出來的鬍鬚碴，看起來十分憔悴。受金浩拖累，他現在也正接受政風處的調查。

『嗨。』周湘若出聲招呼道。

丹尼爾看了周湘若一眼，嫌惡的走到飲水機前倒了水之後隨即轉身離開。

周湘若抿抿嘴，心裡一陣說不上來的五味雜陳。

賴芊芊站在門口看著禮儀公司人員漸行漸遠的身影，怔怔地發了好一會兒愣之後，才強打起精神回到臥室整理李全禮的遺物。

她拿起李全禮生前最鍾愛的阿曼尼西裝，想起他離開當天他們激烈衝突的場景，忍不住悲從中來。

我得為孩子保重！她伸手抹去淚，將手伸進阿曼尼西裝口袋一一檢查。

一陣沙沙的紙張搓揉聲響，賴芊芊偏了偏頭，將手抽出空空如也的口袋，抓了抓西裝胸口，沙沙的聲音更加明顯，賴芊芊隨即下意識將手伸進西裝胸口的內袋，掏出一張縐巴巴的紅色複寫紙。

49

白佐國跟周湘若走進偵查室時，郭泰邦正跟他的律師神色自若的談論著最近一款熱門巴西雪茄的口感。

『檢察官，有什麼要問的，趕快問一問，不然再過不到兩小時，等我一走出這個大門要再見我，你就得排隊跟我秘書約時間了！』郭泰邦獰笑道。

白佐國跟周湘若對看一眼，面無表情的分別拉了椅子，在郭泰邦對面坐了下來。

『泰扶娛樂大樓跟內湖之星大樓，是在二〇〇〇年十二月二十五日同一天開工動土興建的，是嗎？』白佐國首先開問。

郭泰邦揚了揚下巴。『你問這個幹什麼？』

白佐國抬眼看了郭泰邦一眼。『你只管回答是或不是就可以。』

郭泰邦轉頭看了律師一眼，律師點點頭，郭泰邦吸了口氣，不甘不願開口回道：『泰扶娛樂大樓是，但內湖之星大樓我不知道，我在普泰建設只是掛名董事長，並不管事。』

『你認識賴赫哲嗎？』

『誰？』郭泰邦輕蔑的問。

『你不認識？』

『哼！我都說了，我只掛名、不管事。』

『所以你也不知道，泰扶娛樂大樓跟內湖之星大樓的建地面積、建築工法、甚至是建材，都有極其相似之處？』

『你不必回答這個問題。』律師止住郭泰邦。

『沒關係。』郭泰邦嘴角揚起一絲邪笑，面對白佐國，『你到底是哪個字聽不懂？我不是都說了，我只掛名、不管事！』

『是嗎？那麼是誰想出這個貍貓換太子的詭計？』

律師出手拉住郭泰邦，但被郭泰邦撥開。『你指的是？』郭泰邦吊兒郎當問道，臉上的狎弄更為明顯。

『用普泰建設採購的內湖之星大樓建材興建泰扶娛樂大樓，再用廉價劣等的建材蓋內湖之星大樓。』白佐國四平八穩說道。

『呵！』律師訕笑了聲。

郭泰邦冷哼一聲。『你想像力這麼豐富，如果不做檢察官，倒是可以考慮改行去當編劇。』

白佐國用眼神示意周湘若接手。

周湘若低頭翻出手上的資料。『你在二〇〇一年三月間第一筆一千五百萬的支票軋不過來後，就一直處於財務困難的狀況吧？』她問道：『把建材做乾坤大挪移，這一來一往之間就替你省下了將近四千七百萬的建築成本，這個數字相較於你當年的財務危機應該只是九牛一毛，為了這九牛一毛賭上整棟大樓的人命……』她抬頭看著郭泰邦，『我很好奇，你心裡到底在想什麼？』

郭泰邦沈下臉，眼睛盯著周湘若面前那一疊厚實的文件資料。

『請注意妳的措辭！』律師高分貝抗議道。

周湘若沒理會律師，繼續說道：『你知道內湖之星大樓遲早會出問題，所以就在二〇〇一年六月，將泰扶娛樂大樓由普泰建設分割出來，另行成立泰扶娛樂公司的前身——泰扶建設，但沒多久賴赫哲就發現興建內湖之星大樓的建材等級跟他的設計圖樣相差太遠，而且極有可能造成公共意外傷害，於是就直接找上你，要你解決這個問題。

『但大樓已經接近完工階段，不可能拆掉重蓋，賴赫哲又表明不願噤口的態度，為了不讓這個變數影響內湖之星大樓取得使用執照、如期交屋的時程，於是乾脆一不做、二不休，製造了一場意外讓賴赫哲永遠沒辦法開口。應該也就是在這同時，你透過法律系畢業的郭泰星跟金浩搭上線。同時也因為你的財務漏洞越補越大，所以你乾脆在二〇〇一年十二月間，趁著股市在炒下一個明星產業是生技業時，由你的「前」特助陳豪山出面成立萊兒生技公司，以老鼠會的方式吸金百億助你度過事業危機，等東窗事發後，再給陳豪山一筆豐厚的謝禮讓他潛逃國外，是嗎？』

『啪啪啪啪！』郭泰邦恢復訕笑的表情，伸手鼓掌道：『很精采的故事，但沒有證據……』他斂起臉，『就是誹謗！』

『如果你們提不出具體物證，我們將保留法律追訴權。』律師一旁幫腔道。

白佐國獵豹般眼神牢牢盯著郭泰邦。『你知道軟體復原技術吧？它能讓被刪除或消除的資料悉數復原。』

郭泰邦犀利的回視白佐國。

『林羽馥的NOTEBOOK裡有些什麼，我想你應該很清楚。』

郭泰邦冷凝兩秒後面無表情移開視線，隨即抬眼冷笑了笑。『誰是林羽馥？我不認識！』

『你不是透過林羽馥，才認識李全禮的？』

『夠了！』律師插嘴道：『你這是在騷擾我的當事人，如果你舉不出具體事證，我的當事人不會再回答你任何問題。』

白佐國對周湘若使了個眼色，周湘若隨即從面前那疊厚厚的文件資料最下方，抽出一封卷宗遞交給郭泰邦律師。

律師翻開卷宗後臉一沈。

『怎麼，是要放人的文件嗎？』郭泰邦挑挑眉問道。

『合議庭裁定羈押獲准。』律師洩氣道。

『怎麼可能！』郭泰邦猛拍桌子一下。『你不是說罪證不足，我們穩操勝算的嗎？』

『你大概沒算到李全禮有顆備份硬碟送修吧？』白佐國冷冷說道。

郭泰邦錯愕的瞪著白佐國。

『備份硬碟裡有李全禮電腦所有的資料，包括他植入木馬程式到林羽馥電腦竊得的林羽馥電腦裡的資料。』白佐國頓了頓。『他拿這些資料恐嚇你，所以你才給了他達生生技總經理的職位，是吧？』

郭泰邦臉色一變。

『所以你何不合作點，這樣我們今晚也許可以不用通宵。』

『我不知道你在說什麼！』

周湘若抽出最上方的一疊印表資料放到郭泰邦面前。『這些單據，你眼熟嗎？』

郭泰邦瞄了一眼，嘴角細微到幾乎察覺不出的抽了一下。

『這些才是普泰建設實際買來蓋內湖之星大樓的劣質廉價建材的採購進貨單吧？我們搜到的那些帳簿憑證其實都是泰扶娛樂大樓的建材內容，一份單據同時給兩家公司入帳，你是怎麼辦到的？高解析度影印機、外加買通簽證會計師？』周湘若咄咄逼人問道。

郭泰邦緊抿著嘴，不發一語。

律師拿起印表資料約略翻了翻。『這些都是翻拍的畫面，不能當作證據！』他將資料丟回桌上。

『除了會計師的工作底稿附件做背書之外，這些翻拍畫面的資料都是可以被驗證的。如果我是你，就不會那麼樂觀了。』周湘若冷冷回道。白佐國在取得這些翻拍採購進貨單的第一時間，就責成鑑識科專案小組連夜趕赴採購單所示、出貨給普泰建設這些廉價建材的供應商採證取樣，如果這些取樣比對出來跟內湖之星大樓的建材取樣吻合，那麼就算郭泰邦死不承認，將來上法庭，憑這些鑑識科學的物證要說服法官採信並判刑定讞的機率，還是相當高的。

『這是栽贓嫁禍，我沒見過這些東西！』郭泰邦眼睛充血、脹紅著臉歇斯底里吼道。

『郭泰星已經坦承不諱，林羽馥這些翻拍資料是從他住處偷拍出來的；而你才是普泰建設的實際負責人，他及郭泰順都只是聽命行事的掛名總經理。』白佐國告知郭泰邦。李全禮從林羽馥電腦偷到的資料不只這些翻拍表單，還包括郭泰邦的整個洗錢流程：萊兒生技→維京群島→遊民→泰扶集團的所有匯款單翻拍畫面；以及郭泰星與林羽馥之間的親密e-mail信件往來。經過鑑識科以最速件比對，白佐國已經確認從林羽馥床頭採集到那枚不完整的指紋確定就是郭泰星的。

而白佐國和周湘若根據李全禮備份硬碟裡，有林羽馥二〇〇五年五月底跟國稅局申報的所得稅二維條碼檔案，及清一色標示著二〇〇五年六月日期的針孔攝影性愛畫面的對話內容推估，李全禮應該是在二〇〇五年六月初成功植入木馬程式取得林羽馥電腦裡的資料後，才據以脅迫林羽馥與他發生性關係，並利用機會在林羽馥房間裝設針孔攝影機。

有了這樣的前提假設之後，白佐國及周湘若因此研判，林羽馥在死亡當天拿掉的小孩，極可能不是他們原先推估的李全禮，而是郭泰星的。而林羽馥可能也就是透過郭泰星這個管道，偷拍到這些見不得光的關鍵採購、匯款單才會惹來殺身之禍。白佐國因此立刻拘提郭泰星到案說明，郭泰星見大勢已去，立即坦承不諱，並且同時跟白佐國協議轉為污點證人的條件。

聽完白佐國對整個案情的掌握程度後，郭泰邦臉色『唰』的一下變白，整個人攤在椅子上像顆洩了氣的氣球，迥異於先前飛揚跋扈的高姿態氣焰。

周湘若見狀嘆了口氣。『但我還是想不通，為什麼先前你會放過李全禮，卻處心積慮要除掉林羽馥？』她不解道。

『哼！』郭泰邦眼中射出一道冷冽的寒光。『用錢可以買的人都好解決！』他言簡意賅的解答了周湘若的困惑。

周湘若聞言一陣膽寒，寒毛不自覺直豎。

偵查室外傳來一陣敲門聲，靠近門邊的白佐國起身開了門，是協辦此案的調查局幹員，他在白佐國耳邊耳語幾句後，白佐國立刻轉頭示意員警將郭泰邦還押看守所。

50

金浩為了躲避郭泰邦可能下達的封口追殺令，在白佐國發動搜索行動當夜立刻透過管道從基隆海岸偷渡出海。但因當晚海象不佳，船隻翻覆在外海，金浩因此溺斃。海巡署人員同時也在他身上搜到，轉拷成迷你光碟、必要時用來保命的林羽馥住處電梯的監視錄影畫面。檢警調人員因此得以根據這張光碟片循線找到殺害林羽馥的兇手。經過追查，這個韋克手下最得力的助手同時也涉嫌謀殺李全禮及衝撞周湘若、白佐國等案。郭泰邦、郭泰星等人則因罪證確鑿被白佐國具體求刑起訴。

起訴書完成後，白佐國跟周湘若相約至林羽馥墓前致意。在林羽馥父親引領下，周湘若遠遠的就見到林羽馥墓前站了個熟悉的背影，是軒宇資訊柯總的太太田文琳。白佐國跟周湘若對看一眼，默契的停下腳步，但正好轉身準備離開的田文琳卻一眼就瞧見了他們。周湘若頷首致了一下意。田文琳遲疑了一下，隨即吸了口氣走過來。

『你們來啦。』她說。

『嗯，妳呢？自己一個人來？』周湘若招呼道。白佐國對田文琳點了頭、打過招呼後逕行跟著林羽馥父親走到林羽馥墓前。

『哎。』

一陣尷尬的靜默。

『我從報上知道林小姐的事，我覺得她很有勇氣。』田文琳打破沈默開口說道。

周湘若理解的點點頭。

『還有，我把離婚協議書簽給柯總了。』

周湘若詫異的睜了睜眼。

田文琳釋然笑了笑。『不是每個人都有愛人的能力，我最近終於能坦然面對這個事實。如果愛上的是只愛自己的男人，或許，解脫自己最好的方式就是「放下」——放下妳對他的依戀，或放下妳對被愛的渴慕。這樣……』她撥了撥額前的髮絲，『至少還能找回自己。』

周湘若看著田文琳，她看起來神清氣爽，氣色好極。

『對了，我這禮拜在試院路上的里民交流中心有場聯展。』田文琳說道。

『聯展？』

『妳大概不知道我是美術系畢業的，結婚以後就沒再拿過畫筆，一直到前些日子，因緣際會參加了一個社區型的油畫社累積了些新作品，就跟其他社員一起辦聯展，展覽場地雖然不大，但感覺還不錯，有空歡迎妳來參觀。』

『好啊，地址給我，我請花店送花過去。』

『不用了，妳人到我就很開心了。』田文琳露出少女才有的嬌羞神情。『而且柯總訂了一整個花店的花把會場幾乎都快塞滿了！』她說：『自從我提出離婚的要求後，柯總跟我，反而好像又回到大學剛談戀愛時那種還不確定的曖昧關係，我有種被重新追求的感覺……』

送走田文琳後，周湘若加入白佐國在林羽馥墓前致意。回程的路上周湘若問道：『檢察官，是不是得不到的真的都比較好？』

『為什麼這麼問？』白佐國一臉奇怪。

周湘若簡單提及方才跟田文琳的對話。『如果林羽馥沒有堅守住對柯總最後的底線，或許，柯總就不會在她離開後還對她那麼掛念吧？』

白佐國笑了笑。『誰知道，我跟柯總又不熟，妳管的未免也太寬了點吧！』他揶揄周湘若。『更何況人心難測，只要牽涉到人性，似乎也沒有什麼是必然、絕對的。』

『說到人心難測，劉建業檢察長會沒事吧？』周湘若憂心道。劉建業因為泰扶集團這個案子喧騰得沸沸揚揚，而被媒體挖出曾收受郭泰邦賄款因此被公務員懲戒委員會施以停職、接受調查的處分。

『還真的像你說的：真相有時並不如表象那樣單純。但其情可憫，法理總不外乎人情吧，更何況這個案子如果不是他暗中協助，可能還沒辦法那麼快起訴呢！』

『我想委員會應該會考量這些。』

『檢察官，你升任主任檢察官之後，我還是可以跟著你辦案吧？』周湘若問道。

『誰說我要升主任檢察官？』

『派令不是都下來了？』

『我回絕掉了。』

『啊？』

『在第一線當檢察官比較好玩。』

周湘若隨即反應過來，按現行體制，一旦升上主任檢察官就可以減輕辦案的負荷。『那好，我就不用擔心了！』她開心的彈了下手指。

『誰說我一定留妳下來？』

『可是……』

『妳意見多、脾氣又不好，還常常跟我對槓，我看我還是換個聽話點的好。』

『但……』周湘若急得直跺腳。

白佐國忍住笑，斜睨了周湘若一眼。『不過我問過其他人了，大家都說我「歹逗陣」，沒人肯調來做我的檢事官，所以……將就點囉。』

周湘若瞪了白佐國一眼，他臉上有些似笑非笑的輕鬆神情。

白佐國清了清喉嚨。『對了，最近那個詐騙案，我叫妳查的資料查到了沒？還有，另外那個內線交易案妳處理得怎麼樣了……』

國家圖書館出版品預行編目資料

灰色的孤單 / 江曉莉 著.--初版.--臺北市：皇冠文化. 2008. 01
面；公分（皇冠叢書；第3698種）
（JOY；93）
ISBN 978-957-33-2378-5 （平裝）

857.5 96024691

皇冠叢書第3698種
JOY 93
灰色的孤單
作　　者—江曉莉
發 行 人—平雲
出版發行—皇冠文化出版有限公司
台北市敦化北路120巷50號
電話◎02-2716-8888
郵撥帳號◎15261516號
皇冠出版社(香港)有限公司
香港灣仔告士打道88號19樓
電話◎2529-1778　傳真◎2527-0904
出版統籌—盧春旭
編務統籌—孟繁珍
美術設計—李家宜
行銷企劃—李邠如
印　　務—林佳燕
校　　對—陳秀雲・余素維・孟繁珍

著作完成日期—2007年
初版一刷日期—2008年1月

法律顧問—王惠光律師

讀者服務傳真專線◎02-27150507
電腦編號◎406093
ISBN◎978-957-33-2378-5
Printed in Taiwan
本書特價◎新台幣199元/港幣67元

第七屆【皇冠大眾小說獎】讀者直選活動

最後五部決選入圍作品，究竟哪一部才是你心目中的第一名？
請踴躍投下你神聖的一票，就有機會參加抽獎！

直選辦法
請剪下本頁選票，勾選你的給分，並詳填個人資料後，直接寄回本公司（免貼郵票）。

直選期限
即日起至2008年3月20日止（郵戳為憑）。

抽獎活動
只要在直選期限內投出有效票，您就可獲得抽獎資格，有機會贏得大獎（廢票和個人資料不完整者除外）：

- **壹獎3名**：Licorne力抗男女時尚對錶（市價10,500元）
- **貳獎5名**：Pathfinder Quality is Everything! 探險家經典系列26吋可擴充旅行箱（市價7,000元）
- **參獎10名**：Logitech 羅技電子mm50 iPod專用可攜式喇叭（市價4,990元）
- **肆獎20名**：Herbal Seemoli 蓎沐麗茶樹清爽潔淨控油組(市價2,100元)
- **特別獎30名**：第六屆【皇冠大眾小說獎】5部決選入圍作品《純律》、《離魂香》、《將薰》、《地獄門》、《最美的東西》一套（定價1,000元）

·壹獎

·貳獎

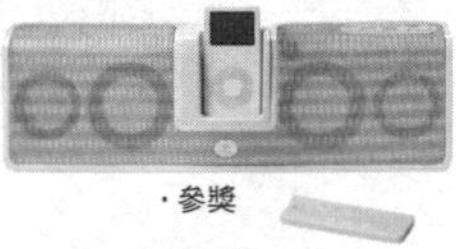
·參獎

·肆獎

◎將於第七屆【皇冠大眾小說獎】頒獎典禮上抽出幸運中獎的讀者。
◎本活動限台灣地區讀者參加。每位讀者以得一項獎品為限，以較高金額的獎項為準。

第七屆【皇冠大眾小說獎】讀者直選活動選票

《灰色的孤單》

您對這部小說的評價是：（請勾選。請特別注意，廢票將無法獲得抽獎資格）

☐5分　☐4分　☐3分　☐2分　☐1分

（喜歡←————————————→不喜歡）

◎我的基本資料（抽獎用，請詳細填寫）

姓名：＿＿＿＿＿＿＿＿

出生：＿＿＿年＿＿＿月＿＿＿日　性別：☐男　☐女

職業：☐學生　☐軍公教　☐工　☐商　☐服務業
☐家管　☐自由業　☐其他＿＿＿＿＿＿

地址：☐☐☐＿＿＿＿＿＿＿＿

電話：（家）＿＿＿＿＿＿（公司）＿＿＿＿＿＿

手機：＿＿＿＿＿＿＿＿

e-mail：＿＿＿＿＿＿＿＿

☐我不願意收到皇冠新書資訊和電子報。

你對本書的其他意見：

寄件人：

地址：□□□

北區郵政管理局登
記證北台字1648號
免 貼 郵 票

〔限國內讀者使用〕

10547

台北市敦化北路120巷50號

皇冠文化出版有限公司 收